ଭୀମା ଭୂୟାଁ

ଭୀମା ଭୂୟାଁ

ଗୋପାଳ ବଲ୍ଲଭ ଦାସ

ସମ୍ପାଦିକା

ସରଳା ଦେବୀ

ବ୍ଲାକ୍ ଈଗଲ୍ ବୁକ୍ସ

ଭୁବନେଶ୍ୱର, ଓଡ଼ିଶା

BLACK EAGLE BOOKS

Dublin, USA

ଭୀମା ଭୂୟାଁ / ଗୋପାଳ ବଲ୍ଲଭ ଦାସ

ବ୍ଲାକ୍ ଇଗଲ୍ ବୁକ୍ସ : ଭୁବନେଶ୍ୱର, ଓଡ଼ିଶା • ଡବ୍ଲିନ୍, ଯୁକ୍ତରାଷ୍ଟ୍ର ଆମେରିକା

BLACK EAGLE BOOKS

USA address:
7464 Wisdom Lane
Dublin, OH 43016

India address:
E/312, Trident Galaxy, Kalinga Nagar,
Bhubaneswar-751003, Odisha, India

E-mail: info@blackeaglebooks.org
Website: www.blackeaglebooks.org

First edition in 1908, Edward Press

First International Edition Published by
BLACK EAGLE BOOKS, 2024

BHIMA BHUIYAN
by **Gopala Ballabha Das**
Edited by **Sarala Devi**

Copyright © **Black Eagle Books**

Cover & Interior Design: Ezy's Publication

ISBN- 978-1-64560-505-8 (Paperback)

Printed in the United States of America

PREFACE

This little story in Uriya is laid at the feet of Sir Andrew Henderson Leith Fraser, M.A., L.L.D, K.C.S.l., on the throne of Belvedere, as a jungle flower from the hills inhabited by the primitive Bhuiyan tribe, His Honour being the first Lieutenant- Governor to have graced with his visits the inaccessible statesm of the Orissa Gurjats. In being graciously pleased to accept the dedication of so insignificant an object.His Honour has shown the magnanimity of the Chinese Emperor who accepted the offering of a handful of water from an humble peasant as a token of loyalty.

It will not be out of place to insert here a few observations about the Bhuiyan who is the hero and whose manners, customs, ideas, thoughts and institutions form the groundwork of this little narrative. As derived from the word Bhuin or soil the Bhuiyan is the child of the soil. The word was once used as a title to the deserving and is still retained as an object of pride by old families of respectability such as the Bhuiyans of Gurpada, Sahabandar, Jamkunda and Mangalpur in the District of Balasore. But the real Bhuiyan has long been deprived of his best soil and driven into the hilly parts of Orissa covered with dense and gorgeous jungles. I have seen some of this scenery in the company of an official who could not but admire it as surpassing beauty and grandeur the well-known scenery of the land and the Vindhya Hills. Though thus driven into the depths of the jungles, the Bhuiyan has all along fondly cherished the loyalty that led centurie such books as written in the present day, generally distasteful to me. Your book, however, is one which has greatly interested me. The selection of the theme (the simple life of the primitive Bhuiyans of Keonjar), the sympathy and fidelity with which the plot has been manipulated, the deep knowledge of human nature evident in the ingenious characterisation of the various persons, the truth and the freshness of the descriptions, whether of natural sceneries or of human institutions and ceremonies, the pure and elegant diction redolent of the homely sweetness of Oriya undefiled as also of the dignity of classical speech, and, above all, the supremely wise spirit of reverence and charity with which the book is deeply impregnated, mark it out as the best of all romances yet written in Oriya."

MUZAFFARPUR,
September 1908   **GOPAL BULHUB DAS**

ମୁଖବନ୍ଧ

ଭୀମା ଭୂୟାଁ ଉପନ୍ୟାସଟି ୧୯୦୮ ମସିହାରେ କଟକ ଏଡ଼ୱାର୍ଡ ପ୍ରେସରୁ ପ୍ରକାଶିତ ହୋଇଥିଲା। ଏହାର ଲେଖକ ଗୋପାଳବଲ୍ଲଭ ଦାସ ଓଡ଼ିଶାର କୃତୀ ସନ୍ତାନମାନଙ୍କ ମଧ୍ୟରୁ ଅନ୍ୟତମ। ଗୋପାଳବଲ୍ଲଭ ୧୮୬୦ ମସିହାରେ କଟକ ଜିଲ୍ଲାର ସାଲେପୁର ଥାନାର ସତ୍ୟଭାମାପୁର ଗ୍ରାମରେ ଜନ୍ମଗ୍ରହଣ କରିଥିଲେ। ସେ ଥିଲେ ଉତ୍କଳଗୌରବ ମଧୁସୂଦନଙ୍କର ଅନୁଜ। ତାଙ୍କର ପିତାଙ୍କ ନାମ ରଘୁନାଥ ଦାସ ଓ ମାତାଙ୍କ ନାମ ପାର୍ବତୀ ଦେଈ। କଲିକତା ବିଶ୍ୱବିଦ୍ୟାଳୟରୁ ଏମ୍. ଏ. ପାସ୍ କରି ସେ ଡେପୁଟି ମାଜିଷ୍ଟ୍ରେଟ ହୋଇଥିଲେ। ଭାରତୀୟଙ୍କ ପକ୍ଷେ ଏହା ସେତେବେଳେ ସବୁଠାରୁ ବଡ଼ ଚାକିରି ଥିଲା।

ଚାକିରି-ଜୀବନରେ ସେ ଖୁବ୍ ସଚ୍ଚୋଟ ଓ କାର୍ଯ୍ୟକ୍ଷମ କର୍ମଚାରୀ ଭାବେ ପ୍ରଶଂସିତ ଓ ସମ୍ମାନିତ ହୋଇଥିଲେ। ଡେପୁଟି ମାଜିଷ୍ଟ୍ରେଟ ଭାବେ ବିଭିନ୍ନ ସ୍ଥାନରେ କାର୍ଯ୍ୟ କରି ଅବଶେଷରେ ସେ ଓଡ଼ିଶା କମିସନରଙ୍କ ପର୍ସନାଲ ଆସିଷ୍ଟାଣ୍ଟ ଓ ଗଡ଼ଜାତସମୂହର ଆସିଷ୍ଟାଣ୍ଟ ସୁପରିଣ୍ଟେଣ୍ଡେଣ୍ଟ ହୋଇଥିଲେ। କେନ୍ଦୁଝର ରାଜା ନାବାଳକ ଅବସ୍ଥାରେ ଗାଦି ପାଇବାରୁ ସେ ସେଠାରେ ସୁପରିଣ୍ଟେଣ୍ଡେଣ୍ଟ ଭାବେ କିଛିଦିନ କାର୍ଯ୍ୟ କରିଥିଲେ। ସେହିଠାରେ ଥିଲାବେଳେ ସେ ଆଦିବାସୀମାନଙ୍କ ଘନିଷ୍ଠ ସଂପର୍କରେ ଆସିଥିଲେ ଏବଂ 'ଭୀମା ଭୂୟାଁ' ରଚନାର ପ୍ରେରଣା ପାଇଥିଲେ।

ତତ୍କାଳୀନ ଓଡ଼ିଶାର ସ୍ୱନାମଧନ୍ୟ କମିସନର, ରାୟ ବାହାଦୁର ନନ୍ଦକିଶୋର ଦାସଙ୍କ କନ୍ୟାଙ୍କ ସହ ଗୋପାଳବଲ୍ଲଭଙ୍କର ବିବାହ ହୋଇଥିଲା। ତାହାଙ୍କ ସ୍ତ୍ରୀଙ୍କ ନାମ ବସନ୍ତକୁମାରୀ ଦେଈ। ସେ 'ଶିକ୍ଷା ଦର୍ପଣ' ଓରଫ୍ 'ପରିଚାରିକା' ପତ୍ରିକାର ସଂପାଦନା କରିଥିଲେ ଓ 'ଗିରଧାରି' ନାମକ ଏକ ଉପନ୍ୟାସ ରଚନା

କରିଥିଲେ। ଗୋପାଳବଲ୍ଲଭ ଓ ବସନ୍ତକୁମାରୀଙ୍କର କୌଣସି ପୁତ୍ର ସନ୍ତାନ ନଥିଲେ। ତାଙ୍କର ଦୁଇଟି କନ୍ୟାଙ୍କ ମଧ୍ୟରୁ ଜ୍ୟେଷ୍ଠା 'ଉମା ଦେଈ' ଓ କନିଷ୍ଠା ପୂଜ୍ୟା ଦେଶନେତ୍ରୀ ରମା ଦେଈ ଉତ୍କଳରେ ସ୍ୱନାମଧନ୍ୟା।

ଏହି ଉପନ୍ୟାସଟି ପ୍ରଣୟାଶ୍ରିତ। ନାୟକନାୟିକା ମାନଙ୍କର ଚରିତ୍ର ବିଶେଷତଃ ନାରୀଚରିତ୍ରର ପୂର୍ଣ୍ଣ ବିକାଶ ଏହି ଉପନ୍ୟାସରେ ପରିସ୍ଫୁଟ ନହୋଇ ସାଙ୍କେତିକ ଭାବରେ ରହିଛି। ଉପନ୍ୟାସ- ଶେଷରେ ଭୀମାଭୂୟାଁଙ୍କ ସହିତ ରାଜକୁମାରୀଙ୍କର ପ୍ରଣୟ ପରିଣତି ଅସ୍ୱାଭାବିକ ପ୍ରତୀୟମାନ ହେଲେ ହେଁ ଭାରତୀୟ ପ୍ରଣୟ ରୀତିନୀତିର ପରମ୍ପରା ଏବଂ ସତୀତ୍ୱର ସଂସ୍କୃତି ଦୃଷ୍ଟିରୁ ଏହି ପ୍ରଣୟ ସ୍ୱାଭାବିକ ମନେହୁଏ। ପ୍ରାଚୀନ ଭାରତରେ ପୁରାଣ ଯୁଗର ବ୍ରହ୍ମଚାରୀ ବ୍ରହ୍ମଚାରିଣୀ ମାନଙ୍କର ଜୀବନ ଏହାର ଦୃଷ୍ଟାନ୍ତ ରୂପେ ରହିଅଛି। ତେଣୁ ଉପନ୍ୟାସଟି ସରସ ଓ ମନୋଜ୍ଞ ହୋଇ ଆଦିବାସୀମାନଙ୍କ ସାମାଜିକ ଜୀବନର ସ୍ଥିତିକୁ ପ୍ରକଟିତ କରିଅଛି।

ଲେଖକ ପ୍ରାଚୀନ ଓଡ଼ିଆ କବିମାନଙ୍କର ପକ୍ଷପାତୀ ଥିଲେ। ତାହା ତାଙ୍କର ଉଦ୍ଧୃତ କବିତାବଳୀରୁ ଜଣାପଡ଼େ। ତାଙ୍କ ଉପନ୍ୟାସରେ ସେ ପୁରୁଣା ଚଳନ୍ତି ଶବ୍ଦଗୁଡ଼ିକ ପ୍ରୟୋଗ କରିଛନ୍ତି। ଶ୍ରୀ ଗୋପାଳ ବଲ୍ଲଭ ଦାସ ସେ ଯୁଗର ସରକାରୀ ଚାକିରିରେ ଥାଇ ମଧ୍ୟ ସାହିତ୍ୟସେବୀ ଥିଲେ ଏବଂ ବହୁ କବିତା ଗ୍ରନ୍ଥର ପ୍ରଣେତା ଓ ସଙ୍କଳୟିତା ଥିଲେ। ତତ୍କାଳୀନ 'ଇନ୍ଦ୍ରଧନୁ' ପତ୍ରିକାର ସେ ଏକ ପ୍ରଖ୍ୟାତ ଲେଖକ ଥିଲେ ଓ ତାଙ୍କର ପାଣ୍ଡିତ୍ୟ ପ୍ରତିଭା ଉତ୍କଳର ଶିକ୍ଷିତ ସାଧାରଣ ଜାଣିଥିଲେ। ସେ "ଉଷା", "ତାରକ ସଂହାର" ଓ "କୋଣାର୍କେ" ନାମକ କାବ୍ୟମାନ ଲେଖିଥିଲେ। କବିତା ମଞ୍ଜରୀ ଓ ଅନ୍ୟ ସଙ୍ଗୀତ ପୁସ୍ତକ ମଧ୍ୟ ସେ ଲେଖିଥିଲେ। ସେକାଳରେ ଚଳୁଥିବା କେତେକ ସରକାରୀ ଆଇନର ଓଡ଼ିଆ ଅନୁବାଦ ମଧ୍ୟ କରିଥିଲେ। କବିବର ରାଧାନାଥ ରାୟଙ୍କ ଲେଖାକୁ ସେ ପସନ୍ଦ କରୁ ନ ଥିବାରୁ ତାଙ୍କ ରଚନାବଳୀର ସେ ତୀବ୍ର ସମାଲୋଚନା ଲେଖିଥିଲେ। "ଭକ୍ତି ରତ୍ନାବଳୀ" ଓ "ପ୍ରୀତି ସୁଧାକର" ପ୍ରମୁଖ ପ୍ରାଚୀନ କାବ୍ୟ କବିତା ମଧ୍ୟ ସେ ସଂକଳନ କରି ଛାପିଥିଲେ। ତାଙ୍କ ସ୍ୱଚରିତ କବିତା ବହି ମଧ୍ୟ ପ୍ରକାଶିତ ହୋଇଥିଲା। ସେ କବି ଥିଲେ ଏବଂ ତାଙ୍କ ଶ୍ୱଶୁର ଶ୍ରୀ ନନ୍ଦକିଶୋର ଦାସଙ୍କ ଜୀବନୀ ମଧ୍ୟ ଲେଖିଥିଲେ।

ଗୋପାଳବଲ୍ଲଭଙ୍କ ସାହିତ୍ୟକୃତି ସମ୍ବନ୍ଧରେ ଅଧ୍ୟାପକ ଶ୍ରୀ ଜାନକୀବଲ୍ଲଭ ମହାନ୍ତି ଭରଦ୍ୱାଜ ବିସ୍ତାରିତ ଭାବରେ ତାଙ୍କ "ସୃଷ୍ଟି ଓ ସମୀକ୍ଷା" ନାମକ ପୁସ୍ତକରେ ଲେଖିଛନ୍ତି।

ଗୋପାଳବଲ୍ଲଭଙ୍କ ଜାତୀୟତା ତାଙ୍କ ଉତ୍କଳ ସମ୍ମିଳନୀର ଭାଷଣମାନଙ୍କରୁ ଉତ୍ତମରୂପେ ଜଣାଯାଏ। ତାଙ୍କର ସେହି ଭାଷଣ ଔପନ୍ୟାସିକ ଶ୍ରୀ ଗୋପୀନାଥ ମହାନ୍ତିଙ୍କ "ଦୀପଂ ଜ୍ୟୋତିଃ" ନାମକ ପୁସ୍ତକରେ ବିଶଦ ଭାବରେ ବର୍ଣ୍ଣିତ ହୋଇଅଛି। ୧୯୧୪ ମସିହା ଡିସେମ୍ବର ମାସରେ ତାଙ୍କର ଦେହାନ୍ତ ହେଲା।

ଏହି ଉପନ୍ୟାସଟିରେ ଲେଖକ ଆଦିବାସୀ ଜୀବନର ଯେଉଁ ଚିତ୍ର ଦେଇଅଛନ୍ତି, ତାହା ଉତ୍କଳରେ ସେ ଯୁଗରେ ଅନ୍ୟ କୌଣସି ଔପନ୍ୟାସିକଙ୍କ ଦ୍ୱାରା ସାଧିତ ହୋଇପାରି ନ ଥିଲା। ଆଦିବାସୀ ଜୀବନକୁ ନେଇ ଉତ୍କଳରେ ଏହାହିଁ ସେ ଯୁଗର ପ୍ରଥମ ଉପନ୍ୟାସ। ଓଡ଼ିଶାରେ ଆଦିବାସୀସଂଖ୍ୟା ସମୁଦାୟ ଲୋକସଂଖ୍ୟାର ଏକ ତୃତୀୟାଂଶ ଅଟେ। ଅନାର୍ଯ୍ୟ ତଥା ଆର୍ଯ୍ୟଙ୍କର ସଭ୍ୟତା ଓ ସଂସ୍କୃତି ଓଡ଼ିଶାରେ ନାନା ଭାବରେ ନାନା କ୍ଷେତ୍ରରେ ମିଶି ଓଡ଼ିଆ ଜୀବନକୁ ସମୃଦ୍ଧ କରି ଆସିଛି। ଏହି ମିଶ୍ର ଧର୍ମ ଓ ସଂସ୍କୃତି ଉପରେ ଓଡ଼ିଶାର ଧର୍ମପରମ୍ପରା ଓ ସଂସ୍କୃତି ଗଠିତ ହୋଇଛି। ଏହା ଜଗନ୍ନାଥ ଧର୍ମ ଓ ସଂସ୍କୃତି ନାମରେ ପରିଚିତ ହୋଇ ଆସୁଛି। ଉତ୍କଳର ପ୍ରଥମ ଉପନ୍ୟାସ 'ପଦ୍ମମାଳୀ' ଓ ଦ୍ୱିତୀୟ 'ବିବସିନୀ' ର ପରେ ଏହା ଉତ୍କଳର ତୃତୀୟ ଉପନ୍ୟାସ।

ଆଦିବାସୀମାନଙ୍କ ଭିତରେ ଭୂୟାଁ ଜାତିର ଖୁବ୍ ଖାତିର ଥିଲା ଏବଂ କେନ୍ଦୁଝର ରାଜ୍ୟରେ ସେମାନଙ୍କ ମଧ୍ୟରୁ ରାଜା ସର୍ଦ୍ଦାର ନିର୍ବାଚିତ କରୁଥଲେ। ଗରପଦାର ଭୂୟାଁ ପରିବାରମାନଙ୍କୁ ରାଜ୍ୟଲୋକେ ଓ ରାଜା ଖୁବ୍ ଖାତିର କରୁଥିଲେ। ବାଲେଶ୍ୱର ଜିଲ୍ଲାର ମଙ୍ଗଳପୁର, ସାହାବନ୍ଦର ଓ କାମକୁଣ୍ଡାର ଭୂୟାଁ ଜାତିର ଲୋକେ ଶିକ୍ଷିତ ସଭ୍ୟ ହୋଇ ଧନାର୍ଜନ ଫଳରେ ଉଚ୍ଚ ଜାତିର ସମାଜରେ ମିଶି ଯାଇଛନ୍ତି। ସେମାନେ ଭୂୟାଁ ହେଲେ ବି ଲୋକେ ସେମାନଙ୍କୁ ଆଦିବାସୀତୁଲ୍ୟ ଦେଖନ୍ତି ନାହିଁ। କିନ୍ତୁ ଯଥାର୍ଥ ଭୂୟାଁଲୋକେ ଭଲ ଜମି ଓ ଗୃହରୁ ବିତାଡ଼ିତ ହୋଇ ଘନଜଙ୍ଗଲରୁ ଆଦିବାସୀଙ୍କ ତୁଲ୍ୟ ରହିଥାନ୍ତି। କେନ୍ଦୁଝରର ଭୂୟାଁପୀଢ଼ ଏହି ଆଦିବାସୀଙ୍କ ରାଜ୍ୟ। ଯୁବରାଜ ଗାଦିରେ ବସିଲାବେଳେ ଭୂୟାଁ ସର୍ଦ୍ଦାରମାନେ ଭାବୀ ରାଜାଙ୍କୁ କାନ୍ଧରେ ବସାଇ ଦୂରରୁ ନେଇ ସିଂହାସନରେ ବସାଇବା ପ୍ରଥା ବହୁକାଳରୁ ରହିଛି। ଭୂୟାଁମାନେ ରାଜାଙ୍କୁ ଗାଦିରେ ବସାଇଲା ପରେ ସେ ଅଭିଷେକ ହୁଅନ୍ତି। ତାହାପରେ ରାଜା ସର୍ଦ୍ଦାରମାନଙ୍କ ମୁଣ୍ଡରେ ଶାଢ଼ୀ ବାନ୍ଧନ୍ତି। ଲେଖକଙ୍କ ଉପରିସ୍ଥ ସାହେବ କର୍ମଚାରୀ ଭୂୟାଁ ପୀଢ଼ ଦେଖି ସେଠାରେ ପ୍ରାକୃତିକ ଦୃଶ୍ୟରେ ମୁଗ୍ଧ ହୋଇ କହିଥିଲେ, ବିନ୍ଧ୍ୟଗିରିର ପ୍ରାକୃତିକ ଶୋଭାଠାରୁ ଏହି ସ୍ଥାନର ଦୃଶ୍ୟ ଅତି ସୁନ୍ଦର। ଭୂୟାଁ ମାନେ

ଅତି ରାଜଭକ୍ତ ପ୍ରଜା ବୋଲି ରାଜାଙ୍କୁ ଠାକୁର ଭଳି ମନେକରି ପୂଜା କରନ୍ତି। ଧାଙ୍ଗଡ଼ା ଧାଙ୍ଗଡ଼ୀଙ୍କ ଚାଙ୍ଗୁ ନାଚ, ଡାଲଭଙ୍ଗା ନାଚ ଭୂୟାଁ ଜାତିର ଅତି ପ୍ରିୟ ଉତ୍ସବ। ସେହି ସମୟରେ ସେମାନେ ନିଜ ନିଜର ସ୍ୱାମୀ ସ୍ତ୍ରୀ ବାଛି ଥାଆନ୍ତି। ଭୂୟାଁମାନଙ୍କର ମାଘପୋଡ଼ ପର୍ବ (ଓଷା ଉଜୁଆଁ) ଉତ୍ସବରୁ ଏହି ଉପନ୍ୟାସର ଆରମ୍ଭ। ଲେଖକ ଭୂୟାଁମାନଙ୍କର ରୀତି-ନୀତିକୁ ଏହି ଉପନ୍ୟାସରେ ଉତ୍ତମରୂପେ ଦର୍ଶାଇ ଆଧୁନିକ ଶିକ୍ଷିତ ସଭ୍ୟସମାଜର ରୀତିନୀତିକୁ ଅନେକ କ୍ଷେତ୍ରରେ ସମାଲୋଚନା କରିଛନ୍ତି।

ଉତ୍କଳ –ସାହିତ୍ୟ ସମାଜର ସଂପାଦିକା ଥିବା ବେଳେ ହଠାତ୍ ଭୀମା ଭୂୟାଁ ବହିଟି କୌତୁହଳରେ ପଢ଼ିଲି। ଦ୍ୱିତୀୟ ମୁଦ୍ରଣ ହେଲେ ଆମ ଦେଶରେ ଆଦିବାସୀମାନେ ତାହା ପଢ଼ିବାକୁ ଆଗ୍ରହୀ ହେବେ ଓ ସାଧାରଣ ପାଠକ ୫୦ ବର୍ଷ ତଳର ଓଡ଼ିଆ ଜୀବନଧାରା ସଙ୍ଗେ ପରିଚିତ ହେବେ ବୋଲି ମୋର ଧାରଣା ହେଲା। ଆଉ କିଛି ନ ହେଉ, ବହିଟିର ଐତିହାସିକ ମୂଲ୍ୟ ଯେ ବହୁତ ବେଶୀ, ଏହି ଧାରଣା ଦୃଢ଼ୀଭୂତ ହେବାରୁ ଲେଖକଙ୍କ କନ୍ୟା ଦେଶନେତ୍ରୀ ଶ୍ରୀମତୀ ରମାଦେବୀଙ୍କ ଠାରୁ ଓ ଲେଖକଙ୍କ ପୋଷ୍ୟପୁତ୍ର ତଥା 'ମଲାଜହ୍ନ' ଉପନ୍ୟାସର ଲେଖକ ଓ ଚିତ୍ର ଶିଳ୍ପୀ ଶ୍ରୀ ଉପେନ୍ଦ୍ରକିଶୋର ଦାସଙ୍କ ଠାରୁ ଦ୍ୱିତୀୟ ମୁଦ୍ରଣ ପାଇଁ ଅନୁମତି ଆଣିଲି।

ବହିଟିରେ ଆଦିବାସୀଙ୍କ ସମ୍ପର୍କରେ ଲେଖାଥିବାରୁ ମୁଁ ତତ୍କାଳୀନ ଆଦିବାସୀ ବିଭାଗର ସେକ୍ରେଟାରୀ ଶ୍ରୀ ହିମାଂଶୁ ଘୋଷଙ୍କ ନିକଟକୁ ଯାଇ ବହିଟି ଛାପିବାକୁ ଦରଖାସ୍ତ କଲି। ସେ ମଞ୍ଜୁର କରିଥିଲେ ମଧ ପୁସ୍ତକଟି ମୁଦ୍ରିତ ନ ହୋଇ ବହୁକାଳ ପଡ଼ି ରହିଲା। ତେଣେ ମୁଁ ବାଧହୋଇ ନିଜେ ଛାପିବା ପାଇଁ ତାହାକୁ ନେଇ ଆସିଲି। ମୁଁ ଛାପିଲେ ସରକାରଙ୍କ ଆଦିବାସୀ ବିଭାଗ ଏକହଜାର ଖଣ୍ଡ ବହି କିଣିବେ ବୋଲି ତତ୍କାଳୀନ ମନ୍ତ୍ରୀ ମହୋଦୟ ଓ ଡେପୁଟି ସେକ୍ରେଟାରୀ ଶ୍ରୀ ପଦ୍ମନାଭ ମିଶ୍ର ମହାଶୟ ନିର୍ଭର ପ୍ରତିଶ୍ରୁତି ଦେଇଥିଲେ। ଆଦିବାସୀ ବିଭାଗର ନିର୍ଦ୍ଦେଶକ୍ରମେ ମୁଁ D.P.I ଙ୍କ ଠାରୁ ସୁପାରିଶ (approval) ପତ୍ର ତାଙ୍କୁ ଦେଇଥିଲି। ମାତ୍ର ସେ ବହିଟି ଦୁର୍ଭାଗ୍ୟ କ୍ରମେ ହଜି ଯିବାରୁ କେନ୍ଦୁଝରର ଓକିଲ ଶ୍ରୀ ଶଶୀ ସାହୁଙ୍କଠାରୁ ମୋର ପୁତ୍ର ଶ୍ରୀମାନ୍ ଅମିତାଭ ଖଣ୍ଡିଏ ଛିଣ୍ଡା ବହି ଆଣିଦେଲା। ତାହା ପୂର୍ଣ୍ଣାଙ୍ଗ ନଥିବାରୁ କନିକା ଲାଇବ୍ରେରୀର ଚପ୍ରାସୀ ଶ୍ରୀମାନ୍ ଦୁର୍ଯୋଧନ ବିଶ୍ୱାଳଙ୍କ ଉତୁରା ଖାତାଟି ଆଣିଲି। ଶୁଣିଲି ଏହି ଉତୁରା ଖାତା ପଢ଼ି ଓଡ଼ିଆରେ ଏମ.ଏ. ପରୀକ୍ଷାର୍ଥୀମାନେ ପରୀକ୍ଷା ଦେଉଥିଲେ। ଏପରି ପାଠ୍ୟପୁସ୍ତକ ଇଉନିଭରସିଟି ପ୍ରେସରେ ନ ଛପାଇ ଅପ୍ରକାଶିତ ଓ ଅପ୍ରାପ୍ୟ ବହିଟି କିପରି ପାଠ୍ୟ ନିର୍ବାଚିତ ହେଲା ତାହା ବିଶେଷ ଆଶ୍ଚର୍ଯ୍ୟ କଥା। ଯାହାହେଉ ଛିଣ୍ଡାବହି ଓ ଉତୁରା ଖାତାକୁ ମିଳାଇ ଏବଂ ପ୍ରେସପାଇଁ କପି ସଂଶୋଧନ

କରି ଶ୍ରୀ ଦିବାକର ମିଶ୍ରଙ୍କୁ ଛାପିବାକୁ ଦେଲି। ସେ ବହିଟିକୁ ଯତ୍ନର ସହିତ ଆଗ୍ରହରେ ଛାପିଛନ୍ତି।

ଗୋପାଳବଲ୍ଲଭ 'ଭୀମା ଭୂୟାଁ' ସମ୍ପର୍କରେ ଭକ୍ତକବି ମଧୁସୂଦନଙ୍କ ପ୍ରଶଂସାପୂର୍ଣ୍ଣ ଅଭିମତ ସହ ଇଂରାଜୀରେ ଏକ ଅଗ୍ରଲେଖା ଲେଖିଥିଲେ। ଛିଣ୍ଡା ବହିରେ ସେ ଇଂରାଜୀ ଲେଖା ନ ଥିଲା। ମାତ୍ର ୮ ବର୍ଷ ପୂର୍ବେ "ଆସନ୍ତାକାଲି" ମାସିକ ପତ୍ରରେ ଭୀମାଭୁୟାଁ ବହି ସମ୍ବନ୍ଧେ ସାହେବମାନଙ୍କ ଅଗ୍ରଲେଖାର ଅନୁବାଦ ସହ ଲେଖା ପ୍ରକାଶ ପାଇଥିଲା। ତାହାର ତର୍ଜମା ଏବଂ ଉପନ୍ୟାସର ବିଶଦ ଆଲୋଚନା କରି ବିସ୍ତାରିତ ଭାବରେ ଲେଖିଥିଲି।

ଭୀମା ଭୂୟାଁ ଉପନ୍ୟାସଟି ଛୋଟ ବହି ହେଲେ ମଧ ଏପରି ବହିଟିଏ କେବଳ ସେକାଳ କାହିଁକି, ଏକାଳରେ ମଧ ବିରଳ। କି ରାଜନୀତି, କି ସମାଜନୀତି, କି ଦଣ୍ଡନୀତି, କି ଅର୍ଥନୀତି, କି ଗୋଷ୍ଠୀନୀତି, କି ବ୍ୟକ୍ତିନୀତି ସବୁ ବିଷୟରେ ପ୍ରତିଭାଶାଳୀ ଲେଖାକଙ୍କର ଦାନ ଓଡ଼ିଆ ସାହିତ୍ୟ ପ୍ରତି ଅବିସ୍ମରଣୀୟ ଅଟେ। ଏପରି ତାତ୍ତ୍ୱିକ, ପୁଣି ରୋମାଣ୍ଟିକ ବହିଖଣ୍ଡେ ଓଡ଼ିଶାରେ ବିରଳ। କେନ୍ଦୁଝରର ତତ୍କାଳୀନ ରଜଜେମାଙ୍କ ସହିତ ଭୀମାର ପ୍ରଣୟ, ଚିନାମାଳୀ ଭୀମାର ବଡ଼ଭାଇ ବାଣାସୁରକୁ ବିଭା ହେବାରୁ ଭୀମାର ନୈରାଶ୍ୟଜନକ ବ୍ୟର୍ଥତାର ପରିଣାମ, ପ୍ରତିକ୍ରିୟାର ପ୍ରତୀକ ନିଜର ନିରୁଦ୍ଦେଶ ଯାତ୍ରା ପ୍ରଭୃତି ବଡ଼ ଚମତ୍କାର ଭାବରେ ବହିରେ ଲେଖାଅଛି। ତତ୍‌କାଳୀନ ଗଡ଼ଜାତ ରାଜାଙ୍କ ରାଜତ୍ୱରେ ଅମଲାମାନଙ୍କ ମନମୁଖୀ ଶାସନର କଥା ମଧ ଲେଖାଯାଇଛି। ସେ ଯୁଗର ସମାଜରେ ନାରୀଚିତ୍ର ମଧ ବିସ୍ତାରିତ ଭାବେ ଲେଖା ହୋଇଅଛି। ବହିଟି ପଢ଼ିଲେ ଲେଖକଙ୍କର ଦାର୍ଶନିକ ବିଚାର, ଭଗବତ ଶରଣାଗତି, ଭାଗ୍ୟବାଦିତା ଏବଂ ନ୍ୟାୟ ଓ ସତ୍ୟ ପ୍ରତି ଶ୍ରଦ୍ଧାଭାବ ପାଠକମନରେ ଗଭୀର ପ୍ରଭାବ ପକାଇଥାଏ। ଲେଖକ ବହିଟିକୁ ଯଥାର୍ଥ ଭାବରେ ଉପନ୍ୟାସର ଜୀବନ ଦେଇଛନ୍ତି ଏବଂ ବହିଟି ଗୋଟିଏ ଉତ୍‌କୃଷ୍ଟ ସାହିତ୍ୟ ବହିରେ ବାସ୍ତବତାଠାରୁ ଭାଗ୍ୟ,ଦଇବର କଥା ବିଶେଷ ଭାବରେ ପରିଦୃଷ୍ଟ ହୁଏ। ସାଧାରଣ ଜନଧର୍ମ ଓ ଠାକୁରାଣୀଙ୍କ ପ୍ରତି ଅନ୍ଧବିଶ୍ୱାସ,ଭୟ, ଆଶଙ୍କା ଓ ସଂଶୟର କଥା ମଧ ସେ ଲେଖିଛନ୍ତି। ସେ ଯୁଗରେ ଉପନ୍ୟାସ ରଚିତ ହୋଇଥିଲେ ବି ଭାବାଦର୍ଶ, ଭାଷା ଓ ବିଷୟ ଇତ୍ୟାଦିରେ ଏଯୁଗର ଜାତୀୟ ଜୀବନରେ ଆଦିବାସୀ ପ୍ରଥାର ମେଳ ରହିଥିବାରୁ ବହିଟି ଦେଶକାଳପାତ୍ରର ସୀମିତ ଆବେଷ୍ଟନୀ-ନିଗଡ଼ରେ ବନ୍ଧା ନ ହୋଇ ତାର ସୀମା ଛାଡ଼ିଯାଇଛି ବୋଲି ଏହାର ମୂଲ୍ୟ ଓଡ଼ିଆ ସାହିତ୍ୟରେ ଚିରନ୍ତନର ସ୍ୱାକ୍ଷରିକା ରଖିଦେଇଛି। ଏହାର ଐତିହାସିକ ମୂଲ୍ୟ ରହିଛି ବୋଲି ବହିଟି ପ୍ରକାଶ କରିବାର ଇଚ୍ଛା ହୋଇଥିଲା। ଉତ୍କଳ

ବିଶ୍ୱବିଦ୍ୟାଳୟ M.A ଶ୍ରେଣୀ ପାଇଁ ବହିଟିକୁ ପାଠ୍ୟ ନିର୍ବାଚିତ କରିଥିବାରୁ ସମ୍ପୃକ୍ତ କର୍ତ୍ତୃପକ୍ଷଙ୍କ ସିଦ୍ଧାନ୍ତ ଧନ୍ୟବାଦାର୍ହ। ଶେଷରେ ବକ୍ତବ୍ୟ ଏତିକି ଯେ, ଏହି ପୁସ୍ତକର ନାୟିକା କେନ୍ଦୁଝରଜେମାଙ୍କୁ ଲେଖକ ମହାଶୟ ତାଙ୍କର ପଣଆଇ ଯେ କି ପ୍ରାଚୀନକାଳରେ ସତୀଧର୍ମ ପ୍ରଥାରେ ସ୍ୱାମୀଙ୍କ ଶବଚିତାରେ ବସୀ ସ୍ୱର୍ଗାରୋହଣ କରିଥିଲେ, ଉତ୍କଳର ସେହି ସତୀ ରମଣୀ ମହୀୟସୀ ନାରୀ ଶ୍ରୀମତୀ କୃଷ୍ଣା ଦେଈଙ୍କ ସହିତରେ ସମାନ ଆସନ ଦେଇଛନ୍ତି। କେନ୍ଦୁଝରଜେମା ମଧ୍ୟ ଆଜୀବନ ଏକପତିବ୍ରତ ଧରି ବ୍ରହ୍ମଚାରିଣୀ ହୋଇ ବୃନ୍ଦାବନରେ ରହି ତପସ୍ୟା କରିଥିଲେ। ଜୀବନରେ ସେ ପତିସଙ୍ଗ ଲଭି ନଥିଲେ ମଧ୍ୟ ପରକାଳରେ ପତିସଙ୍ଗ ବାସନାରେ ତପସ୍ୟା କରିଛନ୍ତି। ଏହା କେବଳ ଭାରତୀୟ ନାରୀଙ୍କ ପକ୍ଷରେ ହିଁ ସମ୍ଭବ। ଏହି ସଂସ୍କୃତି ମଧ୍ୟ ଓଡ଼ିଆ ନାରୀଙ୍କର ପରମ୍ପରା ଥିଲା। ତେଣୁ ଏ ପୁସ୍ତକର ନାୟିକା ଏକ ମହାନ୍, ଆଦର୍ଶମୟ ତଥା ଅତୁଳନୀୟ ଜୀବନର ନାୟିକା। ପ୍ରଣୟରେ ହିଁ ତାଙ୍କର ତପସ୍ୟାର ଆରମ୍ଭ ଏବଂ ତହିଁରେ ତାଙ୍କର ସିଦ୍ଧି।

ରାଜଜେମାଙ୍କ ଜୀବନଦର୍ଶନର ଗଭୀର ତତ୍ତ୍ୱ ଅଧ୍ୟୟନ କରିବା ଏଯୁଗରେ କେବଳ କଳ୍ପନାକୁ ଆଶ୍ରୟ କରି ସମ୍ଭବ ହୁଏ। ବାସ୍ତବତାରେ ତାଙ୍କ ଚରିତ୍ର କଳନା କରିବା ପବନକୁ ଫାନ୍ଦରେ ଧରିବା ଭଳି ଏକ ଅସମ୍ଭବ କଥା -ଏ ଯୁଗରେ ଯେତେବେଳେ ପ୍ରଣୟ ସହିତ ଛାଡ଼ପତ୍ର ଅଙ୍ଗାଙ୍ଗୀ ଭାବେ ଜଡ଼ିତ ସେତେବେଳେ ଏପରି ଗୋଟିଏ ଉପନ୍ୟାସର ବହୁଳ ପ୍ରଚାରର ଯଥେଷ୍ଟ ଆବଶ୍ୟକତା ଅନୁଭବ କରି ମୁଁ ଏହାକୁ ପୁନଃ ପ୍ରକାଶ ପାଇଁ ମନ ବଳାଇଲି।

କଟକ
ତା /୭/୭/୬୪

ଶ୍ରୀମତୀ ସରଳା ଦେବୀ

ଗ୍ରନ୍ଥ ମୂଲ୍ୟାୟନ

ସ୍ୱାଧୀନତା ପରେ ଓଡ଼ିଆ ସାହିତ୍ୟର ଯଥେଷ୍ଟ ଅଗ୍ରଗତି ହୋଇଥିବା କହି କେହି କେହି ଆତ୍ମସନ୍ତୋଷ ଲାଭ କରନ୍ତି। ଅବଶ୍ୟ ଦି' ଚାରିଖଣ୍ଡ ମାସିକ ଓ ସାପ୍ତାହିକ ପତ୍ରପତ୍ରିକାରେ ନୂଆ ନୂଆ ଲେଖକଲେଖିକାଙ୍କ ରଚନାମାନ ଦେଖାଯାଏ। ନୂଆ ପୁଅଝିଅ ବା ନୂଆଫସଲ ପ୍ରତିବର୍ଷ ହେବା ପରି ନୂଆ ଲେଖକ ବାହାରିବାଟା ତ ସ୍ୱାଭାବିକ। ସେଥିରେ ସ୍ୱାଧୀନତାର ପ୍ରେରଣା ରହିଲା କେଉଁଠି ?

ନୂଆ ବହି ମଧ୍ୟ ସେହି ନିୟମରେ ପ୍ରକାଶ ପାଏ। ମାତ୍ର ତହିଁରେ ସ୍ୱାଧୀନ ଜୀବନର କିମ୍ବା ସ୍ୱାଧୀନ ପରିସ୍ଥିତିର ବାତାବରଣ କି ଭାବରେ ଫୁଟିଛି,ତାହା ହିଁ ବିଚାର୍ଯ୍ୟ। ପୁଣି ବହିଟିଏ ପ୍ରକାଶ ପାଇଲେ ଏବେ ମଧ୍ୟ ତହିଁରୁ ହଜାର ଖଣ୍ଡ କେତେ କାଳ ଭିତରେ ବିକ୍ରି ହୋଇପାରୁଛି ଓ ବିକ୍ରିଲବ୍ଧ ଧନଦ୍ୱାରା କେତେ ଜଣ ଲେଖକ ଉପକୃତ ହୋଇ ସ୍ୱାଧୀନ ସାହିତ୍ୟିକ ଜୀବନ ବଞ୍ଚିବା ପାଇଁ ସମର୍ଥ ହେଉଛନ୍ତି,ତା'ର ହିସାବ ସ୍ୱାଧୀନତା ପରବର୍ତ୍ତୀ ସମୟ ତୁଳନାରେ ଏବେ କି ପରିମାଣରେ ଆଶାପ୍ରଦ ତାହା ଖୋଜି ପାଇବା ସମ୍ଭବପର ନୁହେଁ କାରଣ ସେ ହିସାବ କେବଳ ପୁସ୍ତକ ପ୍ରକାଶକ ଓ ପତ୍ରିକା ସମ୍ପାଦକ ବା ପରିଚାଳକମାନଙ୍କ ପାଖରେ ହିଁ ଆବଦ୍ଧ।

ସବୁଠାରୁ ଉପନ୍ୟାସର କାଟତି ବେଶୀ ବୋଲି ଶୁଣାଯାଇଥାଏ। ସ୍ୱାଧୀନତା ପୂର୍ବରୁ ଏବଂ ପରେ ମଧ୍ୟ ନୂଆ ଉପନ୍ୟାସର ସଂଖ୍ୟା ନିଶ୍ଚୟ ବୃଦ୍ଧି ପାଇଛି। ଅଥଚ ସେଗୁଡିକର ସଂସ୍କରଣ ସଂଖ୍ୟା ତ ଆଦୌ ଉତ୍ସାହଜନକ ବୋଲି ମନେ ହୁଏ ନାହିଁ !

ସ୍ୱର୍ଗତ ଗୋପାଳବଲ୍ଲଭ ଦାସଙ୍କ ଦ୍ୱାରା ଲିଖିତ "ଭୀମା ଭୂୟାଁ" ଉପନ୍ୟାସ ଖଣ୍ଡିକର ଦ୍ୱିତୀୟ ମୁଦ୍ରଣ ଦେଖାଦେଇଛି ଲେଖକଙ୍କ ମୃତ୍ୟୁର ଅନେକ ବର୍ଷ ପରେ। ତାହା ପୁଣି ଉତ୍କଳ ବିଶ୍ୱବିଦ୍ୟାବିଳୟର ଏମ୍.ଏ. କ୍ଲାସରେ ପଢ଼ା ହେବାପାଇଁ ମନୋନୀତ ହେବାର କିଛି ବର୍ଷ ପରେ ବୋଲି ବହିଟିର ସମ୍ପାଦିକା ଶ୍ରୀମତୀ ସରଳା ଦେବୀଙ୍କ ଠାରୁ ଜଣାପଡ଼େ। କି ପରିସ୍ଥିତିରେ ସେ ବହିଟିର ନକଲ ସଂଗ୍ରହ କଲେ,

ତାହା ମଧ୍ୟ ବଡ଼ କୌତୁହଳପ୍ରଦ। ଏହାର ପ୍ରଥମ ମୁଦ୍ରଣ ବେଳେ ବୋଧହୁଏ ଓଡ଼ିଆ ସାହିତ୍ୟରେ ଖଣ୍ଡେ କି ଦି' ଖଣ୍ଡ ମାତ୍ର ମୌଳିକ ଉପନ୍ୟାସ ଥିବ।

ବହିଖଣ୍ଡି ପୁଣି ଖୋଦ୍ ଆଦିବାସୀ ଓ ଅଣଆଦିବାସୀ ଚରିତ୍ରକୁ ଘେନି ରଚିତ। ସେତେବେଳେ ଏହି ଉପାଦାନ ଏକାବେଳେ ପ୍ରଥମ ଓ ମୌଳିକ। ଆଜି ମଧ୍ୟ ଉପନ୍ୟାସଟି ପ୍ରାଚୀନ ଢଙ୍ଗର ଅଚଳ ଭାଷା ଓ ଉପାଖ୍ୟାନ ବର୍ଣ୍ଣନାଭଙ୍ଗୀଦୃଷ୍ଟିରୁ ଏକାବେଳେ ନୂତନ। ପଚାଶ ବର୍ଷରୁ ଅଧିକ କାଳ ପରେ ତା'ର ଦ୍ୱିତୀୟ ମୁଦ୍ରଣ ପ୍ରକାଶ ପାଇବା ମଧ୍ୟ ଏ କଥାର ଗୋଟିଏ ପ୍ରଧାନ ପ୍ରମାଣ।

"ଭୀମା ଭୂୟାଁ"ର ଲେଖା-ଷ୍ଟାଇଲ୍ ପୁଣି ଗଳ୍ପ ଓ ଘଟଣା ଗୁନ୍ଥିବାର କୌଶଳରେ ଯେଉଁ ସ୍ୱାତନ୍ତ୍ର୍ୟ ଅଛି ତାହା ଓଡ଼ିଆ ସାହିତ୍ୟରେ ବିରଳ। ନାଟକ ଭଳି ଉପନ୍ୟାସରେ ଘଟଣାର ଉତ୍କଣ୍ଠା ହିଁ ପ୍ରଧାନ ଆକର୍ଷଣୀୟ ବସ୍ତୁ। ଲେଖକ ବହିଟିର ଆରମ୍ଭରୁ ଶେଷଯାକେ ଏଇ ଉତ୍କଣ୍ଠାକୁ ନିପୁଣତାର ସହିତ ରକ୍ଷା କରିପାରିଛନ୍ତି। ପ୍ରତ୍ୟେକଟି ନାରୀ କିମ୍ବା ପୁରୁଷଚରିତ୍ର ଜୀବନ୍ତ ଓ ଚାକ୍ଷୁଷ ପରି ବୋଧ ହୋଇଥାଏ। ଯଦିବା ଘଟଣା ଦୃଷ୍ଟିରୁ ରାଜାଜ୍ଞାରେ ମୁଣ୍ଡ କାଟିବା କିମ୍ବା ସାନ ସାନ ରାଜାମାନଙ୍କ ମଧ୍ୟରେ ଲଢ଼େଇ ଚାଲିବା ଆଜି ଅଦୃଶ୍ୟ ହୋଇପଡ଼ିଛି।

ଓଡ଼ିଶାର କନ୍ଧ, କୋହ୍ଲ, ଭୂୟାଁ, ସାନ୍ତାଳ ପ୍ରଭୃତି ଆଦିବାସୀମାନେ ଯେପରି ଉତ୍ତରାଞ୍ଚଳରେ ଦେଖାଯାନ୍ତି, ସେହିପରି ଦକ୍ଷିଣାଞ୍ଚଳରେ ଗଦବା, ପରଜା, କୋୟା, ଗଣ୍ଡ ଇତ୍ୟାଦି ବହୁ ଶ୍ରେଣୀର ମଧ୍ୟ ଅଛନ୍ତି। ଭୂୟାଁମାନେ କେନ୍ଦୁଝରର ଭୂୟାଁପୀଢ଼ରେ ପ୍ରଧାନତଃ ଥାଆନ୍ତି। କେତେକ ଆଦିବାସୀଙ୍କର ସେ ରାଜ୍ୟର ରାଜା ବା ରାଜବଂଶ ସହିତ ଯେପରି ପ୍ରୀତିବନ୍ଧୁ ପ୍ରଭୃତି ସମ୍ପର୍କ ରହିବା ସ୍ୱାଭାବିକ, ସେଇପରି ଭୂୟାଁମାନଙ୍କର କେନ୍ଦୁଝର ରାଜାଙ୍କ ସହିତ ସମ୍ପର୍କ ଅଛି। ପ୍ରତି ବର୍ଷ ରାଜ୍ୟାଭିଷେକ ସମୟରେ ରାଜଙ୍କର ଜଣେ ଭୂୟାଁ କ୍ରୋଡ଼ରେ ବସି ଅଭିଷେକ ହେବା ପ୍ରଥା ରହିଛି।

ଉପନ୍ୟାସକାର ଗୋପାଳବଲ୍ଲଭ କେନ୍ଦୁଝର ରାଜା ନାବାଳକ ଥିବା ସମୟରେ ରସିଭର ରୂପେ ନିଯୁକ୍ତ ରହି ଭୂୟାଁମାନଙ୍କ ସମ୍ପର୍କରେ ଆସିଥିଲେ ଓ ସେହି ଅନୁଭୂତି ତାଙ୍କର ଗଳ୍ପାକାରରେ ରୂପ ପାଇଥିଲା। ଭୂୟାଁମାନଙ୍କ ବୀରତ୍ୱ ସଙ୍ଗେ ନୃଶଂସତା, ଗ୍ରାମଭିତରେ ଧାଙ୍ଗଡ଼ାଧାଙ୍ଗଡ଼ି ଘର, ରାଜପୁରୁଷମାନଙ୍କ ପ୍ରତି ଶ୍ରଦ୍ଧା, ଭକ୍ତି ଓ ସାଧାରଣଙ୍କ ପ୍ରତି ଆତିଥେୟତା, ପୁଣି ଯୁବକଯୁବତୀ ଓ ବୃଦ୍ଧବୃଦ୍ଧାମାନଙ୍କର ସାମାଜିକତା ମଧ୍ୟରେ ଭୀମା ଭୂୟାଁର ପୌରୁଷ ଓ ପ୍ରେମର ଯେଉଁ ଚିତ୍ର ସେ ଅଙ୍କନ କରିଛନ୍ତି, ତାହା ଯେପରି ଅନବଦ୍ୟ, ସେପରି ଅନନ୍ୟ।

ସେହି ବୀରତ୍ୱ ଓ ପୌରୁଷଦ୍ୱାରା ସ୍ୱୟଂ ରଜଜେମା ମଧ୍ୟ ଅକୃଷ୍ଟ। ସେ ଆକର୍ଷଣ ଦୈହିକ ନ ହୋଇ ଯେପରି ଆତ୍ମିକ ହୋଇ

ପଡ଼ିଛି ଓ ପ୍ରେମର ମହାନ୍ ତ୍ୟାଗରେ ପରିସମାପ୍ତି ଲଭିଛି, ତାହା ଅପାର୍ଥିବ ହେଲେ ମଧ୍ୟ ଅସମ୍ଭବ ନୁହେଁ। ଓଡ଼ିଶାର ଜଣେ ରାଜକନ୍ୟାଙ୍କର ଅପୂର୍ବ ଚାରିତ୍ରିକ ପ୍ରଭାବରେ ଆଦିବାସୀ ଭୁୟାଁର ପ୍ରେମ ହିଁ ତ୍ୟାଗର ଚରମସୀମାକୁ ସ୍ପର୍ଶ କରି ନିଷ୍କଳଙ୍କ ଚନ୍ଦ୍ର ପରି ପ୍ରତିଭାତ ହୋଇଛି। ଜେମାଙ୍କ ନିର୍ଦ୍ଦେଶରେ ପ୍ରେମିକ ଭୀମାଭୁୟାଁ ତାହାର ରଣଜିତ୍ ଶାଢ଼ୀ କାଢ଼ିଦେଇ ନୈସର୍ଗିକ ପ୍ରେମ ପାର୍ଶ୍ୱରେ ନିଜ ବୀରତ୍ୱର ଦମ୍ଭ ଅଭିମାନ କରିଛି। ସେହିପରି ରାଜବଂଶର ଆଭିଜାତ୍ୟକୁ ଜଳାଞ୍ଜଳି ଦେଇ ଜେମା ମଧ୍ୟ ପ୍ରେମ ନିକଟରେ ସତୀତ୍ୱର ଅଗ୍ନି ପରୀକ୍ଷାରେ ଉତ୍ତୀର୍ଣ୍ଣ ହୋଇଛନ୍ତି।

ଗଦ୍ୟ-କାବ୍ୟରୂପେ ଉପନ୍ୟାସ ସୁବିଦିତ। "ଭୀମା ଭୂୟାଁ" ଉପନ୍ୟାସଟି ଏହି କଥାକୁ ତାହାର ଭାଷାରେ, ବର୍ଣ୍ଣନାରେ, ଚରିତ୍ରଚିତ୍ରଣରେ ସାର୍ଥକ କରିଛି। ଏହାକୁ ଓଡ଼ିଆ ସାହିତ୍ୟର 'କାଦମ୍ବରୀ' ଆଖ୍ୟା ଦେଲେ ଅଯଥା ହେବ ନାହିଁ ବୋଲି ମନେ ହୁଏ। ଏକ ମୌଳିକ ରସୋତୀର୍ଣ୍ଣ ରଚନାରୂପେ ଏହା ଓଡ଼ିଆ ସାହିତ୍ୟକ୍ଷେତ୍ରରେ ବିସ୍ମୟ ସୃଷ୍ଟି କରିଛି।

କଟକ
୨୭।୬।୧୯୬୪

କାଳିନ୍ଦୀଚରଣ ପାଣିଗ୍ରାହୀ

ସଭାପତି, ଉତ୍କଳସାହିତ୍ୟ ସମାଜ
କେନ୍ଦ୍ର ଏବଂ ଉତ୍କଳ ସାହିତ୍ୟ ଏକାଡ଼େମୀ-ସଭ୍ୟ

ଭୀମା ଭୂୟାଁ

ସୂଚନା

(ଆଷାଢ଼ ଶୁକ୍ଳ ବରାଡ଼ୀ)
"ଏତେ କଦର୍ଥନା ପାଉ କାହିଁକି,
ଶଶ ଶଶି ପ୍ରାପ୍ତ ହେତୁ ନାହିଁକି ?
କୁମ୍ଭକାର କୀଟ ଦିକ୍ଷା ତୁ ବହ,
କୃଷ୍ଣ ଦେହ ପାଇଁ ନିଶ୍ଚିନ୍ତେ ରହ,
ଶ୍ୟାମନାମ ଧରି,
ଯାୟା ଅନୁକୂଳ କରି ବାହାରି । "
(ବିଦଗ୍ଧ ଚିନ୍ତାମଣି)

ପ୍ରଥମ ପରିଚ୍ଛେଦ

ମଗୁଶିରରେ ଶିର ଶିରିଆ, ପୁଷରେ ଭୂଷଭୁଷିଆ ଶୀତ ହେଲେ ବି ନିର୍ବାଣୋନ୍ମୁଖ ପ୍ରଦୀପ, ଆହତ ମୁର୍ମୂଷୁ ବ୍ୟାଘ୍ର ଭଲ୍ଲୁକଙ୍କ ପରି ମାଘରେ ଶୀତର ବଡ଼ ରାଗ ବୋଲି ଜଣା ଶୁଣା। ମାଘ ଗଲାଣି ତଥାପି ରାଗ ଦାଗ ଯାଇନାହିଁ। ଅରୁଣ ଦେବ ଅଗ୍ନି କୋଣରୁ ଅପସରିବା ଆରମ୍ଭିଲେଣି, କିନ୍ତୁ ଉଷାଦେବୀ କୁଜ୍‌ଝଟି ଓଢ଼ଣା ଅନ୍ତର କରି ନାହାନ୍ତି। ସୂର୍ଯ୍ୟଦେବ ଡରି ଡରି ଥରି ଥରି ପରି ଦେଖା ଯାଉଛନ୍ତି। ଦୀନନାଥଙ୍କର ଦୈନ୍ୟଭାବ ଦିଗ୍‌ବିଦିଗରେ ପ୍ରତିବିମ୍ବିତ। ପଣ୍ଡୁ ପତନରେ, ପ୍ରପୀଡ଼ିତ ପାଦପେ ପୋଡ଼ା ପତର ପକାଇ ସାରି ନାହାନ୍ତି। ପ୍ରାତଃକାଳୀନ ଧୂମୋଦ୍ଗମରେ ସରିତ ତଡ଼ାଗ ଧୂସରାୟିତ। ବସନ୍ତ ପଞ୍ଚମୀ ସଙ୍ଗେ ଆସିଥିଲେ ହେଁ, ଋତୁରାଜଙ୍କର ଚୋରପରି ଆଚରଣ ରହିଛି। ତଥାପି ଅଗି ଜଳିଲା, ଶୀତ ଟଳିଲା, ବଚନ ଥିବାରୁ ଶତ୍ରୁ ନିର୍ମୂଳ ନୋହିଥିଲେ ହେଁ, ଯେଉଁ ପ୍ରକୃତିଦ୍ୱାରା ପ୍ରଣୋଦିତ ହୋଇ ରଣବିଜୟୀ ଛତ୍ରପତି, ସେନାପତି, ନାୟକ ପାୟକ ପ୍ରଭୃତି ନରକଙ୍କାଳାଛାଦିତ ରଣଭୂମିର ଶୋଣିତ ସ୍ରୋତସ୍ୱତୀ କୂଳେ ଆମୋଦପ୍ରମୋଦରେ ମତ୍ତ ହୋଇଥାଆନ୍ତି, ସେହି ପ୍ରକୃତିର ବଶବର୍ତ୍ତୀ ହୋଇ ପ୍ରକୃତିରାଣୀଙ୍କ କ୍ରୋଡ଼ରେ ଲାଳିତ ପାଳିତ ପ୍ରକୃତି ସନ୍ତାନ ଭୂଇଁଆମାନେ ଆଜି ମାଘପୋଡ଼ା ପର୍ବରେ ମାତିଛନ୍ତି। ତିନି ଦିନ ଅହରହ ଆମୋଦପ୍ରମୋଦ ଉତ୍ତାରୁ ଆଜି ଓଷା ଉଜୁଆଁ। ଅନେକ ଗ୍ରାମରୁ ଆହୂତ ଅନାହୂତ ଧାଙ୍ଗଡ଼ ଧାଙ୍ଗଡ଼ୀ, ବୁଢ଼ାବୁଢ଼ୀ ଏକତ୍ରିତ। "ବସୁଧୈବ କୁଟୁମ୍ବକଂ" ବଭା ଆବାଳବୃଦ୍ଧବନିତା ସବୁରି ହୃଦୟ ଅଧିକାର କରିଅଛି। ଶତ୍ରୁ ମିତ୍ର ଉଭୟଙ୍କ ପାଇଁ ଭୂଇଁଆ ପଲ୍ଲୀର ସରଦାର ବିରାଦରଙ୍କର କୁଟୀର ଅବାରିତ ଦ୍ୱାରା ନିମନ୍ତ୍ରିତ ହେଉ ବା ନହେଉ ସବୁରି ସମ୍ମାନ ଚର୍ଚ୍ଚା ବଡ଼ ସାନ ଘେନି ପାତର ଅନ୍ତର ନାହିଁ। ଭବିଷ୍ୟତରେ

ଯାହା ହେଉ ଘରେ ଘରେ ପାନ, ଆହାର; ମଣ୍ଡୁଆ ଦ୍ୱାରେ ଅହରହ ଚାଙ୍ଗୁ ବାଜା, ଚାଙ୍ଗୁ ନାଚ, ଚାଙ୍ଗୁ ଗୀତ ପଞ୍ଚାଏ ପଞ୍ଚାଏ ବାଉଛନ୍ତି, ଗାଉଛନ୍ତି, ନାଚୁଛନ୍ତି। ପଞ୍ଚାଏ ପଞ୍ଚାଏ ଯାଇ ଗାଉଛନ୍ତି, ପିଉଛନ୍ତି। ସ୍ଥୂଳରେ ମଣ୍ଡୁଆଟି ମହୁଫେଣା ପରି ହୋଇଛି। ଅନ୍ୟଥା ଆହାର ବିହାର ଓ ମଧୁସଂଗ୍ରହ ହେଉଥିବାବେଳେ ଯେପରି ମକ୍ଷିକା ପୂର୍ଣ୍ଣ ଥାଇ ମଧୁଚକ୍ରର କାର୍ଯ୍ୟ ଚାଲିଥାଏ, ସେହିପରି ଘରେ ଘରେ ପାନ ଆହାର କାଳରେ ମଣ୍ଡୁଆଠାରେ ନୃତ୍ୟଗୀତ ବାଦ୍ୟର ବିରାମ ନାହିଁ। ଜାତି ଅଜାତି, ସାନ ବଡ଼ ସମସ୍ତେ ଆନନ୍ଦ ଲହରୀରେ ଦୋଳାୟମାନ। ଏକ ଦିଗରେ ପ୍ରପୀଡ଼କ ପ୍ରବଳ ପ୍ରତାପୀ ଶୀତର ତିରୋଧାନ; ଅପର ଦିଗରେ ନାତିଶୀତୋଷ୍ଣ ମଳୟାନୀଳ ସହ ମନବଦନ-ରଞ୍ଜନକାରୀ ଋତୁରାଜଙ୍କର ଆଗମନ। ପୁଣି ଆନନ୍ଦର ପାତ୍ରାପାତ୍ର ନାହିଁ। ନିର୍ମଳ ଚନ୍ଦ୍ର ମଣ୍ଡଳ ଦର୍ଶନରେ ନୃତ୍ୟ କରୁ କରୁ ଅଗ୍ନି ଭକ୍ଷଣ କାଳେ ଚକୋରର ଯେଉଁ ଆନନ୍ଦ, ନବଜଳଧର ଦର୍ଶନରେ ଚାତକର ସେହି ଆନନ୍ଦ। ମଞ୍ଜୁ ଗୁଞ୍ଜ ମାଳି ନୀଳା ମାଳା। ସେହିପରି କାହାରି କାହାରି ମନ ମୁଗ୍ଧକାରୀ କାହାରି କାହାରି ବି ରୂପ-ଯୌବନ – ସମ୍ପନ୍ନା ଅପସରାଙ୍କ ନୃତ୍ୟ ଗୀତ ଯେପରି, ଭୂଇଁଆଙ୍କର ବୋଡ଼ାପାଳି, ଗୀଧପାଳି ପ୍ରଭୃତି ତାଙ୍କୁ ସେହିପରି। ଏହିପରି 'ଭିନ୍ନରୁଚିଃ ଲୋକଃ' ଅନୁସାରେ ଭିନ୍ନ ଭିନ୍ନ ପଦାର୍ଥରୁ ଉତ୍ପନ୍ନ ହେଲେ ହେଁ ଆନନ୍ଦ ଏକ। ଗାଈ କଳା ହେଉ, ଧଳା ହେଉ, ଦେଶୀ ହେଉ କି ବିଦେଶୀ ହେଉ, ଦୁଧ ଏକ। ନବନୀତର ନ୍ୟୂନାଧିକ୍ୟ ପରି ହିଲ୍ଲୋଳ ହେଉ କି କଲ୍ଲୋଳ ହେଉ କି ତରଙ୍ଗ ହେଉ ଆନନ୍ଦ ଏକ। କିନ୍ତୁ ସୁରସରିତ ବା ମାନ-ସରୋବରର କଳନିନାଦିନୀ ବୀଚିମାଳା କିମ୍ବା ସୁନୀଳ ମହାସାଗରର ଦୁଗ୍ଧଫେନନିଭ ଶୁଭ୍ରଚୂଡ଼ ଭୀଷଣନାଦୀ ଉତ୍ତାଳ ତରଙ୍ଗମାନଙ୍କ ପରି ଆନନ୍ଦ ସାଗରର କିଛି ଦୃଷ୍ଟି ବା ଶ୍ରୁତିଗୋଚର ହେବାର ନୁହେଁ। ହୃଦୟ ବା ମନରେ ଏହାର ଉତ୍ପତ୍ତି, ସ୍ଥିତି, ଗତି, ବିଲୁପ୍ତି। ଏହା ନିଜେ ଦେଖା ଶୁଣା ନ କଲେ ହେଁ ଭାବଭଙ୍ଗି ଆକାର ପ୍ରକାରରେ ଆପେ ଆପେ ପ୍ରକାଶ ପାଇଥାଏ। ପୁଣି "ଅଗ୍ନି ଯେସନେ ସବୁଖାଇ, ବିଚାରେ ଦୋଷଗୁଣ ନାହିଁ " ସେହିପରି ନରକିନ୍ନର, ପଶୁ, ପକ୍ଷୀ ସବୁରିଠାରେ ଆନନ୍ଦର ସଞ୍ଚାର। ଏଣୁକରି ବିବିଧ କାରୁକାର୍ଯ୍ୟ ଭୂଷିତ ନାନା ଆଲୋକମାଳାରେ ରଞ୍ଜିତ ସରମ୍ୟ ସ୍ଫଟିକହର୍ମ୍ୟରେ ଆନନ୍ଦର ଯେଉଁ ଲୀଳା ଖେଳା, ବନ୍ଧୁର ଧୂଳି ଧୂସରିତ ଶାଳ ହୁଳାରେ ଆଲୋକିତ ଭୂଇଁଆ ମଣ୍ଡପରେ ତାର ସେହି ଲୀଳା ଖେଳା। ଏହାର ସାନ ବଡ଼, ଉଚ୍ଚ ନୀଚ ବିଚାର ନାହିଁ। ଏହା ଈଶ୍ୱରୀୟ। ସ୍ୱର୍ଗନରକ, ସୁରାସୁର, ନରକିନ୍ନର ଯାହାଙ୍କର କ୍ରୀଡ଼ା ପିତୁଳା ସେ ସଚ୍ଚିଦାନନ୍ଦ ନାମରେ ଅଭିହିତ।

ଏହି ପରମ ପବିତ୍ର ଆନନ୍ଦ ତରଙ୍ଗରେ କୃପଣପଣିଆ ଛାଡ଼ିଯାଏ। ବନ୍ଦୀ କାରାମୁକ୍ତ ହୁଏ ଏବଂ ଶତ୍ରୁପଣିଆ ମନେ ରହେ ନାହିଁ। ଏହିପରି ଆନନ୍ଦ ସାଗରରେ ମଗ୍ନ ହୋଇଥିଲେ ହେଁ "ଯାହା ମନ ଯାହାକୁ ରସେ,ତାହା ବିନା ତାକୁ ଆନ ନ ଦିଶେ"। ଯେ ଯାହାକୁ ରସିଛି ସେ ତାକୁ ସୁଖୀ କରିବାରେ ଆପଣାକୁ ସୁଖୀ ମଣୁଅଛି। ତଥାପି ବିରୁଦ୍ଧ ଭାବ ବା ଆଚାରର କୌଣସି ଆଭାସ ନାହିଁ, ଘୃଣା ତାଚ୍ଛଲ୍ୟ ପ୍ରଭୃତିରେ ଛାୟା ସୁଦ୍ଧା ଦେଖା ନାହିଁ। ବିଶୁଦ୍ଧ ସଦ୍‌ଭାବରୁ କେହି ଅନ୍ତର ନୁହେଁ। ଏଥିରେ କେହି କାହାରିକି ଊଣା ନୁହେଁ। ତାହାହେଲେ ବି ବଡ଼ ବଡ଼ଙ୍କ ଉପରେ ସବୁରି ଆଖି।

ଚାରି ଭାଇଙ୍କ ମଧ୍ୟରେ ଜ୍ୟେଷ୍ଠ ରାମ ଦାଶରଥି। ପଙ୍କରୁ କୁମୁଦ ପ୍ରଭୃତି ଜନ୍ମୁଥିଲେ ବି କମଳ ପଙ୍କଜ ନାମଧାରୀ। ସେହିପରି ଏଠାରେ ତିନିଜଣ ଲକ୍ଷ୍ୟର ସ୍ଥଳ। ପ୍ରଥମତଃ ଏ ଗ୍ରାମର ତିଳ ସରଦାର ଝିଅ ଚିନାମାଳୀ। ତାହା ଛଡ଼ା ସରଦାରଙ୍କ ଅନ୍ୟ ସନ୍ତାନସନ୍ତତି ନାହିଁ। ପୁଣି ସରଦାରଙ୍କ ଗାଈ, ମଈଁଷି, ଧାନ, ଚାଉଳ, ଛେଳି, ମେଣ୍ଢା ଅନେକ ଅଛନ୍ତି। ତଥାପି ଧନାଗମର ଫନ୍ଦା ସରଦାର ବୃଦ୍ଧ ବୟସରେ ବି ଛାଡ଼ି ନାହାନ୍ତି। ଏ ସବୁ ଚିନାମାଳୀ ପାଇଁ। ଏ ଅଞ୍ଚଳରେ ତାହାପରି କେହି ସୁନ୍ଦରୀ ନାହାନ୍ତି। ସେ ଯୁବାବସ୍ଥାରେ ଉପସ୍ଥିତା। ତାହାର ରୂପପରି ଗୁଣ ମଧ୍ୟ ସମସ୍ତେ ପ୍ରଶଂସା କରିଥାନ୍ତି।

ଦ୍ୱିତୀୟତଃ ଅପର ପୀଢ଼ର ସାଧୁ ସରଦାରଙ୍କ ପୁଅ ବାଣାଶୁର ଆଉ ଭୀମା। ସରଦାରଙ୍କର କେବଳ ଏହି ଦୁଇ ପୁଅ। ତିଳ ସରଦାରଙ୍କ ପରି ସାଧୁ ସରଦାରଙ୍କର ସମ୍ପତ୍ତି। ସାଧୁ ମଧ୍ୟ ଧନାଗମ ଉପାୟରୁ ବିରତ ନୁହଁନ୍ତି। ପୁଅ ଦୁହେଁ ଯୁବା, ଗନ୍ଧର୍ବ ମୂର୍ତ୍ତି, "କାମ ଦେଖିଲେ ଝାମ ଯିବ"। ମହାଧନୁର୍ଦ୍ଧର, ଶାନ୍ତସୁଶୀଳ ବୋଲି ତିନି ଖଣ୍ଡ ପୀଢ଼ରେ ଜଣାଶୁଣା। ବାଣାଶୁର ବଡ଼, ଭୀମା ସାନ। କିନ୍ତୁ ରୂପରେ ଗୁଣରେ କିଏ ଊଣିଷ କିଏ ବିଶ, ଲୋକେ ଠିକ୍ କରି କହି ପାରନ୍ତି ନାହିଁ। ଚିନମାଳା ଧାଙ୍ଗଡ଼ୀ, ବାଣାଶୁର ଓ ଭୀମା ଧାଙ୍ଗଡ଼ା। ରୂପଗୁଣ ଯାହାର ଯାହା ହେଉ ଅଚିନ୍ତାମନ କାହାକୁ ବୋଲାଯାଏ ତାହା ତିନିଙ୍କ ମଧ୍ୟରୁ ଯାହାକୁ ଦେଖ ତାହାଠାରୁ ଜଣାଯାଏ। ତିନିହେଁ ଖାଉଛନ୍ତି, ଖୁଆଉଛନ୍ତି; ପିଉଛନ୍ତି, ପିଆଉଛନ୍ତି; ନାଚୁଛନ୍ତି, ନଚାଉଛନ୍ତି; ଖେଳୁଛନ୍ତି, ଖେଳାଉଛନ୍ତି। ସାନବଡ଼ ସବୁରି ସଙ୍ଗେ ଏହିପରି କରୁଥିଲେ ବି ବାଣାଶୁର ଓ ଭୀମା ଦୁହେଁ ଚୀନାମାଳିକୀ ରସିଥିବା ବିଷୟରେ କାହାରି ଦ୍ୱିଧା ନାହିଁ। ଚିନାମାଳର ମନ ଧରିବାକୁ ଅଠାକାଠି ଚାଲିବାରେ କେହି କାହାରିକୁ ଊଣା ନୁହେଁ। ଏହିପରି ଅନେକ ଦିନ ହେଲା ଚାଲି ଆସୁଛି ବୋଲି ସମସ୍ତଙ୍କୁ ଜଣାଶୁଣା। କିନ୍ତୁ ଧାଙ୍ଗଡ଼ୀ ମନ

କାହାଆଡ଼କୁ ଢଳିଛି କେହି ବୁଝି ପାରୁନାହାନ୍ତି। ଏହି ପର୍ବରୁ ଏହା କଥା ଜଣା ପଡ଼ିବାର ଆଶା ଅଛି। ସେଥିପାଇଁ ଲୋକେ ଆରମ୍ଭରୁ ଛକାଛକିରେ ରହିଛନ୍ତି। ମାତ୍ର ଧାଙ୍ଗଡ଼ୀର ପାତର ଅନ୍ତର କାହାରି ଆଖିରେ ତିଳେ ମାତ୍ର ପଡୁନାହିଁ। ସାନ ଭାଇ, ବଡ଼ ଭାଇ ହେଲେ ବି ସେ କାହାରିକି ବଡ଼ ବା କାହାରିକି ସାନ ମଣୁଥିବାର ଦେଖାଉ ନାହିଁ। ବରଂ ସେ ଦୁଇଭାଇଙ୍କ ଦୁଇଆଖିର ପିତୁଳା ପରି ସମାନ ଘେନୁଥିବାର ଲୋକେ ଦେଖୁଛନ୍ତି। ସୁତରାଂ ଏଠାରେ କହିଲେ ଅଯଥା ହେବ ନାହିଁ ଯେ "କାହାମନ କାହାକୁ ଜଣା, କେକରେ ଅଧିକ କେକରେ ଊଣା "।

କାହାରି ମନ କାହାରିକ ଜଣା ହେଉ ବା ଅଜଣା ହେଉ, କେହି କାହାରିକୁ ଅଧିକ କରୁ କି ଊଣା କରୁ, କାହାରି ପ୍ରେମ କୌତୁକ ଊଣା ନାହିଁ କି ଝିଅ ବୋହୁଙ୍କର ଉଡୁଣା ନାହିଁ।

ଏମାନଙ୍କୁ ଅଜଣା ନାହିଁ ଯେ ରାଣୀହଂସ ପରେ ରାଜାଙ୍କ ବ୍ୟତୀତ ଅନ୍ୟ କାହାରି ଛାଇ ପଡ଼େ ନାହିଁ। ରାୟଗୁରୁ, ପାଟଯୋଷୀଙ୍କ ମାଇପେ ପଦାକୁ ବାହାରନ୍ତି ନାହିଁ। ବେବର୍ତ୍ତା, ନଅର ବିଶୋଇଙ୍କ ଝିଅ ବୋହୁଏ ବାପଭାଇ, ଶଶୁର, ଦେଢ଼ଶୁରଙ୍କ ଆଗର ହୁଅନ୍ତି ନାହିଁ। ପୁଣି ଏମାନେ କାଳେ କାଳେ ପଖାଉଜ, ମୃଦଙ୍ଗ, ଡୁବି ତବଲା, ସିତାରା, ବେହେଲା ଶୁଣି ଆସୁଥିଲେ ବି ବାଇନାଚ, ଗୋଟିପୁଅ ନାଚ, ରାମଲୀଳା, କୃଷ୍ଣଲୀଳା, ଭାରତଲୀଳା ନାଟ ଦେଖି ଆସୁଥିଲେ ବି ଯେଉଁପରି ଚାଙ୍ଗୁବାଜା କି ବୋଡ଼ା ବା ଗିଧୀପାଲୀ ନାଚ ଛାଡ଼ି ନାହାନ୍ତି। ସେହିପରି ଡାଲଭଙ୍ଗା ଗୀତା ଛାଡ଼ି ନାହାନ୍ତି କିମ୍ବା ଚାଙ୍ଗୁ ନାଚୁନାଚୁ ଧାଙ୍ଗଡ଼ ଧାଙ୍ଗଡ଼ୀଏ ବର କନ୍ୟା ବାଛି ନେବା ଛାଡ଼ି ନାହାନ୍ତି। ଗୁରୁଜନ ବା ବୟୋଧିକ ଲୋକେ ଥିବା ସ୍ଥଳେ ବିଶୁଦ୍ଧ ପ୍ରେମକୌତୁକ କିମ୍ବା ଝିଙ୍କା ବିବାହ ପାଇଁ ଚାଙ୍ଗୁନାଚରୁ ପ୍ରେମିକ ପ୍ରେମିକାଙ୍କର ବନାଗମନ ଏହାଙ୍କଠାରେ ଶଙ୍କା, ଭୟ, ନିନ୍ଦା, ଘୃଣା, ତାଛଲ୍ୟର ବିଷୟ ନୁହେଁ। ଆପଣା ଆପଣା ମନ ଭଳି ବର କନ୍ୟା ବଛାବଛି ଚାଙ୍ଗୁନାଚର ପ୍ରଧାନ ଉଦ୍ଦେଶ୍ୟ। ଏଥିପାଇଁ ସାରୁକୁଦର ଧାଙ୍ଗଡ଼େ ମେଦିନୀ ପୁରକୁ, କୁଆଁରର ଧାଙ୍ଗଡ଼ୀଏ ପାଟରଙ୍ଗାକୁ ଯାଇ ଚାଙ୍ଗୁ ନାଚନ୍ତି। ଏଥିର ସମ୍ବାଦ ଯେ ପୂର୍ବରୁ ଦିଆନିଆ ହୋଇଥାଏ ତାହା ନୁହେଁ। ଏକ ଗ୍ରାମର ଧାଙ୍ଗଡ଼ା ଅନ୍ୟ ଗ୍ରାମରେ ବା ଏ ଗାଁର ଧାଙ୍ଗଡ଼ିଏ ସେ ଗାଁରେ ହଠାତ୍ ଯାଇ ପହଞ୍ଚନ୍ତି। ତଥାପି କାହାରିକି ଫେରାଇ ଦିଆଯାଇ ନ ପାରେ। ଧାଙ୍ଗଡ଼ ଧାଙ୍ଗଡ଼ୀଏ ନାଚିବାକୁ ଅନ୍ୟତ୍ର ନ ଯାଇଥିଲେ, ଦୁଇ ଗାଁ ଧାଙ୍ଗଡ଼ ଧାଙ୍ଗଡ଼ୀ ଚାଙ୍ଗୁ ନାଚିବାକୁ ହେବ। ଏଥିପାଇଁ ଯେଉଁମାନେ ଏକ ସମୟରେ ଧାଙ୍ଗଡ଼ ଧାଙ୍ଗଡ଼ୀ ଥିଲେ ବର୍ତ୍ତମାନକୁ ସେମାନେ ବୁଢ଼ା, ବୁଢ଼ୀ କିମ୍ବା ବାପ, ମାଆ।

ସେମାନେ ଖେମା ଚାଉଳଭାତ ସାଙ୍ଗକୁ ବ୍ରୀହି ଡାଲି, ମଦ ସାଙ୍ଗକୁ ମାଂସ ଯୋଗାଇବାରେ ତ୍ରୁଟି କରୁନାହାନ୍ତି। ଆଗନ୍ତୁକଙ୍କ ଚର୍ଚ୍ଚାରେ ହେଳା କରନ୍ତି ନାହିଁ,କିମ୍ବା ତାଙ୍କ ନାଚରୁ ଦୂରେଇ ରହନ୍ତି ନାହିଁ। ଏହା ଭଲ କି ମନ୍ଦ, ନିନ୍ଦନୀୟ କି ପ୍ରଶଂସନୀୟ ତାହା ଭୂଇଁଆଏ ବା ତାଙ୍କ ରଜା ଜାଣନ୍ତି। ମାତ୍ର ଏହା ଜଣାଶୁଣା ଯେ ସେମାନେ ଆଦିମ ଜାତି। ସେମାନଙ୍କର ଏହିପରି ଚାଲି ଆସୁଅଛି। ସେମାନେ ଯେପରି ଆଦିମ ଜାତି ସେମାନଙ୍କର ଏ ପ୍ରଥା ଆଦିମ ବୋଲି କଥିତ ହୋଇଥାଏ। ପୁଣି ଏଣେ ରାଜା ବେବର୍ତ୍ତା, ନଅର ବିଶୋଇ, ଛାମୁକରଣ, ରାୟଗୁରୁ, ପାଟଯୋଷୀ ପ୍ରଭୃତି ଅନ୍ତଃପୁର ପ୍ରଥା ମାନି ଆସୁଛନ୍ତି। ଏଣିକି ତାହା ଉଠାଇ ଦେବାର ଯତ୍ନ ଓ ଚେଷ୍ଟା ଦେଖାଯାଏ। ସୁତରାଂ କିଏ ଆଦିମ କିଏ ଅନ୍ତିମ,କିଏ ଭଲ,କିଏ ମନ୍ଦ ବିଚାର ନା କରି ଏତିକି କହିଲେ ବୋଧ ହୁଏ ଯଥେଷ୍ଟ ହେବ ଯେ "କିସ ପୁଣି ଦେଖା ନଯାଏ ଯଦି ଥାଇ ଜୀବରେ "।

ଆଉ କିଛି ଦେଖାଯାଉ ନଯାଉ ମାଘ ପୋଡ଼ାର ଏହି ଛେରେ୍ଛରା ପର୍ବରେ ଆନନ୍ଦର ସ୍ରୋତ ସଙ୍ଗେ ପ୍ରେମର ସ୍ରୋତ ସ୍ପଷ୍ଟ ଦେଖାଯାଏ। ଏହା ମଣିକାଞ୍ଚନ, ଚିତ୍ରାଚନ୍ଦ୍ର, ଗଙ୍ଗାଯମୁନାଙ୍କ ମିଳନ; ବୃଦ୍ଧବୃଦ୍ଧା, ଯୁବକଯୁବତୀ, ବାଳକବାଳିକା ସମସ୍ତେ ଉପସ୍ଥିତ। ସମସ୍ତଙ୍କ ମନ ଉଲ୍ଲସିତ। ହୃଦୟ ପ୍ରଫୁଲ୍ଲିତ। କେହି ସୁଖୀ ହେବାରେ, କେହି ସୁଖୀ କରିବାରେ, କେହି କୌତୁକ କରିବାରେ, କେହି କୌତୁକ ଦେଖିବାରେ ସୁଖୀ। ଧାଙ୍ଗଡ଼ଧାଙ୍ଗଡ଼ୀଏ ପ୍ରେମ କୌତୁକ କରିବାରେ ଓ ବୁଢ଼ାବୁଢ଼ୀଏ ତାହା ଦେଖିବାରେ ସୁଖୀ। କେହି କାହାରି ସୁଖରେ ବାଧା ଦେଉନାହିଁ କି ବିଘ୍ନ ଘଟାଉ ନାହିଁ। କେହି କାହାରି ବିରୋଧୀ ନୁହେଁ। ଧାଙ୍ଗଡ଼ଧାଙ୍ଗଡ଼ୀଏ ଆପଣା ଆପଣା ପ୍ରେମ-ଫାନ୍ଦରେ ଲାଗିଛନ୍ତି। ବୁଢ଼ାବୁଢ଼ୀଏ ତହିଁରେ ହାତ ଦେଉ ନାହାନ୍ତି କି ପାଟି ଫିଟାଉ ନାହାନ୍ତି।

ଏମାନେ ପ୍ରକୃତିର ସନ୍ତାନ। ପ୍ରକୃତି କ୍ରୋଡ଼ରେ ଲାଳିତପାଳିତ। ବିଜ୍ଞାନ ପଢ଼ି ଜ୍ଞାନୀ ହୋଇ ନାହାନ୍ତି; ତଥାପି ଏମାନେ ଭଲ କରି ବୁଝିଛନ୍ତି ଯେ ମନୁଷ୍ୟ କେତେକ କଳାଯାଏ ବଢ଼ିବ, ତେଣିକି ଛିଡ଼ିବ। ଅନ୍ତରେ ଅନନ୍ତରେ ଅନ୍ତ ହେବ। ବାଳକାଳେ ଯାହା ଥିବ ଯୁବାକାଳେ ତାହା ନଥିବ। ଯୁବାକାଳ କଥା ବୁଢ଼ାକାଳକୁ ନଥିବ। ଯୁବା ଯାହା କରିପାରେ ବୁଢ଼ା ତାହା ନ ପାରେ। ଯୁବାକାଳେ ଯାହା ସୁନ୍ଦର ଦିଶେ, ତାହା ବୁଢ଼ାଠାରେ ମାଗି ଆଣିଲା ପରି ଦେଖାଦିଏ। ଯୁବାକାଳେ ଯାହା ସୁଖକର, ବୁଢ଼ାକାଳେ ତାକୁ ଅନାଇବାକୁ ମନ ହୁଏ ନାହିଁ। ସୁତରାଂ ପ୍ରେମକୌତୁକରେ ଯୁବକ ଯୁବତୀଙ୍କର ପ୍ରତିଦ୍ୱନ୍ଦୀ ହେବାପାଇଁ ବୁଢ଼ାବୁଢ଼ୀଙ୍କର ପଥରଦାନ୍ତ ବା କଳପ ଲୋଡ଼ା ନାହିଁ। ପଚାଶ

ଷାଠିଏ ବରଷ କାଣ୍ଡ ବାଉଁଶ ମାରି ମାରି ଯେ ଦକ୍ଷତା କୁଶଳତା ପ୍ରଭୃତି ଲାଭ ହୋଇଅଛି, ତାହା ଦେଖାଇବା ପାଇଁ ପଚିଶି ତିରିଶ ବର୍ଷିଆଙ୍କ ସଙ୍ଗେ ସେ କାଳ ବୁଢ଼ାଙ୍କର ପ୍ରତିଦ୍ୱନ୍ଦିତା ନାହିଁ। ଅଥଚ ପିଲାଏ କିପରି ଭଲ ହେବେ, କିପରି ଭଲରେ ରହିବେ ଯେଉଁକାଳେ ଯାହା ଶୋଭା ପାଏ, ଯାହା ସୁଖକର ତାହା ସୁଖରେ ପାଇ ପାରିବେ। ଏହି ସବୁ ଫନ୍ଦାରେ ବୁଢ଼ାବୁଢ଼ୀଙ୍କର ମନ ଆଉ ଯତ୍ନ। ତହିଁରେ ହିଁ ସେମାନଙ୍କର ସୁଖ। ସବୁ କାଳରେ ସଭିଙ୍କିସବୁ ସୁଖକର ନୁହେଁ। କିନ୍ତୁ କିଛି ନିଜକୁ ସୁଖକର ନୋହିଲେ ବି ସେଥିରେ ଅନ୍ୟକୁ ସୁଖୀ ଦେଖିବାରେ ସୁଖ ଅଛି। ଏହା ପୁଅ ଝିଅ, ଭାଇଭଉଣୀଙ୍କ ପାଇଁ ବାପ ମା, ବଡ଼ ଭାଇ ଭଉଣୀଙ୍କ ଯତ୍ନ ଓ ଚେଷ୍ଟାରୁ ଦେଖାଯାଏ। ପାଳକ ପୁଅ ଝିଅ କରିବାରୁ ସ୍ପଷ୍ଟ ପ୍ରକାଶ। ଏହା ପ୍ରକୃତିର ନିୟମ ବୋଲି ଜଣାଯାଏ। କିନ୍ତୁ ବଡ଼ପଣିଆ ଦେଖାଇବା ପାଇଁ ଯୁବାଙ୍କର ପ୍ରତିଦ୍ୱନ୍ଦିତା ହେବା କି ବାଟ ଓଗାଳି ଗାଦି ମାଡ଼ିବସିବା ନିୟମ ବୋଲି ଜଣାଯାଏ ନାହିଁ। ଏହି ନିୟମ ଅନୁକରଣରେ ରାଜା ପ୍ରଜା ଉଭୟଙ୍କ ପାଇଁ ବାନପ୍ରସ୍ଥ ବ୍ୟବସ୍ଥା ହେଲା ପରି ବୋଧ ହୁଏ।

ତାହା ଯାହା ହେଉ ଭୂଇଁଆଏ ବାନପ୍ରସ୍ଥ କରୁନାହାନ୍ତି। ତାହା ନକରି ପ୍ରକୃତିର ସନ୍ତାନ ବାଘବାଘୁଣୀ ଯେପରି ଶୋଇ ଶୋଇ ଛୁଆଙ୍କର ଦୋଷଗୁଣ ଦେଖୁଥାଆନ୍ତି ଓ ବେଳେ ବେଳେ ଶିକ୍ଷା ଦେଉଥାଆନ୍ତି ଭୂଇଁଆ ବୁଢ଼ା ବୁଢ଼ୀଏ ଘରେ ବସି ସେହିପରି କରୁଅଛନ୍ତି। ଆପଣାର ଓ ଗାଁର ପିଲା ପିଲିଙ୍କର ଏମାନେ ନିଜେ ନିଜେ ଅବଧାନ। ଏମାନଙ୍କର ଅନ୍ୟ ଅବଧାନ ନାହିଁ କି ଅଧ୍ୟାପକ ନାହିଁ। ଚାଟଶାଳୀ ନାହିଁ କି ଚୌପାଢ଼ି ନାହିଁ। ସୁତରାଂ ଭୂଇଁଆ ପିଲାଙ୍କର ଅନ୍ୟଜାତି କୁଳ, ଶୀଳ ପ୍ରଭୃତିର ଆଦର୍ଶ ନାହିଁ। ବାଘ ଭାଲୁଙ୍କ ଛୁଆଙ୍କ ପରି ଏମାନେ ବାପ ମାଆଙ୍କ ଆଚାର ବ୍ୟବହାର ଚାଲି ଚଳଣିରେ ଶିକ୍ଷିତ, ଦୀକ୍ଷିତ ଓ ପରିଚାଳିତ। ଏଣେ ଯୁବକ ଯୁବତୀଏ କେତେ କେତେ ନୂଆ କଥା ଦେଖୁଛନ୍ତି, ଶୁଣୁଛନ୍ତି, ଦେଖୁଛନ୍ତି, ଶିଖୁଛନ୍ତି। ଅଥଚ ଆପଣା ବଡ଼ପଣ ଦେଖେଇବାକୁ ବୁଢ଼ାବୁଢ଼ୀଙ୍କର ପ୍ରତିଦ୍ୱନ୍ଦୀ ହେଉ ନାହାନ୍ତି କ ସେମାନଙ୍କୁ ତୁଚ୍ଛଜ୍ଞାନ କରୁନାହାନ୍ତି କିମ୍ବା ସେମାନଙ୍କର ଅମାନିଆ ହେଉନାହାନ୍ତି। ସେମାନେ ଯେଢ଼େ ଅଜାଣିବା ଗୁଆଁର ହେଲେ ବି ସେମାନଙ୍କୁ ଭକ୍ତି ଆଉ ଶ୍ରଦ୍ଧା କରୁଛନ୍ତି। ବୋଧହୁଏ ଏହି ନୀତି ଅନୁସାରେ ଦିନ ଦିନ ନୂଆ ନୂଆ କଥା ବାହାରି ନବ ନବ ଯୁଗ ଉପସ୍ଥିତ ହେଉଥିଲେ ହେଁ ପୁରୁଣାର ଆଦର ଗୌରବ ଭକ୍ତି ଶ୍ରଦ୍ଧା ଯାଉ ନାହିଁ। ପୁରୁଣା ନୂଆ ନୂଆ କରିବାକୁ ପଶ୍ଚାତ୍ପଦ ହେଉ ନାହିଁ। ଲାଳନ ପାଳନରେ ତ୍ରୁଟି କରୁନାହିଁ। ନୂଆ ପୁରୁଣା, ବୁଢ଼ା ପିଲାଙ୍କର ଏହି ସମ୍ବନ୍ଧରେ ନାନା ବିପ୍ଳବ ଉପସ୍ଥିତି ହେବାର

ଦେଖାଯାଏ। ସେ ଯାହା ହେଉ, ଭୂଇଁଆ ନୀତି ଗତି ଭଲ କି ମନ୍ଦ ସେମାନେ ବା ସେମାନଙ୍କର ଦେଶର ହର୍ତ୍ତା କର୍ତ୍ତାଏ ଜାଣନ୍ତି। କିନ୍ତୁ ଫଳରେ ଦେଖାଯାଏ ଯେ ଭୂଇଁଆ ପିଲା କାଳେ କାଳେ ଭୂଇଁଆ। ଆଉ ଯେଉଁମାନେ ଚାଟଶାଳୀ, ଚଉପାଢ଼ୀ, ସ୍କୁଲ, କଲେଜରେ ଶିକ୍ଷିତ, ଦୀକ୍ଷିତ ସେମାନଙ୍କ ମଧ୍ୟରେ କୌଣସି କୌଣସି ହିନ୍ଦୁର ପିଲା ମୁସଲମାନ, ମୁସଲମାନଙ୍କର ପିଲା ଖ୍ରୀଷ୍ଟିୟାନ, ଓଡ଼ିଆ ପିଲା ବଙ୍ଗାଳୀ, ବଙ୍ଗାଳୀ ପିଲା ଫିରିଙ୍ଗୀ। ଦିଅଁଙ୍କ ଛୁଆ ମାଙ୍କଡ଼, ମାଙ୍କଡ଼ ଛୁଆ ଦିଅଁ।

ସାମୟିକ ସୁଖରେ ଭାସମାନ ହେଉଥିଲେ ହେଁ ପିଲାପିଲିଙ୍କ ଭବିଷ୍ୟତ ସୁଖ ଦୁଃଖ କଥା ବୁଢ଼ା ବୁଢ଼ୀଙ୍କି ଛାଡ଼ି ନାହିଁ। ତିଳ ଓ ସାଧୁ ସରଦାର ଦୁହେଁ ବୁଢ଼ା ହେଲେଣି। ଦୁହେଁ ଥିଲେ ଲୋକ। ଏହାର ଝିଅ ତାହାର ଦୁଇ ପୁଅ ଯୌବନ ଅବସ୍ଥା ପ୍ରାପ୍ତ – ବିଭାଘର ଉପଯୁକ୍ତ। ଯୋଗ୍ୟ ପାତ୍ର ପାତ୍ରୀଙ୍କ ମିଳନ କରିବା, ପିତାମାତଙ୍କର ଇଛା ସ୍ୱାଭାବିକ। ପୁଣି ଝିଅ ପୁଅ ଥିଲେ ଉପଯୁକ୍ତ ସ୍ଥାନରେ ବିବାହ ପ୍ରସଙ୍ଗ ପଡ଼ିଥାଏ। ଝିଙ୍ଗା ବିବାହ ପ୍ରଥା ପ୍ରଚଳିତ ଥିଲେ ହେଁ ଭୂଇଁଆ ଘରେ ଯେ ବରକନ୍ୟା ବଛାବଛିରେ ବାପ ମାଆଙ୍କ ହାତ ନାହିଁ କି କଥା ନାହିଁ ତାହା ନୁହେଁ। କେବଳ ଧାଙ୍ଗଡ଼ ଧାଙ୍ଗଡ଼ୀଙ୍କର ମିଳନ ହେଲେ ଯେ ହେଲା ତାହା ନୁହେଁ। ଅକ୍ଷମ ଲୋକ ନୋହିଥିଲେ ଯେ ହଠାତ୍ କେହି ଝିଙ୍ଗା ବିବାହ କରିବା ତାହା ନୁହେଁ, କିମ୍ବା ଶତ୍ରୁ ମିତ୍ର ଜାତି ଅଜାତିରେ ଯେ ବିଭା ହେବ ତାହା ନୁହେଁ।

ଭୂଇଁଆଏ ଜାଣନ୍ତି ଯେ କେହି କାହାର ଧାଡ଼ି ଛାଡ଼ି ଯାଏ ନାହିଁ। ସେମାନେ ଅବଶ୍ୟ ଜାଣନ୍ତି ନାହିଁ ଯେ ଖଚର ପ୍ରଭୃତି ପରି ଦୋମିଶାରେ ଦୁଇ ଜାତିର ଦୁର୍ଗୁଣ ଅଧିକ ବୋଲି ଡାରଉଇନ୍ ସାହେବ ପ୍ରମାଣ କରି ଯାଇଛନ୍ତି କିମ୍ବା ଜଣେ ପାଦ୍ରୀ ସାହେବ କହି ଯାଇଛନ୍ତି ଯେ ଈଶ୍ୱର କଳା ମଣିଷ କରିଛନ୍ତି, ଈଶ୍ୱର ଧଳା ମଣିଷ କରିଛନ୍ତି। କିନ୍ତୁ ସଇତାନ ଦୋମିଶାଙ୍କୁ ସୃଷ୍ଟି କରିଅଛି। ତଥାପି ଧାଙ୍ଗଡ଼ ଧାଙ୍ଗଡ଼ୀଏ ଆପଣା ଆପଣା ବର କନ୍ୟା ଠିକ୍ କରୁଥିଲେ ହେଁ ଓ ଝିଙ୍ଗା ବିବାହ ଚଳୁଥିଲେ ବି ସେମାନଙ୍କର ସ୍ୱେଛାଚାରିତା ନାହିଁ। ବିବାହ ବିଷୟ ପିତାମାତାଙ୍କର ଏକାବେଳେକେ ଆୟତର ବହିର୍ଭୂତ ନୁହେଁ।

ଚିନାମାଳୀ ମନକୁ ଭଲ ଆସିଥିଲେ ବି ବାଣାଶୁର ଓ ଭୀମା ଜାତି କୂଳରେ ରୀତିନୀତି ମାନମର୍ଯ୍ୟାଦାକୁ ଫିଙ୍ଗି ଦେଲା ଭଳି ଲୋକ ନୁହଁନ୍ତି। ଗୁପ୍ତ ଭାବରେ ବିବାହ କରି ଚିନାମାଳୀକି ସ୍ଥାନାନ୍ତରେ ରଖି ନିଜଲୋକ ବା ଧର୍ମ ଆଖିରେ ଧୂଳି ଦେଲା ଭଳି ଶିକ୍ଷିତ ହୋଇ ନାହାନ୍ତି। ଯାହା ଇଛା ତାହା କଲା ଭଳି ପ୍ରେମାନ୍ଧ ହୋଇ ନାହାନ୍ତି। ପୁଣି ଚିନାମାଳୀ ମଧ୍ୟ ସେହିପରି ବାଟ ଚାଲୁଛି। ବାଣାଶୁର ଓ ଭୀମା ମଧ୍ୟରୁ କାହାକୁ

ବରିବାକୁ ରସିଛି ତାହା ତାହାର ଢଙ୍ଗଢାଙ୍ଗରୁ ଜଣା ପଡୁନାହିଁ। ସେ ଦୁହିଁଙ୍କରୁ ଜଣକୁ ନ ପାଇଲେ ତା ମନ କି ହେବ କିମ୍ବା ତାକୁ ନ ପାଇଲେ ଦୁଇ ଭାଇଙ୍କ ମନ କି ହେବ ତାହା କେହି କହି ନପାରେ। କାରଣ ତିନିହେଁ ଅନ୍ୟ ଧାଙ୍ଗଡ଼ ଧାଙ୍ଗଡ଼ୀଙ୍କ ପାଖେ ପଶୁ ନାହାନ୍ତି କି ଅନ୍ୟତ୍ର ଚାଙ୍ଗୁନାଚି ଯାଉ ନାହାନ୍ତି, ତାହା ନୁହେଁ।

ସେମାନଙ୍କ ମନ ଜଣାଯାଉ ନ ଥିଲେ ହେଁ ସେମାନେ ଆପଣା ଆପଣା କଥାରେ ଏତେ ଉଦାସୀନ ପରି ବୋଧ ହେଉଥିଲେ ହେଁ, ତାଙ୍କ ପରି ମନୋଭାବ ଗୋପନ କରି ରଖିବାକୁ ତିଳ ଓ ସାଧୁ ପ୍ରାୟସୀ ନୁହଁନ୍ତି। କିମ୍ବା ସେପରି ଉଦାସୀନ ନୁହନ୍ତି। ତାହା କରିବା, ସେପରି ହେବା ଉଚିତ କି ନୁହେଁ ଏବଂ ତହିଁ ପାଇଁ ଯେ ଆଉ ସମୟ ନାହିଁ, ତାହା ସେ ଦୁହେଁ ବୁଝିସାରିଲେଣି। ଅବଶ୍ୟ ତାଙ୍କର ଆଉ ଧାଙ୍ଗଡ଼ୀ ଖୋଜିବାର କି ପ୍ରେମ ଫାନ୍ଦ ପଡ଼ିବାର ସମୟ ନାହିଁ। ତହିଁରେ ଆଉ ସୁଖ ନାହିଁ ବୋଲି ଯେ ସେମାନେ ପୁଅ ଝିଅଙ୍କ ସୁଖ ଦୁଃଖ ଭୁଲିଛନ୍ତି ତାହା ନୁହେଁ। ନିଆଁ ଗଦା କତିରେ ବସି ଦୁହେଁ ଧାଙ୍ଗଡ଼ ଧାଙ୍ଗଡ଼ୀଙ୍କ ନାଚ ରଙ୍ଗ ଦେଖୁଛନ୍ତି। ଏ କଥା ସେ କଥା କଥାବାର୍ତ୍ତା କରୁଛନ୍ତି। ସେଠାରେ ଆଉମାନେ ବି ବସିଛନ୍ତି ଓ ଆସି ବସୁଛନ୍ତି। ଏହିପରି କଥାରେ କଥାରେ ତିଳ କହିଲା ;-

"କି ସରଦାରେ, ବୁଢ଼ା ହେବାକୁ ଲୋଭ ବଢ଼ିଲା କି ? ଧାନ ଚାଉଳ ଖରଚ ହେବା ଡରେ ଜୀଇଁ ଥାଉଁ, ବାହାଘର କରିବ ନାହିଁ, ନା କିଛି ନଥିଲା ପରି ଝିଙ୍କା ବାହା କରାଇବ ?"

ସାଧୁ - ତେମେ ବି ତ ସରଦାରଟିଏ। ତମର ଧନ ଦଉଲତ କମ କ'ଣ ? ମୋର ତ ଦିଓଟି ପୁଅ। ସେରକ ଅଧ ଅଧ ସେର କରି ନେବେ। ତମର ତ ଏତେ ଅଛି, ତହିଁକି ଖାଲି ଗୋଟିଏ ଝିଅ। ଧାନ ଚାଉଳ ଖରଚକୁ କାହାର ଡର ବେଶୀ ?

ତିଳ - ହଁ ତମକୁ କହିବାକୁ ହେଉଛି, ଟୋକାଳୀଟା କଥା କିଛି ଜଣାଯାଉ ନାହିଁ। କାହା ମନକୁ କିପରି ଆସିଲା ବୁଝିପାରୁ ନାହିଁ। ସେଇଥିପାଇଁ କୁଆଡ଼ୁ କିଛି କରିପାରୁ ନାହିଁ।

ସାଧୁ - ଦିନ ଯାଉଛି ନା ଆସୁଛି ? ଆଉ କେତେ କାଳ ଏହିପରି ବସିଥିବ ?

ତିଳ - ମନେ କରିବ ନାହିଁ ଯେ ମୁଁ ଆଖି ବୁଜି ବସିଛି। ତେମେ ବି ତ ସବୁକଥା ଜାଣ। ତେମେ କି ମନେ କରୁଛ କହିଲ।

ସାଧୁ - ତମ ଝିଅ ଅମ ପୁଅ ଦୁହିଁଙ୍କ ମନ ନେଲା ପରି ଦେଖା ଯାଉଛି ! ଆଉ ସେ ତାଙ୍କ ମନକୁ ଆସିଲା ପରି ଜଣାଯାଉଛି। ତେବେ କାହାକୁ କହିବା ତାର ଇଚ୍ଛା ଜଣା ପଡୁନାହିଁ।

ତିଳ - ମୁଁ ବି ସେହିପରି ବୁଝୁଛି। ତେମେ ଆମେ ସମୁଧି ହେଲା ପରି ଦିଶୁଛି।

ସାଧୁ - ଝିଅ ଯାହାକୁ ବରୁ, କାହାକୁ ଜୁଆଇଁ କରିବାକୁ ତମର ମନ ?

ତିଳ - ଦେଖିବାକୁ ଶୁଣିବାକୁ ଦୁଇ ଭାଇ ତ ସମାନ।

ସାଧୁ - ଚିନାମାଳୀ ସେହିପରି ମନେ କରେ ବୋଲି ଜଣାଯାଉଛି। ତେବେ ତମ ମନ ଯେଣିକି ଢଳିବ କଥା ତେଣିକି ଯିବ।

ତିଳ- ମୁଁ ଦୁହିଁକି ସମାନ ଦେଖୁଛି। କାହାକୁ ଦେବି କାହାକୁ ନ ଦେବି ଠିକ୍ କରି ପାରୁ ନାହିଁ।"

ହଂସୀ - ତାହା ସତ, ବୁଢ଼ା ଅନ୍ତେ ଦୁହେଁ ସରଦାରି ରଖିଲା ପରି ଏତେବେଳଯାଏ ଦେଖାଯାଉଛି। ତେବେ ରାଜା କି ବଡ଼କୁ ଛାଡ଼ି ସାନକୁ ସରଦାରି ଦେବେ ?

ସାଧୁ - ସାନ ହେଲା ବୋଲି କି ତାକୁ ଆଉ ସରଦାର ଝିଅ ମିଳିବ ନାହିଁ ? ତିଳଙ୍କର ତ ପୁଅ ନାହିଁ, ତାଙ୍କ ଜୁଆଇଁ ହେଲେ ତାଙ୍କ ସରକାର ଖଣ୍ଡିକ ମିଳିପାରେ !

ତିଳ - ତାହା ସତ !

ହଂସୀ - ଆଜି ଯେବେ କଥା ଠିକ୍ ହୋଇଯିବ, ବଡ଼ ଥାଉଁ କି କି ସାନ ଆଗେ ବାହା ହେବ ?

ସାଧୁ - ତାହା ବି ସତ ! ତେବେ ଝିଅ ରାଜି ହେବ, ବାପ ମନ ମାନିବ, ତେବେ ତ ଯାଇ ବାହାଘର ହେବ ?

ତିଳ - ତୁମ୍ଭର ଆମ୍ଭର ସମୁଧି ହେବା ଠିକ୍ ରହିଲା। କିଏ ଜୁଆଇଁ ହେବ ପରେ ଠିକ୍ କରିବା।

ଏଥି ଉତ୍ତାରୁ ଆଉ ଆଉ ବିଷୟର କଥାବାର୍ତ୍ତା ଚାଲିଲା, ଚାଙ୍ଗୁନାଚ ଯେପରି ଲାଗିଥିଲା ସେହିପରି ଲାଗିରହିଲା।

ଦ୍ୱିତୀୟ ପରିଚ୍ଛେଦ

କଥାରେ ଅଛି ରାଜା ବାପ, ବେବର୍ତ୍ତା ବା ଦେବାନ ମା। ସେହିପରି ରାଜା ସୂର୍ଯ୍ୟ, ବେବର୍ତ୍ତା ଚନ୍ଦ୍ର ବୋଲାଯାଇ ପାରନ୍ତି। ରାଜାଙ୍କ ପ୍ରତିଭାରେ ବେବର୍ତ୍ତା ପ୍ରତିଭାଶାଳୀ। ସେହି ଅନୁସାରେ ସେ ଚନ୍ଦ୍ର ଓ ପ୍ରଜାଏ ତାରକାବଳୀ। ଗୋଟିଏ ଚନ୍ଦ୍ର ପାଖରେ କୋଟିଏ ତାରା କିଛି ନୁହନ୍ତି। ପୂର୍ଣ୍ଣମୀ ନିଶାରେ ବୁଧ ବୃହସ୍ପତି ହସ୍ତା ଚିତ୍ରା ନିଷ୍ପ୍ରଭ ପ୍ରାଏ, ତାଙ୍କୁ ଖୋଜି ବାହାର କରିବା କଠିନ। ସେମାନେ ପ୍ରତି ରାତ୍ରରେ ପ୍ରହରୀ ପରି ଥାଇ ଜୁକ୍ ଜୁକ୍ ହେଉଥାନ୍ତି। ଚନ୍ଦ୍ର ମାସକେ ପକ୍ଷେ ଦେଖାଦିଅନ୍ତି, ଦିନେ ପୂର୍ଣ୍ଣ ବୋଲାନ୍ତି। ଚନ୍ଦ୍ରକ୍ଷୟ ତିଥି ଘଟାଇ ଲୋକଙ୍କୁ ଉପାସ ରଖାନ୍ତି, ଅଥଚ ତାଙ୍କର ନାମ ନିଶାନାଥ, ସୁଧାଂଶୁ ମାଳୀ ସେ ନାମରେ କୌଣସି ଗ୍ରହ ନକ୍ଷତ୍ର ଅଭିହିତ ନୁହନ୍ତି; ସେଥିପାଇଁ ସେମାନେ ଅଶ୍ରୁ ବିସର୍ଜନ କରନ୍ତି ନାହିଁ କିମ୍ବା ଆପଣା ଆପଣା କାମ ଛାଡ଼ନ୍ତି ନାହିଁ। ସେହିପରି ବେବର୍ତ୍ତା ବଡ଼ପଣିଆରେ ପ୍ରଜାଙ୍କର ବିଦ୍ୱେଷ ନାହିଁ। ନିଜର ରୁଆ ବେହୁଡ଼ା ପଛାଉଥିଲେ ବି ବେବର୍ତ୍ତାଙ୍କ କ୍ଷେତ ପାଗୁଆ କରିବାକୁ କେହି ପଛଘୁଞ୍ଚା ଦିଅନ୍ତି ନାହିଁ। ଆପଣା ପଲ ଖଣ୍ଡ ଖଣ୍ଡ ହୋଇ ଯାଉଥିଲେ ବି ବେବର୍ତ୍ତାଙ୍କ ଉଆସ ପାଇଁ ବେଠି କରିବାକୁ କାହାରି ହେଳା ନାହିଁ। ତିନିଓଳି ଉପାସ ଥିଲେ ବି ବେବର୍ତ୍ତାଙ୍କ ଘିଅରେ ଖାଇ ଦୁଧରେ ଆଞ୍ଚେଇବା ଦେଖି କେହି ଧରସର ନୁହେଁ। ଭୋକରେ ଛଟ ଛଟ ହେଉଥିଲେ ବି ବେବର୍ତ୍ତାଙ୍କ ଘରେ ନାଟ ହଟରେ କାହାରି ଆପତ୍ତି ନାହିଁ। ପ୍ରଜା ବେବର୍ତ୍ତାଙ୍କ ଏପରି ପ୍ରଭେଦ ଭଲ ହେଉ ବା ମନ୍ଦ ହେଉ ଏହିପରି ନ୍ୟୂନାଧିକ ଚାଲି ଆସିଛି। କେହି ବିଧାମାରି କେହି ପିଠି ଆଉଁଶି ଏହା କରାଉଛି। କେହି ସିଧା କେହି ବା ବଙ୍କା ବାଟରେ, କେହି ବେଠି କରାଇ, କେହି ବା ପଇସା ଦେଇ ଏପରି ତାରତମ୍ୟ ରଖି ଆସୁଛନ୍ତି।

ଏପରି ପାର୍ଥକ୍ୟ ଭଲ ହେଉ କି ମନ୍ଦ ହେଉ, ଆବଶ୍ୟକ ହେଉ କି ନ ହେଉ, ତହିଁକି କାହାରି ଶୋଚନା ନାହିଁ କି ଭାବନା ନାହିଁ। ଧାଙ୍ଗଡ଼ ଧାଙ୍ଗଡ଼ୀଏ ଏ ଗାଁ ସେ ଗାଁ

ଚାଙ୍ଗୁନାଚ ବୁଲନ୍ତି ଓ ବେବର୍ତ୍ତାଙ୍କ ଘର ରମଣୀ, ଅସୂର୍ଯ୍ୟଂପଶ୍ୟା ବୋଲି ଏ ପାଖରେ କି ସେପାଖରେ ଘୃଣା କି ତାଡ଼ନା କି ଗଞ୍ଜନା ନାହିଁ। ବେବର୍ତ୍ତାଙ୍କର ଯେଉଁ ଅବରୋଧ ପ୍ରଥା ଅଛି ତାହା ମୁସଲମାନ ଆଧିପତ୍ୟରୁ ହୋଇଛି ବୋଲି କଥିତ ହୋଇଥାଏ, କିନ୍ତୁ ରାମଙ୍କ ବନଗମନ ବା କୁରୁ ପାଣ୍ଡବଙ୍କ ଅକ୍ଷୟ କ୍ରୀଡ଼ାକାଳେ ମୁସଲମାନ ନ ଥିଲେ କି ତାଙ୍କ ଆଧିପତ୍ୟ ନ ଥିଲା। ଅଥଚ କୌଶଲ୍ୟାଙ୍କଠାରୁ ବିଦାୟ ଗ୍ରହଣ ପାଇଁ ରଘୁନାଥ ଅନ୍ତଃପୁରକୁ ଯାଇଥିଲେ, ପୁଣି ଦୁଃଶାସନ ଦ୍ରୋପଦୀଙ୍କ ଅନ୍ତଃପୁରରୁ ଝିଙ୍କି ଘୋଷାଡ଼ି ନେଇଥିଲା। ଏହା ପ୍ରକୃତ ହେଉ କି କାଳ୍ପନିକ ହେଉ ବାଲ୍ମୀକ ଦେବବ୍ୟାସ ଏହା ଲେଖି ଥାଆନ୍ତୁ କି ରାମାୟଣ ମହାଭାରତରେ ଏହା କେହି ତାଳିପକାଇ ଥାଉ କି ଗୁଞ୍ଜା ଦେଇଥାଉ ଋଷି ବଚନରୁ ହେଉ କି ଉତ୍ପୀଡ଼ନରୁ ହେଉ,ଏ ପ୍ରଥା ଚଳି ଆସୁଅଛି। ଏହା ନ ମାନି ଦ୍ରାବିଡ଼ ମହାରାଷ୍ଟ୍ରବାସୀଏ ହିନ୍ଦୁ ହେଉନ୍ତୁ ନ ହେଉନ୍ତୁ, ଯେଉଁଠାରେ ରାଜା, ବେବର୍ତ୍ତା, ଶାସ୍ତ୍ରୀ, ପଟ୍ଟନାୟକ ପ୍ରଭୃତିଙ୍କ ଝିଅ ବୋହୂଏ କଣରେ ଥାନ୍ତି, ସେହିଠାରେ ହାଟରେ ଅଧହାଟେ ମାଇପେ ଦେଖାଯାନ୍ତି। ବିଲ ବାରିରେ ବାଟରେ ଘାଟରେ ମିଣିପଙ୍କ ସଙ୍ଗେ କାମଦାମ କରୁଥାନ୍ତି, ଆତଯାତ ହେଉଥାନ୍ତି। ପୁଣି ଯେଉଁ ଛୋଟରାୟ, ରାୟଗୁରୁ, ଛାମୁପଟ୍ଟନାୟକ, ଝପଟସିଂହ, ଚମ୍ପଟସିଂହ, ସାହୁ ମହାଜନ ସ୍ତ୍ରୀ କନ୍ୟା ପୁତ୍ରବଧୂ ସାତଖଞ୍ଜା ଭିତରେ ଥାଆନ୍ତି ତାଙ୍କରି ତିନି ପୁରୁଷିଆ ଖୁଡ଼ୀ, ଦେଠେଇ, ଭାଉଜ, ଭାଇବୋହୂ, ଭଉଣୀ, ଭାଣିଜୀ, ଭଣଜାବୋହୂ ପ୍ରଭୃତି ବାଟରେ ଘାଟରେ ଦେଖାଯାଇଥାନ୍ତି; ତହିଁରେ କିଛି ଯାଏ ନାହିଁ କି ଆସେ ନାହିଁ।

ଅଧିକ କି ସାଧୁଦାରର ଘର ଯେଉଁ ରାଜ୍ୟରେ ସେ ରାଜ୍ୟରେ ବର୍ତ୍ତମାନ ବେବର୍ତ୍ତା ତ୍ରିଲୋଚନ ମହାପାତ୍ରଙ୍କ ମାଆ, ଆଈ ନିଜେ ନିଜେ ହାଟ ବାଟରେ ଦେଖାଯାଉଥିଲେ ; କଣରେ ରହିବାକୁ ଘର ବି ନ ଥିଲା। ତିନି ପୁରୁଷରେ ତିନି ବଖୁରିଆ ଘର ଚାରି ବଖୁରିଆ ହୋଇ ପାରି ନ ଥିଲା। ନଅର ବିଶୋଇଙ୍କ ଘରେ ଖମାରୀ ଥାଇ ବାପ ଅଜା ଦିନ ନେଇଥିଲେ। କିନ୍ତୁ ତ୍ରିଲୋଚନ ମହାପାତ୍ରେ ଗୋବର ଗଦାରେ ପଦ୍ମଫୁଲ "ଉଦ୍ୟୋଗିନଂ ପରୁଷସିଂହ ମୁପୈତି ଲକ୍ଷ୍ମୀଃ" ବଚନର ଜୀବନ୍ତ ଉଦାହରଣ।

ଆବାଲ୍ୟରୁ ପ୍ରତିଭା ବଳ ଦେଖାଇ କ୍ରମୋନ୍ନତି ସୋପାନର ଶିରୋଭାଗରେ ବେବର୍ତ୍ତା ପଦାରୂଢ଼। ଏହାକୁ ଗର୍ଭିଣୀ ଗାଈ ବାଟ ଛାଡ଼େ। ରାଜ୍ୟର ରାଜା ଏହାଙ୍କ କରତଳସ୍ଥ କାଷ୍ଠ-ପିତ୍ତଳିକା। ଏକା ଫଳାହାରୀ ବାବାଜୀଙ୍କ ଛଡ଼ା ଏ ଆଉ କାହାକୁ ମଣିଷ ବୋଲି ଗଣନ୍ତି ନାହିଁ। ବାବାଜୀ ପରମାରାଧ ଗୁରୁ, ରାଜା, ମନ୍ତ୍ରୀ, ବୈଦ୍ୟ। ଏହା

ବୋଲି ଯେ ଖରାଖିଆ ମହାଦେବଙ୍କ ନିକଟ ଜଙ୍ଗଲରେ ବାବାଜୀଙ୍କ ସାଙ୍ଗରେ ରୁହନ୍ତି, ତା ନୁହେଁ।

ବାବାଜୀଙ୍କ ଆସ୍ଥାନରୁ ପ୍ରାୟ ଦେଢ଼ପାଆ ବାଟରେ ବେବର୍ତ୍ତାଙ୍କ ଉଆସ। ଗଡ଼ ପରି ଖାଇ, ଉଚ୍ଚ ପାଚେରୀ ନ ଥିଲେ ହେଁ ବେବର୍ତ୍ତାଙ୍କ ଉଚ୍ଚ ପିଣ୍ଡା ବଡ଼ ବଡ଼ ଧୂଳିଆ ଘରର ପାଞ୍ଚ ପୁରୁଷ ଷୋଳେଇ ଖଞ୍ଜା ଦେଖିଲେ କୌଣସି ଭ୍ରମ ହେବାର ନାହିଁ। ଧୋବା, ଭଣ୍ଡାରି, କରଣ, ବ୍ରାହ୍ମଣ, ସାହୁ ମହାଜନ ପ୍ରଭୃତିଙ୍କ ଘର ମଧ୍ୟରେ ତାଙ୍କ ଘର ତାରା –ମଣ୍ଡଳୀରେ ଚନ୍ଦ୍ର, କମଳା ବିମଳା ପ୍ରଭୃତିଙ୍କ ମନ୍ଦିର ମଧ୍ୟରେ ବଡ଼ ଦେଉଳ ପରି ବିରାଜୁ ଅଛି। ତହିଁରେ ପୁଣି ଚଉପାଢ଼ୀ ଉପରେ ତଳେ କେତେ ବ୍ରାହ୍ମଣେ, କେତେ ପଣ୍ଡିତେ, କେତେ ଭଲଲୋକିଆ, କେତେ ଗୁହାରିଆ ବସିଛନ୍ତି। କାବୁଲି ବନାରସୀ ମହାଜନ ସୌଦାଗର ମଧ୍ୟ ଅଭାବ ନାହାନ୍ତି। ଏଠାରେ ସବୁବେଳେ ଯେତେ ଲୋକ ରାଜଦ୍ୱାରେ ସେପରି କ୍ୱଚିତ ଦେଖାଯାଆନ୍ତି।

ଏତେ ଲୋକ ଅଛନ୍ତି, କିନ୍ତୁ ବର୍ତ୍ତମାନ ବେବର୍ତ୍ତା ନାହାନ୍ତି। ସେ ଥିଲେ ବି ବେବର୍ତ୍ତାଙ୍କ ଭିତର କଥା ଜଣାଯାଇ ନ ପାରେ। ସେ ପ୍ରକୃତ ଭଲ କି ମନ୍ଦ ପ୍ରକାଶ ହୋଇ ନ ପାରେ। କାରଣ ଯାହାର ଯେପରି ଭାବନା ତାକୁ ବେବର୍ତ୍ତା ସେପରି ସେ କେତେ ଲୋକଙ୍କୁ କଠୋର ଦଣ୍ଡ ଦେଉଛନ୍ତି। କେତେ ଲୋକଙ୍କୁ ଅନ୍ନ ବସ୍ତ୍ର ଦେଉଛନ୍ତି। କେତେ କଥା ଗୋପନ କରିଦେବାକୁ ବାଧ୍ୟ। ପୁଣି କେତେକ ସ୍ଥଳରେ ସ୍ପଷ୍ଟ କଥା ନ କହିଲେ ନ ଚଳେ। ଉପସ୍ଥିତ ଲୋକଙ୍କ ମଧ୍ୟରୁ କେତେକ ନିରାଶ ହୋଇ ଫେରିଯିବେ, କେତେ ବା ଆଶା ପଛେ ପଛେ ଦଉଡ଼ିବାକୁ ଛାଡ଼ିବେ ନାହିଁ, କେହି କେହି ବା କାନ୍ଦି କାନ୍ଦି ଯିବେ, କେହି କେହି ବା ହସି ହସି ଯିବେ। ଏଥିପାଇଁ ବେବର୍ତ୍ତା ଦୋଷୀ କି ନିର୍ଦ୍ଦୋଷୀ, ଭଲ କି ମନ୍ଦ, ନଡ଼ିଆ କି ଆମ୍ବ ଠିକ୍ କରି ବୋଲାଯାଇ ନ ପାରେ। ସୁତରାଂ ଭିତର କଥା ଜାଣିବା ନିତାନ୍ତ ପ୍ରୟୋଜନ। କାରଣ ନଡ଼ିଆର ପାଣି କି ଆମ୍ବର ଟାକୁଆ ବାହାରୁ ଦେଖାଯାଏ ନାହିଁ। ଅନ୍ତଃପୁରେ ବେବର୍ତ୍ତାଙ୍କ ଭିତରେ କଥା ଜଣା ଯିବା ସମ୍ଭାବନା। କିନ୍ତୁ ବାହାରୁ ଉଆସ ଆଶାପ୍ରଦ ଦେଖାଯାଉନାହିଁ।

ଗେରଦର ତିନି ପାଖେ ମୋଟ ମୋଟ, ଉଚ୍ଚ ଉଚ୍ଚ ଶାଳ କାଠର ଘଞ୍ଚା ଘଞ୍ଚା ବେଢ଼ା। ପିମ୍ପୁଡ଼ି ଗଳି ପାରିବ ନାହିଁ କି ହାତୀ ଭାଙ୍ଗି ପାରିବ ନାହିଁ। କେବଳ ଦକ୍ଷିଣ ଦିଗରେ ସେପରି ବେଢ଼ା ନାହିଁ। ପୂର୍ବ ଦିଗେ ଖଳା। ସେଠାରେ ହଳିଆ ଖମାରୀ ପ୍ରଭୃତି ଗଣ୍ଡା ଗଣ୍ଡା। ପଶ୍ଚିମଦିଗସ୍ଥ ପାଗାରେ ଘାସିଆର ସଇସ ସୁଆର ପଲ ପଲ। ଉତ୍ତରଦିଗେ ଏ ମୁଣ୍ଡରୁ ସେ ମୁଣ୍ଡ ଯାଏ ବାରି ପୋଖରୀ। ଏହିପରି ପରିବେଷ୍ଟିତ

ହୋଇ ଯେ ପାଞ୍ଚ ଖଞ୍ଜ ଅଛି, ତାହାର ମଝି ଖଞ୍ଜା ଅନ୍ତଃପୁର। ସବୁ ଖଞ୍ଜା ଷୋଳେଇ। ଖଞ୍ଜା ସବୁ ପ୍ରତିରେ ତିନି ତିନି ବଖରା ଖଲୁରୀ ସଙ୍ଗେ ଦୀର୍ଘରେ ପାଞ୍ଚ ପାଞ୍ଚ ବଖରା ନେଇ ଏକ ଖଞ୍ଜା ନୁହେଁ। ଏଥିରେ ପୂର୍ବ ପଶ୍ଚିମ ଉତ୍ତର ଦକ୍ଷିଣ ଘର ସବୁରି ମଥାନ ଶ୍ରେଣୀ ମିଳି ନଂଘା ମାରି ଚାରିଆଡ଼େ ପାଞ୍ଚବଖରା ଲେଖାଏଁ। ଚଉପାଢ଼ୀ ଛଡ଼ା ଆଉ ସବୁ ଘର ଭିତର ଓ ଦୁଆର ମୁହଁଠାରୁ ପିଣ୍ଡା ଉଚ୍ଚ ଉଚ୍ଚ। ଉପରେ ଆଟୁ। ଏକ ଖଞ୍ଜାରୁ ଅନ୍ୟ ଖଞ୍ଜାକୁ ଗୋଟିଏ ରୁ ଦିଓଟି ବାଟ ନାହିଁ। ଯେ ଗୋଟିଏ ଦିଓଟି ଖିଡ଼ିକି ଅଛି ତହିଁରେ ଗବାକ୍ଷ ନାମ ସାର୍ଥକ। ପୁଣି ସେ ସବୁ ଫୁଲ ପତ୍ର, ହାତୀ ଘୋଡ଼ା, ବାଘ, ଭାଲୁ, ନରନାରୀ ଚିତ୍ରରେ ପୂର୍ଣ୍ଣ। ବିନ୍ଧାଣୀଙ୍କ ଗୁଣ ଦେଖାଇବା କି ବିଶୁଦ୍ଧ ବାୟୁ ସଂଚାଳନ ପାଇଁ ଏ ଜଳା କବାଟି ସବୁ ଅଛି ତାହା ବେବର୍ତ୍ତା ଜାଣନ୍ତି। ଅଞ୍ଜନାନନ୍ଦନ ବାତ ଚୋର ପରି ଆଚରଣ କରୁଥିଲେ ତହିଁପାଇଁ ବିନ୍ଧାଣି ଦୋଷୀ ନୋହିପାରେ। ଏ ଯଦି ବାୟୁ ସଂଚାଳନ ଉଦ୍ଦେଶ୍ୟରେ ହୋଇଥାଏ ତେବେ ଗୃହ ମଧ୍ୟରେ ଛଣା ସୁଧା ପାନ ମିଳୁଥିବାରୁ ବୋଧହୁଏ। କାରଣ ସ୍ୱାସ୍ଥ୍ୟପାଇଁ ବଡ଼ ବଡ଼ ଖିଡ଼ିକି, ଜାନଲା, ଖଡ଼ଖଡ଼ିଆ ପ୍ରଭୃତି ବିଜ୍ଞାନ ଲୋଡୁଥିଲେ ହେଁ ଏହା ବେବର୍ତ୍ତା ବା ଅନ୍ୟ କାହାରି ଘରେ ଦେଖାଶୁଣା ନାହିଁ। ସେ ସବୁ ଲୋଡ଼ା ଥିଲାପରି ଜଣାପଡ଼ୁ ନାହିଁ। କାରଣ ରାଜ୍ୟରେ ସ୍ୱର୍ଗୀୟ ଚନ୍ଦ୍ରଶେଖର ବା ପଠାଣିସାମନ୍ତଙ୍କ ପରି ପାଟଯୋଶୀ, ପଦ୍ୟାଳଙ୍କାର, ତର୍କାଳଙ୍କାର, ପଣ୍ଡିତ ବା ବେବର୍ତ୍ତା ପରି ହୃଷ୍ଟପୁଷ୍ଟ ସବଳ ଧନୁର୍ଦ୍ଧର ଲୋକଙ୍କର ଅଭାବ ନାହିଁ। ସବୁବେଳେ ଜୀର୍ଣ୍ଣ ଶୀର୍ଣ୍ଣ କଳେବର ଧାରଣ ପାଇଁ ଡାକ୍ତର ବୈଦ୍ୟଙ୍କ ବ୍ୟବସ୍ଥା ଘେନି ପଥି ଧାରଣାରେ ଚଳିବାକୁ ହେଉନାହିଁ। ବରଂ କଞ୍ଚା ଦରସିଝା ଖାଇ ଲୋକେ ହୁସୁ ହୁସୁ ଭୁସୁ ଭୁସୁ ହୋଇ ବୁଲୁଛନ୍ତି। ସେ ଯାହା ହେଉ ଦେଉଳ ଉପରେ ଠାକୁର ଠାକୁରାଣୀଙ୍କ ଆୟୁଧ ଚକ୍ର ତ୍ରିଶୂଳ ପରି ବେବର୍ତ୍ତାଙ୍କର ଯଥେଷ୍ଟ ପଢ଼ିହାରୀଙ୍କର କଟକଣା। ପୁର ବାହାରେ ଗଣ୍ଡା ଗଣ୍ଡା ଭେଣ୍ଡା ପାଇକେ ଖଣ୍ଡା ବା ଦଣ୍ଡା ଧରି ବୁଲୁଛନ୍ତି। ଭିତରକୁ ଭିତରକୁ ପଢ଼ିହାରୀଏ ବଛା ବଛା ବୁଢ଼ା ବୁଢ଼ା ଲୋକ, କିନ୍ତୁ ସ୍ତ୍ରୀ ପ୍ରହରୀଙ୍କ ବେଳକୁ ଅନ୍ୟପ୍ରକାର। ବାହାରେ ଦନ୍ତହୀନା, ଶୁଭ୍ରକେଶୀଏ, ଭିତରକୁ ଭିତରକୁ କ୍ରମେ ଯୁବତୀଏ। ସ୍ତ୍ରୀ ପୁରୁଷଙ୍କ ମିଳନ ସ୍ଥଳରେ ଏକ ଦିଗରେ ନିତାନ୍ତ ବୃଦ୍ଧ ଅପର ଦିଗରେ ଅତିବୃଦ୍ଧା। ସୁତରାଂ ବେବାର୍ତ୍ତାଙ୍କର ଭାଇ ବନ୍ଧୁଙ୍କ ସ୍ତ୍ରୀ ଲୋକେ ଅନ୍ତଃପୁରବାସିନୀ ହେଉନ୍ତୁ ବା ନ ହେଉନ୍ତୁ, ବାହାର କଥା ପଦକ ରଣବାଜ ସିଂହ, ରାଉତରା ପ୍ରଭୃତିଙ୍କଠାରେ ଯାଇ ରସକଳା ଚିତ୍ରକଳା ରମିତକ୍ଷୀଙ୍କ ତୁଣ୍ଡରେ ବେବର୍ତ୍ତାଣୀଙ୍କଠାରେ ପହୁଞ୍ଚେ। ଏହା ଭଲ କି ମନ୍ଦ ତାହା ରାଜା କି ବା ତାଙ୍କ ବେବର୍ତ୍ତା

ଜାଣନ୍ତି। ତେବେ ଯେ ଅନ୍ତଃପୁରେ ଥାଇ ଅନ୍ୟ ସ୍ତ୍ରୀ ପୁରୁଷ ଦେଖିବାକୁ ପାଆନ୍ତି ନାହିଁ। ସେମାନେ ହାଟୁଆଣୀ ବାରବୁଲି ପ୍ରଭୃତିଙ୍କ ପରି ଚତୁରା ନୁହନ୍ତି କି ସତକୁ ମିଛ, ମିଛକୁ ସତ କରନ୍ତି ନାହିଁ। ପୁଣି କେହି କେହି ଆପଣା ମତମତକୁ ଅନ୍ତଃପୁରବାସିନୀଙ୍କର ବୋଲି ପ୍ରକାଶ କରି ଇହକାଳରେ ବୈତରଣୀ ପାର ହୋଇ ଥାଆନ୍ତି।

ଏପରି କଟକଣା ଥିଲେ ମଧ୍ୟ କାନ୍ଥବାଡ଼ର ଆଖି କାନ ଥିବାର କଥିତ ହୁଏ। ପୁଣି ପଣ ପଣ ଧାଇ ମୁଦୁସୁଲୀଙ୍କ ମଧ୍ୟରୁ କେତେ ବେବର୍ତ୍ତାଙ୍କ ଉଆସ ଛାଡ଼ି ଚାଲି ଯାଇଛନ୍ତି ଓ ଯାଉଛନ୍ତି। ସେମାନେ କେତେ କଥା କହି ବୁଲୁଛନ୍ତି। କିନ୍ତୁ କେହି ଶପଥ କି ସତ୍ୟ ପ୍ରତିଜ୍ଞା କରି କିଛି କହୁ ନାହିଁ। ସୁତରାଂ ସେ ସବୁ କଥା କେତେଦୂର ବିଶ୍ୱାସଯୋଗ୍ୟ ବୋଲା ଯାଇ ନ ପାରେ। ଏପରି କଥା ଅନେକ ସତ ହୋଇଥାଏ, ଅନେକ ବି ମିଛ ହୋଇଥାଏ। ସେ ଯାହାହେଉ ରାଜା କରଗତ ଥିବାରୁ ସେ କଥାକୁ ବେବର୍ତ୍ତାଙ୍କର ଶୋଚନା ନାହିଁ। କିନ୍ତୁ ଏହାର ଫଳାଫଳ ଯିବାର ନୁହେଁ। ଗୁଡ଼ ଅନ୍ଧାରରେ ଖାଇଲେ ଗୁଡ଼, ଓ ଆଲୁଅରେ ଖାଇଲେ ଗୁଡ଼। ଧର୍ମଦ୍ୱାରେ ଯେ ପାଞ୍ଜିଲେଖା ହେଉଛି, ତହିଁରେ ସାନ ବଡ଼ ପାପ ପୂଣ୍ୟ ସବୁ ବସୁଛି। ପୁଣି ସେହି ଅନୁସାରେ ଫଳାଫଳ ବାହାରୁଛି। ଚୋର ଘରେ ନିତି ଅନ୍ଧାର ହେଉ ନାହିଁ। ସୁତରାଂ ଶୁଣା କଥାର ସତ ମିଛ ଆପେ ପ୍ରକାଶ ପାଇବ। ବର୍ତ୍ତମାନ ବେବର୍ତ୍ତା ବେବର୍ତ୍ତାଣୀଙ୍କ ନିରୋଳା କଥା ଯାହା ଶୁଣାଯାଇ ଅଛି ତାହା ଲେଖାଯାଉଅଛି। ତାହାର ସତ୍ୟାସତ୍ୟ ପ୍ରମାଣିତ ହେଲାରୁ ବେବର୍ତ୍ତାଙ୍କ ସ୍ୱଭାବ ଚରିତ, ବୁଦ୍ଧି, ବିଦ୍ୟା, କଳାକୌଶଳ ବୁଝାଯିବ।

ମଝିପୁରରେ ବେବର୍ତ୍ତା ବେବର୍ତ୍ତାଣୀ ବସିଛନ୍ତି। ରାମି, ଶାମି, ପାରି, ସାରି ପ୍ରଭୃତି ଏଣେ ତେଣେ ଯିବା ଆସିବା କରୁଛନ୍ତି। କାମ କିଛି ନାହିଁ; ତଥାପି ନହର ପହର ନ ହେଲେ ନ ଚଳେ। ତାହାର କାରଣ ବା ଉଦ୍ଦେଶ୍ୟ ସେମାନେ ନିଜେ ନିଜେ ଜାଣୁଥିବେ। କିନ୍ତୁ ବେବର୍ତ୍ତା ବେବର୍ତ୍ତାଣୀଙ୍କ ନିକଟରେ କେହି ସୁଦ୍ଧା ପାନବଟା ବା ପିକଦାନୀ ଧରି ନାହିଁ। କେବଳ ଦୁଇ ଜଣ ବୁଢ଼ୀ ବସିଛନ୍ତି। ସେମାନଙ୍କ ତୁଣ୍ଡ ହଲିବାକୁ ନାହିଁ। ସେ ଦୁହେଁ ବେବର୍ତ୍ତାଣୀଙ୍କ ବାପ ଘରୁ ଆସିଛନ୍ତି। ଯେ ଆଜ୍ଞା ହେବ କେବଳ ତାହା ଅନ୍ୟକୁ ଜଣାଇ ଦେବା ପାଇଁ ଉପବିଷ୍ଟା। ବେବର୍ତ୍ତା ଝୋଲାମାଳୀ ମୁଣ୍ଡରେ ଲଗାଇଲାରୁ ବେବାର୍ତ୍ତାଣୀ କହିଲେ "ନଅରରେ ଆଉ ବାବାଜୀଙ୍କ କତିରେ ତ ଦିନ ରାତି। କେତେବେଳେ ବଣା କଣା ହୋଇ ଟିକିଏ ଭିତରକୁ ଆଇଲେ ଖାଲି କଅଣ ମାଳୀ ଧରି ତୁନି ହୋଇ ମୁନିପରି ଥିବ ?

ବେବର୍ତ୍ତା - "ତୁମ କଥା ଆଗେ ଶୁଣେ। "

ବେବର୍ତ୍ତାଣୀ - "ମୋହରି କଥା ମୁଁ କହୁଛି ? କହ୍ନା ଲାଗି ସିନାଗାଈ ଗୁହାଳ, ତମ କଥା ସିନା କହୁଛି। "

ବେବର୍ତ୍ତା - 'ମୋ କଥା କହିଲେ କଅଣ ହେବ ?"

ବେବର୍ତ୍ତାଣୀ - "ଆମ ଭିତରେ କିଛି ହେବ ନାହିଁ ବୋଲି କିଏ ନ ଜାଣେ ? କିଛି ନୋହିବ ବୋଲି କିଛି ଶୁଣିବା ବି ନାହିଁ ?

ବେବର୍ତ୍ତା – "ଶୁଣିଲେ କଅଣ ମିଳିବ ?"

ବେବର୍ତ୍ତାଣୀ – "କିଛି ନ ମିଳିଲେ କି କିଛି ଶୁଣିବାର ନୁହେଁ।"

ବେବର୍ତ୍ତା - କେତେ କଥା ଅଛି, କେଉଁ କଥାକୁ ମନ ହୋଇଛି ?"

ବେବର୍ତ୍ତା - "ସବୁ କଥା। "

ବେବର୍ତ୍ତା - "ସବୁ କଥା କହିଲେ କିଏ ଶୁଣୁଛି ? ଆଉ ତ କେହି ନାହିଁ ? ଏହି ଦରମଲା ବୁଢ଼ୀଦିଟା,। ସାତ କବାଟ ଡେଇଁ ଦାଣ୍ଡରେ ଏ କିଛି କହିବାକୁ ଯାଉଛନ୍ତି ନା ମୁଁ ଯାଉଛି ?

ବେବର୍ତ୍ତା - "ତାହା ନୁହେଁ ଯେ -"

ବେବର୍ତ୍ତାଣୀ- "ତେବେ କି ମୋତେ ପତିଆରା ନାହିଁ ? ମୋ ଦେହ କିଛି ହେବ ବି ନାହିଁ !"

ବେବର୍ତ୍ତା - ମୁଁ ଯାହା କହୁଛି ତାହା ଆଗେ ଶୁଣ -"

ବେବର୍ତ୍ତାଣୀ - "କଅଣ କହୁଛ କୁହ। "

ବେବର୍ତ୍ତା - "କେତେ କଥାଅଛି, ସବୁ କହିଲା ବେଳକୁ ଦିନ ରାତି ଅଣ୍ଟିବ ନାହିଁ, ତେବେ ଯେଉଁ କଥାକୁ ତମର ମନ ହୋଇଥିବା ସେ କଥା କହିଲେ ସିନା ହେବ?

ବେବର୍ତ୍ତାଣୀ - ଯେଉଁଥିପାଇଁ ବାବଜୀଙ୍କ ସାଙ୍ଗରେ ଏତେ ଦିନ ହେଲା ଲାଗିଥିଲ।"

ବେବର୍ତ୍ତା - ଆଜି ରାତିକଥା ଠିକ୍ ହୋଇଗଲା, କାଲି କଥା ଦେଖାଯାଉ।"

ବେବର୍ତ୍ତାଣୀ - 'କଅଣ କିପରି ହେବ ?"

ବେବର୍ତ୍ତା - "ଆଜି ରାତ୍ରରେ ରାଜାଙ୍କ ଉପରେ ଶନି ମହାଗ୍ରହଙ୍କର ଭାରି ଉତ୍ପାତ ହେବ। "

ବେବର୍ତ୍ତାଣୀ - "ଉତ୍‌ପାତ ହେବା କଥା ତ ପାଟଯୋଶୀ ଆଗରୁ କହିଥିଲେ। କଅଣ କଅଣ ହେବ ତାହା କିଛି ବାବାଜୀ କହିଲେ ?"

ବେବର୍ତ୍ତା - ବାବାଜୀ କହିଲେ ଅଧରାତି ଉତ୍ତାରୁ ଦୁମ୍ ଦୁମ୍ ଶବ୍ଦ ହେବ। ରାଜାଙ୍କ ପଲଙ୍କ ଦୋହଲିବ। ସାବଧାନ ନ ରହିଲେ ରାଜାଙ୍କର ଭାରି ଶାରୀରିକ ମାନସିକ ଅନିଷ୍ଟ ହେବ। ଏ ଅନିଷ୍ଟ ନ ହେବା ପାଇଁ ବ୍ୟବସ୍ଥା କରାଯାଉଛି। ଦନେଇ ଖିଲାମତିଆ ନିଜେ ବାବାଜୀଙ୍କ ମୁହଁରୁ ଶୁଣିଗଲା। ନିଜେ ରାଜାଙ୍କୁ ଜଣାଇବ।

ବେବର୍ତ୍ତାଣୀ - "ସବୁ ହୋଇ ପାରିବତ ?"

ବେବର୍ତ୍ତା – "ଯାହା ଯେପରି କହିବାକୁ ହେବ ବାରମ୍ବାର ପାଖ; ଲୋକଙ୍କୁ ବତେଇ ଦିଆଯାଇଛି। ଟଙ୍କା ବି ଦିଆଯାଇ ଅଛି। କିଛି ଟିକିଏ ଆଡ଼ବାଙ୍କ ହେଲେ ସଭିଙ୍କୁ ଗୋଟି ଗୋଟି କରି ଆଉ ଶୂଳୀରେ ଚଢ଼ାଇବି ନାହିଁ ?

ବେବର୍ତ୍ତାଣୀ - ଏହା କହୁଛ। ପୁଣି କହୁଛ ଯେ ସାବଧାନ ରହିବା ପାଇଁ ରାଜାଙ୍କଠାକୁ ଖବର ଗଲା ?

ବେବର୍ତ୍ତା - ଶୋଇଲା ବେଳେ ଲାଗି ହେବା ପାଇଁ ଓ ଘରେ ପକାଇବା ପାଇଁ ବାବାଜୀ ଯେ ପଞ୍ଚାମୃତ ପଠାଇବେ ତହିଁରେ ଗଞ୍ଜେଇ ଅରକ ଦେବେ।

ବେବର୍ତ୍ତାଣୀ - ଧନ୍ୟ ତୁମ୍ଭେ ! ଦେଖିଲା ପରି ତମ ବାପା ମାଆ ଏପରି ନାଁ ଦେଇଥିଲେ? ମଣିଷର ସିନା ଦୁଇଟା ଆଖି ସତକୁ ସତ ତୁମର ତିନିଟା ଆଖି।

ବେବର୍ତ୍ତା – ଆଚ୍ଛା ! ସେତ ଯାହା ହେବାର ହେବ। ନଅର ବିଶୋଇଙ୍କର ଯେ ଘର ପୋଡ଼ିଗଲା ତହିଁକି ତମେ କି କଲ ?

ବେବର୍ତ୍ତାଣୀ - ହଁ ସତେତ ସେ ଗୋଟିଏ କଥା ଅଛି। ଚମ୍ପା ମା ବୁଢ଼ୀକି ପଠାଇ ଥିଲି। ସେ ଅନେକ ବୋଧ ସୋଧ କରି କହି ଅଇଲା। ଡାଲି, ଚାଉଳ, ଘିଅ, ତେଲ, ଲୁଣ ସବୁ ଜିନିଷ ପଠାଇଦେଇଛି।"

ବେବର୍ତ୍ତା - 'ଠିକ୍ ହୋଇଛି, ମୋ ବୁଦ୍ଧିରୁ ତମ ବୁଦ୍ଧିଟା କମ୍ ହେଲା କଅଣ ? ସମସ୍ତେ ଜାଣନ୍ତି ଯେ ତ୍ରିଲୋଚନଙ୍କ ସ୍ତ୍ରୀ ତ୍ରିଲୋଚନୀ।"

ବେବର୍ତ୍ତାଣୀ - "ମୁଁ କଅଣଗୁଡ଼ାଏ କରି ପକାଇଲି କି ?"

ବେବର୍ତ୍ତା - ତୁମ୍ଭେ ଜାଣ ଯେ ମୁଁ ଘର ପୋଡ଼େଇ ଦେଇଛି। କି କରିବାକୁ ହେବ ତମକୁ କିଛି କହି ପାରି ନଥିଲି। ତେବେ ବି ଯହିଁରେ ମୋ କଥା ଜଣା ନ ପଡ଼ିବ ଆଉ ଯାହା ଲୋକେ ଭଲ କହିବେ ସେ ସବୁ ଆପେ ଆପେ କଲା ଆଉ ବେଶୀ କଅଣ କରନ୍ତି କି ?

ବେବର୍ତ୍ତାଣୀ- "ନ କଲେ ହୁଅନ୍ତା କିପରି ? ତାହା ଘରେ ବନ୍ଧୁ କରିବାକୁ ଏତେ କଥା, ତୁମ୍ଭର ମିଣିପରେ ମିଣିପରେ ଯାହା ହେଉ ଯାହା କଲି, ତାହା ନ କରି ଥିଲେ ଯେ ବୋହୂ ହୋଇ ଆସିବ, ତାହା ମୁହଁକୁ ଚାହିଁବି କିପରି ? ସେ ବା ମନେକରିବ କଅଣ ?"

ବେବର୍ତ୍ତା- "ବଡ ଭାଇତ ରାଜି ହେଲାଣି ତେବେ ବି ଚନ୍ଦ୍ରା ହାଁ ହାଁ ଟାଣ ଭାଙ୍ଗୁ ନାହିଁ। ତା ସାଙ୍ଗକୁ ତା ମା ରାଣ୍ଡୀ ମିଳିଛି। ସେ ଦୁହେଁ ରାଜି ନୋହିବା ଯାଏ କଅଣ ହେଲାଣି ?'

ବେବର୍ତ୍ତାଣୀ - ତମକୁ ସେ ପାରିବେ? ଘର ପୋଡ଼ିଗଲାଣି, ଏଣିକି ସଭିଏଁ ନଇଁ ପଡ଼ିବେ ଯେ। ଯେବେ ଆଜି କଥାରେ ଭଲରେ ହୋଇଯାଏ, ରଜା ବି ଆଉ ତୁନି ହୋଇ ରହିପାରିବେ ନାହିଁ।"

ବେବର୍ତ୍ତା - "ହାତ ଗଣ୍ଠି ନ ପଡ଼ିବା ଯାଏ ପତିଆରା କଅଣ ? ସମସ୍ତେ କହନ୍ତି ବର କନ୍ୟା ପ୍ରଜାପତି ଘଟସୂତ୍ର କଥା। ଆମ୍ଭେ ତ ତାହା ମାନୁ ନ ଥାଇ। ଦେଖାଯାଉ କି ହେଉଛି।

ବେବର୍ତ୍ତାଣୀ - "ଜାତି, ମାନ, ମର୍ଯ୍ୟାଦା, ଧନ ଦୌଲତ ଭିତରୁ କେଉଁଥିରେ ମୋ ବାପ ଘରହାଳିକି ତା ଘର ବଡ଼ ଯେ, ସେଠି ବନ୍ଧୁ କରିବାକୁ ଏତେ ଜିଦି ଲାଗିଛି?"

ବେବର୍ତ୍ତା – ଏ କଥା ମୋତେ ପଚାରୁଛ ? ଦେଖୁନାହିଁ ଯେ ତୁମ୍ଭ ବାପ ଘର ଏ ରାଜ୍ୟରେ ନୁହେଁ। ତା ଘରୁ କାଳେ କାଳେ ବେବର୍ତ୍ତା ହୋଇ ଆସୁଥିଲେ। ମୁଁ ବୋଲି ତାହା ଭାଙ୍ଗିଲି। ତେବେ ବି ରାଜ୍ୟଲୋକେ ତା ଘରକୁ ମାନୁଛନ୍ତି। ବାହାଘରେ ଘୋଡ଼ା ପାଲିଙ୍କି ଦାନ ଯୌତୁକ ମିଳିବ ନାହିଁ ସତ। ଆଉ ଯେ ଲାଭ ତାହା ତମକୁ ପୁଣି ବୁଝାଇବାକୁ ହେବ ?"

ବୈବର୍ତ୍ତାଣୀ– "ସେ ତ ଆକାଶ କଇଁଆ ଚିଲିକା ମାଛ କଥା। କଥାରେ କହନ୍ତି 'ଏ ସାଲ କ୍ଷେତ ଘରେ ପଶୁ। ଆଗକୁ ହାଡ଼ି ବାଉରୀ ଚକ୍ଷୁ। ଏହି କ୍ଷଣିକା କଥାର କି କରୁଛ କହିଲ ?

ବେବର୍ତ୍ତା – "ଏହି କ୍ଷଣିକା କଥା କଅଣ ?"

ବେବର୍ତ୍ତାଣୀ – "ଟଙ୍କାଗୁଡ଼ାକ ଯେ ପଡ଼ି ରହିଲା। "

ବେବର୍ତ୍ତା - 'କରଜ ଲଗାଇ ଦେଉନା' ?

ବେବର୍ତ୍ତାଣୀ - 'ଖଜଣା ପାଇଁ ତେମେ ଧର ପଗଡ଼ ମାରପିଟ ନ କଲେ ସୋଇ କି ଦେଢ଼ି ସୁଧରେ କେହି ଟଙ୍କା ନେଉଛି ?'

ବେବର୍ତ୍ତା – 'ଏତେ ଟଙ୍କା ରଖି କଅଣ କରିବ ?'

ବୈବର୍ତ୍ତାଣୀ – "ତେମେ କ'ଣ ନାହିଁ ଯେ ମୋତେ ପଚାରୁଛ ?

ବେବର୍ତ୍ତା - ମୁଁ ଜାଣିଲେ ବି ତେମେ କଅଣ ଜାଣିଛି ଟିକିଏ ଶୁଣେ।

ବୈବର୍ତ୍ତାଣୀ – "ଯେବେ ପଚାରିଲି ସତ କହିଲେ କିଛି ଅଡୁଆ ବୁଝିବ ନାହିଁ ତ ?

ବେବର୍ତ୍ତା - ତମ କଥା ଅଡୁଆ ବୁଝିବିତ ଆଉ ବୁଝିବି କଅଣ ?'

ବୈବର୍ତ୍ତାଣୀ - ମତେ ପଚାରୁଛ ? ତୁମ୍ଭେ କି ନ ଜାଣ ଯେ ଆଖି ବୁଜିବା ସାଙ୍ଗେ ସାଙ୍ଗେ ବେବର୍ତ୍ତାଙ୍କ ଲୁଗା ପଟା, ଧାନ, ଚାଉଳ, କଂସା, ଲୋଟା, ରାଜଘର ଗନ୍ତାଘରକୁ ବୁହା ଲାଗେ। ଆଉ ଗାଈ, ମଇଁଷି, ଛେଳି, ମେଣ୍ଢା, ହାତୀ, ଘୋଡ଼ା ଅଡ଼ା ଲାଗନ୍ତି। ଆଗେ ଏ ସବୁ ଯାଇ ସାଇଲେ ପଛେ ବେବର୍ତ୍ତା ଶବ ଉଠେ। ତାହା ନୋହିଥିଲେ ସାତପୁରୁଷ ହେଲା ବେବର୍ତ୍ତାଇ କରି ନଅର ବିଶୋଇ ଘର ଏପରି ହୋଇ ଥାଆନ୍ତା ? ଏତେବେଳକୁ ତ ତା ଘରକୁ ରଜାଘର ପଡୁ ନ ଥାଆନ୍ତେ। ଟଙ୍କା ଯାହା ଥାଏ ଖାଲି ସେଇଥିରୁ କିଛି ରହିଯାଏ, ସେତିକି ପୁଅ ମାଇପଙ୍କର ଆଶ୍ରା।

ବେବର୍ତ୍ତା – ଏତେ ବର୍ଷ ହେଲା ଶୋଇ ଦେଢ଼ିରେ ଟଙ୍କା ଲଗାଇ ଆସୁଥିଲା ଏ ବର୍ଷ ନ ହେଲା।

ବେବର୍ତ୍ତାଣୀ- "ଏ ବର୍ଷ କାହିଁକି ନ ହେବ ?"

ବେବର୍ତ୍ତା – "ଏ ବର୍ଷ ଲଢ଼େଇ ହେବ। "

ବେବର୍ତ୍ତାଣୀ – ସେ ତ ଭଲ କଥା, ରସଦ ପାଇଁ ଜୁଲମ ଜବରଦସ୍ତି ଦରକାର। ରଜାଘର ଖମାରରୁ ଧାନଚାଉଳ ବିରି ମୁଗ ବିକ୍ରୀ କରାଇ ତହିଁ ସଙ୍ଗେ ସଙ୍ଗେ ଆମ ଖମାର ଜିନିସ ବି ବିକ୍ରୀ ହେଉ। ପଇସାକ ମାଲ ତିନି ପଇସାରେ ବିକିଲେ ରଜା ଘରର ଲାଭ। ଆମର ବି କିଛି ପଇସା ହୋଇଯିବ। ମୋର ବି ପଇସାକ ଦେଢ଼ ଦୁଇପଇସା ହେବ। ତେଣେ ପାଇକ ବେଠିଆଙ୍କୁ ଖୁଆଇ ତାଙ୍କ ପାଖରେ ଭଲେଇ ହୁଅ।

ବେବର୍ତ୍ତା – "ଧନ୍ୟ ତୁମ ବୁଦ୍ଧି ବିଚାର। ଏକା ବାଟୁଳିକେ ଗଣ୍ଡାଏ ଚଢ଼େଇ !"

ଏହି ସମୟରେ ଜଣେ ମୁଦ୍ରସୁଲୀ ଆସି କହିଲା ଯେ ରଜାଙ୍କର କି ଖବର ଘେନି ଖିଲମତିଆ ମଦନ ପାଇକରା ଠିଆ ହୋଇଅଛି। ଏଥିରେ କଥାବାର୍ତ୍ତା ବନ୍ଦ ହେଲା। ତରତରରେ ଉଠି ବେବର୍ତ୍ତା ସେଠାରୁ ଚାଲିଗଲେ। ବେବର୍ତ୍ତାଣୀ ମଧ୍ୟ ଅନ୍ୟ ଆଡ଼େ ଗଲେ।

ତୃତୀୟ ପରିଚ୍ଛଦ

"ହୋଇଛି ବସନ୍ତକାଳ, ରାବ ଦେଉଛି କୋକିଳ, ଚାରୁତରୁ ଲତାକୁଳ ଅଙ୍ଗରେ ନବ ଦୁକୁଳ, ଲୋହିତ ହରିତ ପୀତେରଞ୍ଜିତ ଶିଖରୀ ଚୂଳ, ବିଶାଳ ରସାଳ ଶିରେ ସୁଗନ୍ଧ ବକୁଳ ମାଳ, କିଂଶୁକ ମଣ୍ଡିତ କୁଞ୍ଜେ ମତ୍ତ ମଧୁକର ରୋଳ, ଯୋଗୀ ଭୋଗୀ ମନଚୋରା ସୁଧୀରେ ମଳୟାନୀଳ, ମଦନ ମାଦକକାରୀ ସକଳ ମଞ୍ଜୁଳ ଠୁଳ, ଦେଖି ଶୁଣି ଯୁବା ଜନ ହୃଦୟ ମନ ବିକଳ "।

କିନ୍ତୁ ଭୂଇଁଆ ପଲ୍ଲୀର ମଣ୍ଡୁଆ ଦୁଆରେ ସେ ଯୁବକ ବସିଅଛି ତାହାର ମନ ଅଚଳ କି ଚଞ୍ଚଳ ଜଣାଯାଉ ନାହିଁ। ଭିତର ଯାହା ହେଉ ବାହାର ଦଳ ଉଜ୍ଜ୍ୱଳ କଜ୍ଜ୍ୱଳ। ଏହାବୋଲି ନୟନ ଅୟନ ବିଦୁର କଳା ଭଳି ନୁହେଁ। ରାମକୃଷ୍ଣ ତପ୍ତ କାଞ୍ଚନ କିମ୍ବା ତମ୍ବାତାର ଭଳି ନ ଥାଇ ନବ ଦୂର୍ବାଦଳ, ମରକତ ଗଞ୍ଜନ, ବାସ ଜଳ ନବଘନ ପରିଥିଲେ। ପୁଣି ଯୌବନର ଗୌର ଶ୍ୟାମ ବିଚାର ନାହିଁ। ଯୁବକର ବୃକ୍ଷସ୍କନ୍ଧ, ବିଶାଳ ବକ୍ଷ, କରୀକର ପରି କରଯୁଗଳ ମଲ୍ଲମର୍ଦ୍ଦନ ଘନଜଘନ ପ୍ରଭୃତି ପେଶୀପୂର୍ଣ୍ଣ ରସାଳ ମାଂସଳ ଅବୟବ ସବୁର ଯୌବନ ସୁଲଭ ଲାବଣ୍ୟମାଧୁରୀ ଲହରୀରେ ମନ ନୟନ ପଡ଼ି ନାସା ନୟନ ଅଧର ପ୍ରଭୃତି ପ୍ରତ୍ୟଙ୍ଗ କିମ୍ବା ଅଳକା କୁଣ୍ଡଳ ପ୍ରଭୃତି ଅଳଙ୍କାର ଲୋଡ଼ୁ ନାହିଁ। ସ୍ଥୂଳରେ ଶତଶାଳ –ଗଦା ଜିଣି ଯୁବକର ରୂପମାଧୁରୀ !

ଏହି ହୃଷ୍ଟପୁଷ୍ଟ ମୂର୍ତ୍ତି ନୀରବ ନିସ୍ତବ୍ଧରେ ବସି ସୁନୀଳ ଉତ୍ତାଳ ତରଙ୍ଗ ମାଳୋପମ ଦିଗନ୍ତବ୍ୟାପୀ ଶୈଳ ଶ୍ରେଣୀର ସ୍ଥିର ଦୃଷ୍ଟି ରଖିଛି କିନ୍ତୁ କିଛି ଦେଖିଲା ପରି ବୋଧ ହେଉ ନାହିଁ। ଏହି ଅବସ୍ଥାରେ ପାଶ୍ଚାତ୍‌ଭାଗରୁ ଅନ୍ୟ ଏକ ଯୁବକ ଧୀରେ ଧୀରେ ଆସି ଉପବିଷ୍ଟ ଯୁବକର ଦୁଇ କାନ୍ଧରେ ହାତ ଦେଇ ନଇଁ ପଡ଼ି କହିଲା "କିରେ ଭୀମା ! କଅଣ କରୁଛୁ କି ? ଚମକି ପଡ଼ିଲା ପରି ହୋଇ ଭୀମା କହିଲା "କାହିଁ କିଛି ନାହିଁ। " ଏହାଶୁଣି ଆଗନ୍ତୁକ କହିଲା -

"ରାମଠୁଁ କ'ଣ ଲୁଚାଇବୁ ମ ?"

ଭୀମା – "ତୋ ଠୁଁ କଅଣ ଲୁଚେଇଲି କି"

ରାମ – "ତେବେ ଆଗ ଭୀମା ନାହୁଁ କାହିଁକି ?"

ଭୀମା – "ଆଗେ ଥିଲା କଅଣ ଏବେ ନାହିଁ କଅଣ ?"

ରାମ – "ଆଗପରି ଚାଙ୍ଗୁନାଟ ନାହିଁ, ଡାଳଭଙ୍ଗା ଗୀତ ନାହିଁ ଧାଙ୍ଗଡ଼ୀଙ୍କ ସାଙ୍ଗ ନାହିଁ। "

ଭୀମା – "ସବୁ ଦିନେ କି ଏକା କଥା ଥାଏ ?"

ରାମ – "ତୁ ଯାହା କହ ମୁଁ ସବୁ ବୁଝିଛି ଯେ। "

ଭୀମା – "କଅଣ ବୁଝିଛୁ କହିଲୁ ?"

ରାମ – "ଭାଇ ବାହା ଦିନୁଁ ତୁ ଆଉ ଆଗ ଭୀମା ନାହୁଁ।"

ଭୀମା - "ବାହା ହେଲାଣି ବୋଲି ଭାଇ ସିନା ଧାଙ୍ଗଡ଼ ନୁହେଁ, ମୁଁ ତ ଯେଉଁ ଧାଙ୍ଗଡ଼କୁ ସେଇ ଧାଙ୍ଗଡ଼। '

ରାମ – "ତୁ ଭୁଲେଇଲୁ କି ରାମା ଭୁଲେ ? ସେହି ଚିନାମାଳିକା ଆଖେଇ ଥିଲୁ। ତାକୁ ଭାଇ ବାହା ହେଲକୁ ତୁ ଏପରି ହୋଇଛୁ। ଏବେ ଭାଇ ମଲେ ତାକୁ ଦୁତିୟ ହେବୁ ନାଁ ?"

ଭୀମା – ଦୂର ରାଢ଼ ଚଣ୍ଡାଳ। ଚିନାମାଳି କି ଦୁତିୟ ହେବି ବୋଲି ଭାଇଟା ମରିଯାଉ; କାହିଁକି ମୁଁ ମରିଗଲେ ?"

ରାମ - ହଁ 'ରେ ଧାଙ୍ଗଡ଼ୀଙ୍କ ସାଙ୍ଗରେ ଖାଲି ଗାଇ ବଜାଇ ଜାଣୁ। ଆଉ ଗୋଟିଏ ଧାଙ୍ଗଡ଼ୀ ଦେଖ। ଯାହା ହେବାର ହେଲୁ ସବୁ ବତେଇ ଦେବି। ତେବେ ବୁଝିବୁ ଯେ ଖାଲି ଗାଇଲେ ବଜାଇଲେ ହେଲାକି ଆଉ କିଛି ଅଛି।"

ଭୀମା – "ଆଉ କଅଣ ଅଛି ?"

ରାମ – "ଆଗେ ବାହାଘର ଠିକ୍ ହେଉ।"

ଭୀମା- "ଘୋଡ଼ାରେ ଏ କେ ଆସୁଛି ? ତୁ ଯା ଗାଁରେ ଖବର ଦେବୁ ମୁଁ ଯାଉଛି ଏ ସବୁ ନିକେଇ ଦିଏ। ବସିବା ପାଇଁ ଦେବାକୁ ଖଣ୍ଡେ ରଖେଁ।"

ଏଥିରୁ ସ୍ପଷ୍ଟ ଦେଖାଯାଉ ଅଛି ଯେ ଅଶ୍ୱାରୋହୀ ନିଶ୍ଚେଁ ମଣ୍ଡୁଆକୁ ଆସିବେ। ସେ କିଏ କାହିଁକି ଆସୁଅଛନ୍ତି ବୋଲି ଜଣାଶୁଣା ନାହିଁ। ଅଥଚ ତାଙ୍କୁ ସତ୍କାର କରିବାକୁ ହେବ। ପୁଣି ଭୀମା ରାମା ଆପେ ଆପେ ତହିଁରେ ତତ୍ପର। କର୍ତ୍ତବ୍ୟ ପରାୟଣତା ସୂତ୍ରରେ କାଷ୍ଠ ପିତୁଳୀ ପରି ପରିଚାଳିତ। ଏହା ରାମା ଭୀମା କିପରି ମଣ୍ଡୁଆ ଠାରେ ଥିବା ଲୋକେ ଆଡ଼ ବାଙ୍କ କରି ନ ପାରନ୍ତି। ପୁଣି ମଣ୍ଡୁଆ ଛଡ଼ା ଭୂଇଁଆପଲ୍ଲୀ ନାହିଁ। ଏହା ସମସ୍ତ ଗ୍ରାମବାସୀଙ୍କର ସାଧାରଣ ସଭା ମଣ୍ଡପ ବା ବୈଠକ ସ୍ଥାନ। ଏହିଠାରେ

ଭଲମନ୍ଦ ବିଚାର ପାଇଁ ଗ୍ରାମବାସୀଙ୍କର ବୈଠକ ହୁଏ। ଏହିଠାରେ ଚାଙ୍ଗୁ ନାଟ ହୁଏ। ଏହି ଘରେ ବୁଢ଼ାଏ ଗ୍ରାମର ସବୁ ଧାଙ୍ଗଡ଼ଙ୍କୁ ରାତିରେ ଜଗି ଶୁଅନ୍ତି। ଆଗନ୍ତୁକ ମାତ୍ରେ ଏହିଠାକୁ ଆସି ଥାଆନ୍ତି। ତାଙ୍କ ପରିଚର୍ଯ୍ୟା ପାଇଁ ଗ୍ରାମବାସୀଙ୍କ ଠାରୁ ସଂଗୃହିତ ଡାଲି ଚାଉଳ, ଲୁଣ ଘିଅ ବର୍ଷକ ନିମିତ ଗଚ୍ଛିତ। ପ୍ରାଣାନ୍ତ ହେଲେ ସୁଦ୍ଧା ଆତିଥ୍ୟ ଦ୍ରବ୍ୟ ପ୍ରତି କେହି ଆଖି ଦିଏ ନାହିଁ। ଏହିଠାରେ ଆଗନ୍ତୁକେ ଆଶ୍ରୟ ପାଇ ଥାଆନ୍ତି। ସେମାନଙ୍କ ଚର୍ଚ୍ଚାପାଇଁ ପାଳି କରି ଗ୍ରାମବାସୀ ଦୁଇଜଣ ପୁରୁଷ ମଣ୍ଡୁଆରେ ଅହୋରାତ୍ର ଉପସ୍ଥିତ ଥାଆନ୍ତି।

ଆଜି ସାଧୁ ସରଦାର ପୁଅ ଭୀମା ଓ ଗ୍ରାମବାସୀ ରାମାର ସଖାଳ ଓଳି ପାଳି। ଆଉ କେହି ଦେଖିବା ଶୁଣିବା କହିବା ଓ ବୋଲିବା ପାଇଁ ନ ଥିଲେ ସୁଦ୍ଧା ଚନ୍ଦ୍ର ସୂର୍ଯ୍ୟଙ୍କ ପରି ଆପଣା ଆପଣା କର୍ତ୍ତବ୍ୟ ପାଳନରେ ସେ ଦୁହେଁ ସ୍ୱତଃ ପ୍ରବୃତ୍ତ। ଏହାସବୁ ରାଜାଜ୍ଞା ନୁହେଁ। ଅଥଚ କାଳେ କାଳେ ଗ୍ରାମରେ ଚଳି ଆସୁଅଛି। ଏ ପ୍ରଥା ଭଲ କି ମନ୍ଦ କାହାରି ଦୃଷ୍ଟି ପଥରେ ଆସିବା ଉଚିତ କି ନା ତାହା ଭୂଇଁଆଏ ବା ତାଙ୍କୁ ରାଜା ଜାଣନ୍ତି। ହଜାର ହଜାର ଲକ୍ଷ ଲକ୍ଷ ଟଙ୍କାର ଧର୍ମଶାଳା, ଟାଉନହଲ୍ ପ୍ରଭୃତି ତୁଳନାରେ ଭୂଇଁଆଙ୍କ ମଣ୍ଡୁଆଙ୍କ ଚାଳ ପାଖେ ତିଳରୁ ନ୍ୟୁନ ହୋଇପାରେ। ଛୋଟ ହୋଇ ଯିବା ଭୟରେ ତହିଁ ପ୍ରତି ଦୃଷ୍ଟି ନ ଯାଇପାରେ। ସେ ଯାହାହେଉ କେତେ କେତେ ଧର୍ମଶାଳା କେଣେ ଗଲାଣି। କେତେ କେତେ ବଡ଼ ବଡ଼ ଦେବାଳୟ ପ୍ରଭୃତି କାଳ ଗର୍ଭରେ ବିଲୁପ୍ତ ହେଲାଣି, କିନ୍ତୁ ଭୂଇଁଆଙ୍କ ମଣ୍ଡୁଆ ବ୍ୟବସ୍ଥା କାଳେ କାଳେ ରହିଅଛି। ପୁଣି ଆଉ କେତେ କାଳ ରହିବ ତାହା ବୋଲା ଯାଇ ନପାରେ।

ଉପରୋକ୍ତ ଚର୍ଚ୍ଚାବିଧି ଚିରକାଳ ରହୁ ବା ନ ରହୁ ସେହି ପ୍ରଥା ଅନୁସାରେ ଭୀମା ଆପଣା କର୍ତ୍ତବ୍ୟ ପାଳନ କରି ସାରିଲା ବେଳକୁ ଅଶ୍ୱାରୋହୀ ମଣ୍ଡୁଆ ଦୁଆରେ ଉପସ୍ଥିତ ହେଲେ। ଘୋଡ଼ାର ମୁହଁରେ ଜରିର ମୁହଁପଟା ପିଠିରେ ଝାଲର ଦିଆ ବନାତର ଚାରି ଜାମା, ନିଜେ ଘୋଡ଼ାର ରଙ୍ଗ ନାଲିଆ କୁମେଦ, ଆକୃତି ଖର୍ବ କିନ୍ତୁ ଅଙ୍ଗ ହୃଷ୍ଟପୁଷ୍ଟ ପେଟ କିଛି ଅପେକ୍ଷାକୃତ ବଡ଼, ତାହା ନୋହିଥିଲେ ଆରୋହୀଙ୍କ ଗୋଡ଼ ତଳେ ଲାଗୁ ଥାଆନ୍ତା ! ତଥାପି ପଡ଼ି ଯିବାରେ ବିଶେଷ ଆଶଙ୍କାର କାରଣ ନାହିଁ। ଆରୋହୀଙ୍କ ଆକାର ପ୍ରକାର ଦୃଷ୍ଟିରେ ବୋଧ ହୁଏ ଯେ ଦୁଇ ଜାନୁ ମଧ୍ୟରେ ଘୋଡ଼ା ଘେନି ସେ ପଦବ୍ରଜରେ ଆସିଛନ୍ତି। ତାହା ପ୍ରକୃତ ହୋଇ ଥାଉ କି ନ ଥାଉ ଅବରୋହଣ କାଳରେ ଆରୋହୀଙ୍କ କିଛି ଜଣା ଗଲା ପରି ଦେଖାଗଲା ନାହିଁ। କିନ୍ତୁ ତାହା ଘେନି ପରିଚୟ ବିଷୟରେ କିଛି ନ ଅଟକିଲା। ଦେଖିଲା ମାତ୍ରେ ଛାମୁ

ପଟ୍ଟନାୟକ ବୋଲି ଚିହ୍ନି ପାରି ଭୀମା ତରତରରେ ଆଗନ୍ତୁକଙ୍କୁ ଜୁହାର ହେଲା। ସେ ମଧ୍ୟ ସାଧୁ ସରଦାର ପୁଅ ବୋଲି ଚିହ୍ନି ଭୀମାକୁ ଘୋଡ଼ା ଧରାଇ ଦେଲେ। ଭୀମା କିଛି ଶଙ୍କି ଗଲା,ତାହା ବୋଲି ଯେ ତାହାର ଅଙ୍ଗ ସୌଷ୍ଠବ ଛାଡ଼ିଗଲା କି ମାଧୁରୀଲହରୀ ଲୁଚିଗଲା ତା ନୁହେଁ। ଭୀତ କି ତ୍ରସ୍ତ ନ ହୋଇ ବିନୀତ ସମ୍ଭ୍ରମରୂପ ଧାରଣ କଲା। ପୂର୍ବ ତେଜ ଆଉ ରହିଲା ନାହିଁ। ସ୍ଥୂଳରେ କହିବାକୁ ଗଲେ ବଡ଼ ଆଗେ ସାନ ଯେପରି ଦେଖାଯାଇଥାନ୍ତି ସେହିପରି ଦେଖାଗଲା।

"ସରଦାରେ ଅଛନ୍ତି ନା" ବୋଲି ଛାମୁ ପଟ୍ଟନାୟକ ପଚାରୁନ୍ତେ "ହେଇ ଆସୁଛି" କହି ଭୀମା ଅଙ୍ଗୁଳି ନିର୍ଦ୍ଦେଶ କଲା। ଜଣ କେତେ ଭୂଇଁଆଙ୍କୁ ପଛରେ ଘେନି ସାଧୁ ସରଦାର ଆଗେ ଆଗେ ଆସୁଥିବାର ଛାମୁ ପଟ୍ଟନାୟକ ଦେଖିଲେ। ତାଙ୍କୁ ମଧ୍ୟ ଦୁରୁ ଚିହ୍ନିପାରି ସାଧୁ ଗ୍ରାମ ମଧ୍ୟକୁ ଜଣେ ଲୋକ ଦଉଡାଇ ଦେଲା। ଶୁଖିଲା ପତ୍ର ବଣରେ ନିଆଁ ପରି ଛାମୁ ପଟ୍ଟନାୟକଙ୍କର ପ୍ରବେଶ ବାର୍ତ୍ତା ସାମାନ୍ୟ ଭୂଇଁଆ ପଲ୍ଲୀରେ ଆଖି ପିଞ୍ଜଡ଼ାକେ ବୁଲିଗଲା।

ସୁତରାଂ ସରଦାରେ ଓ ଆଉ ଆଉ ଭୂଇଁଆଏ ଜୁହାର କରୁ କରୁ ହରିଣୀ ପଲ୍ଲୀପରି ଭୂଇଁଆଣୀଏ ଦେଖାଦେଲେ। କେହି ଖରେ କେହି ବା ଧୀରେ ଗତି କରୁଛି। କିନ୍ତୁ ମେଣ୍ଟ ଭାଙ୍ଗୁ ନାହିଁ। କେହି ଶାଢ଼ୀ ପିନ୍ଧିଛି, କେହି ଧୋବ କେହି ମଇଳା ପିନ୍ଧିଛି। ଏହିପରି ସୁମନାଏ ମନ୍ଥରଗାମିନୀ ସ୍ରୋତସ୍ୱତୀରେ ବିବିଧ ସୁମନମେଞ୍ଚା ଭାସିଲା ପରି ଅବଲୀଳାକ୍ରମେ ଆସୁଛନ୍ତି।

ଏହା ଅତ୍ୟୁକ୍ତି ନୁହେଁ। ଆତୁଣ୍ଡୀ, ଧାତୁକୀ, ସୁନାରୀ ପ୍ରଭୃତି ପୀତଲୋହିତ ପୁଷ୍ପପତ୍ରମଣ୍ଡିତ କାହାରି ଗଭା ଅବଗୁଣ୍ଠନରେ ଅବୃତ୍ତ ନୁହେଁ। ଏହା ବୋଲି ଆଉ ସବୁ ସମାନ ନୁହେଁ। କାହାର ଗଣ୍ଡ ଟଭାଫାଳ ପରି ଗୋଲ, କାହାର ବା ପାଚିଲା ଆମ୍ବ ପରି ଈଷତ୍ ଲମ୍ବ, କାହାରି ପୂର୍ଣ୍ଣେନ୍ଦୁ ମାଧୁରୀ, କେହି ବା ନୀରସ ଶିରୀଷ ଫଳ ପରି। ଏପରି ସ୍ଥଳେ ଲଳନାର ମନ କଳନା ସହଜ ନୁହେଁ। କିନ୍ତୁ ଦେଖାଯାଏ ଯେ ମାର ଗାରଡ଼ିଆର କାଳ ଭୁଜଙ୍ଗ ବାଳ କାଳ ଲୀଳା ପରି ଭ୍ରୂଲତା ଭଙ୍ଗୀ ନାହିଁ। ଯତି ମନ ମଜାଇବା ଭଳି ନାସାଫୁଲ; ନଥଝୁଲା ଠାଣୀ ନାହିଁ। ଛାତିକି ଅସମ୍ଭାଳ କଲାଭଳି ବାରିଜନୟନା କୁନ୍ତରମୁନ ନାହିଁ। ଅବଗୁଣ୍ଠନର ଅଭାବ ଏହାର କାରଣ କି ନା ତାହା ଭୂଇଁଆମାନେ ଜାଣନ୍ତି। ତଥାପି ଖେଳା –ଖଞ୍ଜରିଟ –ନୟନ କି ରଦବାସେ ମୃଦୁହାସର ଅଭାବ ନାହିଁ। ଏ ସ୍ୱାଭାବିକ କି ନା ଭଲ କି ମନ୍ଦ ତାହା ଅସଭ୍ୟ ଆଖ୍ୟାଧାରିଣୀ ଭୂଇଁଆଣୀଏ କିମ୍ବା ବିଦୁଷୀ-ରମଣୀଏ ଜାଣନ୍ତି। କିନ୍ତୁ ଏହା ସମସ୍ତେ ଜାଣନ୍ତି ଯେ ରାଜା ମହାରାଜାମାନେ

ବଡ଼ ବଡ଼ ହୀରା, ନୀଳା, ମୋତି, ମାଣିକ୍ୟ ଲୋଡ଼ିଲାପରି ଭୂଇଁଆଣିଏଁ କାଚ ପଥର ମାଳି, କଂସା, ପିତଳ, ଖଡ୍ଡୁ, ବଳା ଲୋଡ଼ିଥାନ୍ତି। ଯେ ଯେଡ଼େ ଥିଲା ଲୋକ ତାହାର ତେଡ଼େ ଗହଣା କିଣି ପାରିଲେ ଦୁଇ ଚାରି ବିଷା ନାଇବାକୁ ଦୁର୍ବଳା ଅବଳା କାତରା ନୁହେଁ। କିନ୍ତୁ ଯୁବା ଧୈର୍ଯ୍ୟ ମଣ୍ଡନକୁ ଅଳକାବୃତ ଲପନ ନାହିଁ। ମନକୁ ଝାମ୍ପି ନେଉଥିଲା ଭଳି ଚନ୍ଦ୍ର ଝୁମ୍ପୀ ନାହିଁ। ଶଙ୍ଖୁ ବୃହସ୍ପତିଙ୍କ ପରି ତାଟଙ୍କ ଜ୍ୟୋତି ନାହିଁ। ମାତ୍ର ବକ୍ଷସ୍ଥଳ ଯେଉଁ ନୀଳପୀତ ଲୋହିତ ମାଳିରେ ଆବୃତ, ତାହା ରମଣୀବୃନ୍ଦ ଗତି କଲବେଳେ ଇନ୍ଦ୍ର-କୋଦଣ୍ଡ-ଭୂଷିତ ବିଚିମାଳା ପରି ଲୀଳା ଖେଳା କରୁଛି। ଅଳଙ୍କାର ସୁନ୍ଦର ଅସୁନ୍ଦର କରୁ କି ଉଚ୍ଚ ନୀଚ କରୁ, ପ୍ରକୃତି ସବୁ ଭୂଇଁଆଣୀଙ୍କ ମୁହଁ ଗୋଟିଏ ଛାଞ୍ଚରେ ଗଢ଼ିଲା ପରି ଦେଖାଯାଏ। ସମସ୍ତଙ୍କ ଲଲାଟ, ନାସିକା, ନୟନ, ଭ୍ରୂଲତା, ଅଧର, ଚିବୁକ ଏକାପରି। ଏଥିରେ ଆଖି ପଡ଼ିଲେ ଭୂଇଁଆଣୀ ନୁହେଁ ବୋଲି ଭୁଲ ହେବାର ସମ୍ଭାବନା ନାହିଁ। ତଥାପି ପ୍ରକୃତି କାଳର ମହିମାକୁ ଜିଣିପାରି ନାହିଁ। ବାଳିକା, ଯୁବତୀ, ପୌଢ଼ା, ବୃଦ୍ଧାଙ୍କ ମଧ୍ୟରେ ଯେ ପ୍ରଭେଦ, ତାହା ପୂର୍ଣ୍ଣମାତ୍ରାରେ ବିଦ୍ୟମାନ। ସଭିଙ୍କି ପଛକୁ ପକାଇ ଯୁବା କାଳ ଆଗଭର ହୋଇ ରହିଅଛି। ପୁଣି ଏମାନେ ଭୂଇଁଆଣୀ ବୋଲି ମନେ ନ ଘେନି ଯେଉଁ ସୌନ୍ଦର୍ଯ୍ୟଲାବଣ୍ୟମାଧୁରୀ ପ୍ରଭୃତିରେ ନେପାଳୀ, ଭୋପାଳୀ, ଇରାନୀ, ଜାପାନୀ, ତୈଲଙ୍ଗୀ, ବଙ୍ଗାଳୀଙ୍କି ଭୂଷିତ କରିଥାଏ, ତହିଁରେ ମୁକ୍ତହସ୍ତ। ତଥାପି ଯୌବନର ଅସ୍ଥିର ପଣିଆ ଛାଡ଼ି ନାହିଁ। ପାଞ୍ଚ ଆଙ୍ଗୁଠି ସମାନ କରି ଦେଖି ନାହିଁ। ସବୁଠାରୁ ଚିନାମାଳୀ ତାହାର ବିଶେଷ ଅନୁଗ୍ରହର ପାତ୍ର ପରି ଦେଖାଯାଏ।

ସେ ତିଳ ସରଦାରର ଝିଅ। ଏଣିକି ପୁଣି ସାଧୁ ସରଦାରର ବଡ଼ ବୋହୂ। ଏଥିଯୋଗୁଁ ସେ ବିଶେଷ ଅନୁଗ୍ରହରପାତ୍ର କି ନା ତାହା ଯୌବନ ଜାଣେ। କିନ୍ତୁ ତାକୁ ସାନ ବଡ଼ ସବୁ ଭୂଇଁଆଣୀଏ ଆଗ କରିଛନ୍ତି। ପଲରେ ବନ୍ଧାଣ ଗାଈ ବା ନାଟୁଆ ପଂଝାରେ ଶିରୀଗାଆଣ ପରି ହୋଇଛି। ତଥାପି ସେ ଫୁଲେଇ ନ ହୋଇ କାନ୍ଧି ଘେନି କଦଳୀ ଗଛ ନଇଁ ପଡ଼ିଲା ପରି ଦେଖାଯାଉଛି। ଆଗଭର ହେବାକୁ ସେ ତରବର ନୁହେଁ। ତାହା ପଛରେ ରହିବାକୁ ସବୁରି ଚେଷ୍ଟା। ଯାହା ଆଗ ତାହା ସବୁ ତାହା ହାତରେ, ସେହି ଅନୁସାରେ ସେ ଛାମୁ ପଟ୍ଟନାୟକ ଛାମୁରେ ଭୂଇଁ ଲିପି ଅନ୍ୟଜଣକ ହାତରୁ ପିଢ଼ା ନେଇ ଥୋଇଲା। ବଡ଼ର ସାନ ହେବା ଆବଶ୍ୟକ ତାହା ଦେଖାଇ ଦେଲା। ଜଣାଶୁଣା ରୀତି ଅନୁସାରେ ଛାମୁ ପଟ୍ଟନାୟକ ପିଢ଼ା ଉପରେ ଠିଆ ହେଲେ। ଚିନାମାଳୀ ପ୍ରଭୃତି ମିଶି ତାଙ୍କ ଗୋଡ଼ରେ ହଳଦୀ ପାଣି ଢାଳିଦେଲେ। ସମସ୍ତେ

ହୁଳାହୁଳି ଦେଇ ବନ୍ଦାପନା ସାରି ଚଉତିରେ ଟଙ୍କା ଦିଓଟି, ଖଜିର ପଟିଆ, ବୋଇତି କଖାରୁ, କନ୍ଦମୂଳ, ପାହାଡ଼ିଆ ବ୍ରାହ୍ମୀ ପ୍ରଭୃତି ଛାମୁରେ ରଖି ଜୁହାର କରି ଠିଆ ହେଲେ।

ଛାମୁ ପଟ୍ଟନାୟକ ଚଉତିରୁ ଦିଓଟି ଉଠାଇ ନେଇ ତହିଁରେ ଚାରୋଟି ରଖିଦେଲେ। ପୁଣି ପିଢ଼ାରୁ ଅପସରି ଯାଇ ଖଜିରି ପଟିଆ ପ୍ରଭୃତି ତାଙ୍କ ଘରଠାକୁ ପଠାଇ ଦେବାକୁ ସରକାରଙ୍କୁ କହିଲେ। ତେଣେ ସରଦାରଙ୍କ ବୋହୂ ଟଙ୍କା ଚାରୋଟି ଉଠାଇ ନେଇ ଆଉମାନଙ୍କ ସଙ୍ଗେ ପୂର୍ବ ପରି ଠିଆ ହୋଇ ରହିଲେ। ଏହା ଏକ ପ୍ରକାର ଅଭ୍ୟର୍ଥନା। ଏଥିପାଇଁ ସଭା ସମିତି ନାହିଁ, ସ୍ୱର୍ଣ୍ଣାକ୍ଷରେ ଅଭ୍ୟର୍ଥନା ପତ୍ର ନାହିଁ, ପାର୍ଚମେଣ୍ଟ କାଗଜରେ ମୋତି ମାଣିକ୍ୟ ଝରା ନାହିଁ କରୁ କାରୁକାର୍ଯ୍ୟଶୋଭିତ ପତ୍ରାଧାର ନାହିଁ। ଏ ପାଖରୁ ବା ସେ ପାଖରୁ ପୂର୍ବ ପ୍ରସ୍ତୁତ ବକ୍ତୃତା ନାହିଁ, ଧନ୍ୟବାଦର ଆଦାନ ପ୍ରଦାନ ନାହିଁ। ଖଜିରି ପଟିଆ ପ୍ରଭୃତି ଛାମୁ ପଟ୍ଟନାୟକଙ୍କ ଛାମୁରେ ଭେଟି। ପୁଣି ସେ ରାଜଦରବାରର ଲୋକ। ସୁନାପଇତା, ପାଟପିତାମ୍ବର, ହାତୀ, ଘୋଡ଼ା ଭେଟି ଦେଖିଛନ୍ତି। ଏହା ମଧ୍ୟ ଜାଣନ୍ତି ଯେ ଭୂଇଁଆମାନେ ଏହିପରି ଅଭ୍ୟର୍ଥନା କରି ଆସୁଅଛନ୍ତି। ସେଇ ଶାସ୍ତ୍ରରେ ପୁରାଣରେ ଶୁଣିଛନ୍ତି ଓ ପଢ଼ିଛନ୍ତି ଯେ ଭକ୍ତିପ୍ରିୟ ଭଗବାନ ରାମ କୃଷ୍ଣ ରୂପେ ଶବର ଶବରୁଣୀଙ୍କ ଫଳ ମୂଳ, ଗୋପାଳ ପୁଅଙ୍କ ଚଖାକୋଳି, ବିଦୁରଙ୍କ ଖୁଦ ସାଦରେ ଗ୍ରହଣ କରି ବଡ଼ ପ୍ରୀତ ହୋଇଥିଲେ ଏଣୁକରି ଭକ୍ତି ବଡ଼ କି ସୁନା ରୂପା ହୀରା ନୀଳା ବଡ଼ ସେ ଜାଣନ୍ତି। କିପରି ଅଭ୍ୟର୍ଥନା ଭଲ ବା ମନ୍ଦ ତାହା ଭୂଇଁଆ ଜାଣନ୍ତି କିମ୍ବା ତାହା ଯେ ଗ୍ରହଣ କରନ୍ତି ସେ ଜାଣନ୍ତି। ସେମାନଙ୍କ ମନ କଥା ଘେନି କଳ୍ପନା କଳ୍ପନାର ପ୍ରୟୋଜନ ନାହିଁ। ଯାହା ମନ କଥା ଲୋଡ଼ା, ତାହା ଆଡ଼କୁ ଦୃଷ୍ଟି ଦିଆଯାଉ।

ବନ୍ଦାପନା ସାରି ଭୂଇଁଆଣୀଏ ଠିଆ ହୋଇ ରହିଲେ। କିନ୍ତୁ ଛାମୁ ପଟ୍ଟନାୟକଙ୍କ ଛାମୁରେ ଭୀମା ଯେପରି ଥିଲା ସେପରି ନୁହେଁ। କେହି ହେଲେଇ ଗେହ୍ଲେଇ ହୋଇ ମୁରୁକି ମୁରୁକି ହସି ଅନ୍ୟ ସଙ୍ଗେ କଥା କହୁଛି କେହି ଠୋ ଠୋ କରି ହସି ଉଠୁଛି, ଜଣେ ହସି ହସି ଆଉ ଜଣଙ୍କ ଉପରକୁ ଢଳି ପଡୁଛି। କେହି କେବେ ପଛକୁ ମୁହଁ ଫେରାଇ ହସୁଛି, କେହି ତଳକୁ ମୁହଁ ପୋତୁଛି। ସେମାନଙ୍କ ମନଭାବ କଥାବାର୍ତ୍ତା ସେମାନେ ଜାଣନ୍ତି। ସମସ୍ତଙ୍କ ପରି ମଧ୍ୟ ଚିନାମାଳୀ ଏହିପରି କରୁଛି। କିନ୍ତୁ ସେ ଶରଦ ଯାମିନୀର ନକ୍ଷତ୍ରମାଳା ମଧ୍ୟରେ ପୂର୍ଣ୍ଣ ସୁଧାକର ବା ଲଳିତା ବିଶାଖାଙ୍କ ମଧ୍ୟରେ ବୃଷଭାନୁ ଜେମାଙ୍କ ପରି ଦେଖାଯାଉଛି। ତଥାପି ଛାମୁ ପଟ୍ଟନାୟକ ମନ

ମୋହିବା ପାଇଁ ସେ ଏପରି କରିବା ଜଣାଯାଉନାହିଁ। ସେ ଜାଣେ ଯେ ସେ ସରଦାରର ଝିଅ, ସରଦାରର ନୂଆ ବୋହୂ। ତାହା ସ୍ୱାମୀର ପୂର୍ଣ୍ଣ ଯୌବନ। ତାକୁ ସମସ୍ତେ ଭଲ କହିଥାନ୍ତି। ପୁଣି ଭୂଇଁଆଣୀ ଦୋଚାରୁଣୀ ହେଲେ ତାହାର ଜୀଇଁବା ଠାରୁ ମରିବା ଭଲ। ଏଣୁ ଛାମୁ ପଟ୍ଟନାୟକ ଦରବୁଢ଼ା। ତାଙ୍କ ଜାତି ଭିନ୍ନେ। ଏଠାରେ ସେ କଳାଙ୍କା ମଧ୍ୟରେ ଧଳା। ପାଣଙ୍କ ମଧ୍ୟରେ ବ୍ରାହ୍ମଣ ପରି। ସୁତରାଂ ଚିନାମାଳୀ ବା ଅନ୍ୟ ଭୂଇଁଆଣୀଙ୍କ ହସ ଖେଳ କଥାବାର୍ତ୍ତା ପ୍ରଭୃତି ପ୍ରତି ଛାମୁ ପଟ୍ଟନାୟକଙ୍କର ମନ ନାହିଁ ତାହା ସ୍ପଷ୍ଟ ଦେଖାଯାଉଛି।

କିନ୍ତୁ ଏଥିରେ କାହାରି ମନରେ କିଛି ସୁଖ ଦୁଃଖ ହେଉଛି କି ନା ତାହା ଭୂଇଁଆମାନେ ଜାଣନ୍ତି। ତାହା ଅନୁମାନ କରାଯାଇ ନ ପାରେ। କାରଣ ସବୁ ଭୂଇଁଆ ଭୂଇଁଆଣୀ ପରସ୍ପର ସମ୍ବନ୍ଧ ଜଣା ନାହିଁ। କେବଳ ଭୀମା ଚିନାମାଳୀ ପିଛା ପଡ଼ିଥିବା ମାଘ ପୋଡ଼ା ପର ଦିନୁ ବିଶେଷ ଜଣାଅଛି। ସେ ଦୁହିଁଙ୍କ ବିବାହ ହେବା ପ୍ରସ୍ତାବ ସେଠାରେ ପଡ଼ିଥିଲା। ଏବେ ଚିନାମାଳୀ ବା ବାଣାଶୂରକୁ ବାହା ହେଲାଣି। ଏଥିରେ ଚିନାମାଳୀ ବା ବାଣାଶୂର କିଛି ପ୍ରକାଶ କରିନାହାନ୍ତି। କେବଳ ସାଧୁ ସରଦାରର ଇଚ୍ଛାନୁସାରେ ଏହା ହୋଇଅଛି। ସାନ ହେଲେ ବି ତିଳ ସରଦାରର ସରଦାରି ପାଇବାର ଭୀମାର ଯେ ଆଶା ଥିଲା, ତାହା ଆଉ ନାହିଁ।

ବିଭାଘର ଦିନୁ ଭୀମା ଦୂରରେ ଦୂରରେ ଥାଏ। ଚିନାମାଳୀ ସଙ୍ଗେ ଅକାଳେସକାଳେ ଭେଟ ହୁଏ। ଆଜିପରି ବାପ ଉପସ୍ଥିତିରେ ଭୀମା ଚୀନାମାଳୀଙ୍କର ମୁହାଁମୁହିଁ କେବେ ଘଟି ନଥିଲା। ସୁତରାଂ ଭୀମା ମନରେ କିଛି ହେବାର ସମ୍ଭାବନା। ଏହା ବୋଲି ଯେ ସେ ବାପ କିମ୍ବା ଚୀନାମାଳୀ ଆଡ଼କୁ ଚାକି ରହିଛି ତା ନୁହେଁ। ଭୃନାସା, ଅଧର ପ୍ରଭୃତି ମଧ୍ୟ କିଛି ପ୍ରକାଶ କରୁନାହାନ୍ତି। ତାହାର ମନ କିଛି ହେଉଅଛି କି ନା ସେ ଜାଣେ, ବାହାରୁ କିଛି ଜଣାପଡୁ ନାହିଁ। ତାହା ମନ ଏପରି କେତେ କାଳ ଲୁଚି ରହିବ ଦେଖାଯାଉ।

ଭୀମା ମନ କଥା ଯେବେ ପ୍ରକାଶ ପାଉ, ସେପରି ଡେରି କି ଛାମୁ ପଟ୍ଟନାୟକଙ୍କର ଡର ନାହିଁ। ତାଙ୍କ ନିଜ ଓ ଉଆସର ସୁନା ବଳା, ରୂପା ବଳା, ଖଟ ପଲଙ୍କ, କାଛ ବାର ପ୍ରଭୃତି ସରଦାରେ ଓ ସରଦାରଙ୍କର ଓ ଗାଁର ଧାଙ୍ଗଡ଼ ଧାଙ୍ଗଡ଼ୀ, କୁକୁଡ଼ା, ମାଙ୍କଡ଼, ଛେଳି, ମେଣ୍ଢା ଛାମୁ ପଟ୍ଟନାୟକ ସଙ୍ଗୋଳି ସାରିଲାରୁ କହିଲେ, "ସରଦାରେ ! ଗହଣରେ ରଖିବା ପାଇଁ ତୋ ପୁଅରୁ ଗୋଟିଏ ଦେବାକୁ ଛାମୁରୁ ଆଜ୍ଞା ହୋଇଛି।"

ସାଧୁ - "ଛାମୁ ଗହଣ ଭଳି ମୋର ପୁଅ କାହିଁ ?"

ଛାମୁ - "ବାଣା ଆଉ ଭୀମା। "

ସାଧୁ - "ସେ ଛୁଆ ଦିଇଟା ଭାତ ଖାଇ ଜାଣିନାହାନ୍ତି।"

ଛାମୁ – "ତାଙ୍କୁ ଛାମୁ ଦେଖିଛନ୍ତି। ଆଉ ତାଙ୍କ କଥା ଶୁଣିଛନ୍ତି। ସେ ଦୁହେଁ ଛୁଆ କାହିଁକି ହୁଅନ୍ତେ ?"

ସାଧୁ - "ଯାହାଙ୍କର ବାପ ମା ଅଛନ୍ତି, ସେ ଛୁଆ ନୁହନ୍ତି ଆଉ କଅଣ ?"

ଛାମୁ – "ଛୁଆ ହେଲେବି ଯେତେବେଳେ ଗହଣରେ ରଖିବାକୁ ଛାମୁର ଆଜ୍ଞା ହୋଇଛି ସେତେବେଳେ ୟାକୁ ବଳି ଆଉ କଥା ଅଛି ?"

ସାଧୁ – "ତୁ ଯେବେ ସୁନା ପଞ୍ଜୁରୀରେ ଶୁଆଟାଏ କି ସାରୀଟାଏ ରଖିବୁ, ସେ ବାଟ ପାଇଲେ ପଳେଇବ ନାହିଁ କି ତାକୁ ଦେଖି ଆଉ ଶୁଆ ସାରୀ ଆସି ପଞ୍ଜୁରୀରେ ଆପେ ଆପେ ପଶିଯିବେ ? ତମ କଥା ଭିନେ ଆମ କଥା ଭିନେ ?"

ଛାମୁ – "ଯେତେବେଳେ ଛାମୁଙ୍କର ମନ ହୋଇଛି ସେ ଗୋଟିଏ ନେବେ। ତେବେ ଏତେବେଳେ ଯାହାକୁ ସୁଖ ପାଅ ତାକୁ ପାଖରେ ରଖିନେଲେ ଭଲ ହେବ ନାହିଁ ?"

ସାଧୁ - "ବାପ ମାଙ୍କୁ ସଲଖ ସୁନ୍ଦର ଭେଣ୍ଡିଆଟି ଯେପରି ହାତ ଗୋଡ଼ ନଥାଇ ଖଣ୍ଡିଆଟି ସେପରି। ସେ ଛୁଆ ଦିଖଣ୍ଡ ଦାରୁ ଆଗରେ ଦୁବ ପରି ମୁଁ –"

ସାଧୁର କଥା ନସରୁଣୁ ଭୀମା କହିଲା 'ବା ' ମୁଁ ଯିବି ତୁ ମନା କରନା।"

ସାଧୁ – "ତୁ ଛୁଆଟା କି ଜାଣୁ ? ତୁ ଯିବୁ, ଆମେ କି କରିବୁ ?"

ଭୀମା - "ଭାଇ ଅଛି -?"

ସାଧୁ – "ସେ ଥେଲାକୁ କଅଣ ହେଲା ? ତୋରି ପରି ସେ ଛୁଆଟାଏ ନା ଆଉ କଅଣ ?"

ଛାମୁ – "ଛାମୁ ଆଜ୍ଞା ରଖ। ଭୀମା ବି ରାଜି ହେଲାଣି। ସାଥେ ସାଥେ ନେଇଯିବାକୁ ଛାମୁର ଆଜ୍ଞା ହୋଇଛି। ସେ ମୋ ସାଙ୍ଗରେ ଚାଲୁ ଏ ପରେ ଦେଖାଯିବ।"

ଛାମୁ ପଟ୍ଟନାୟକଙ୍କ କଥା କରିବାକୁ ଅନ୍ୟ ଭୂଇଁଆଏ ବି କହିଲେ। ତାହା ଦେଖି ଶୁଣି ଭୀମା ମଧ୍ଯ ରଟ ଧଇଲା। ସରଦାର ଅଗତ୍ୟା ସମ୍ମତ ହେଲେ। ମନ କଥା କାହାରିକି କିଛି ନ କହି ଭୀମା ଛାମୁ ପଟ୍ଟନାୟକଙ୍କ ଅନୁଗାମୀ ହେଲା। ଅନ୍ୟ ଭୂଇଁଆ ଭୂଇଁଆଣୀଏ ଆପଣା ଆପଣା ବାଟ ଧଇଲେ। ଯେଝା ମନ କଥା ଯେଝା ମନରେ ରହିଲା।

ଚତୁର୍ଥ ପରିଚ୍ଛେଦ

କୋଟିକେ ଗୋଟିଏ ଅକାଳେ ସକାଳେ ଓଳଗି ହେଉନ୍ତୁ ବା ନ ହେଉନ୍ତୁ, ତହିଁରେ ବଡ଼ ଦେଉଳ ବାନାର କିଛି ଆସୁନାହିଁ କି ଯାଉନାହିଁ। ସେ ଖରା ବରଷା ଦିନରାତି ସବୁବେଳେ ଆପଣା ମନକୁ କେବେ ଉଡୁଛି, କେବେ ହଲୁଛି, କେବେ ନୀଳଚକ୍ର ଉପରେ ପଡ଼ି ରହୁଛି। ବାହାରେ ବାନା ଯେପରି ଭିତରେ ଠାକୁରେ ସେହିପରି। କେହି ଭୋଗ ରାଗ ଦେଉ ବା ନ ଦେଉ ଠାକୁରେ "ଦାରୁଭୁତୋ ମୁରାରୀ"। ଯେ ଶ୍ରୀଅଙ୍ଗରୁ ଅଳଙ୍କାର ଚୋରାଇ ନେଉଛି ତାହାର କଅଣ କରୁଛନ୍ତି କିମ୍ବା ଯେ ଭକ୍ତିରେ ଗଦ ଗଦ ହୋଇ ସାଷ୍ଟାଙ୍ଗ ପ୍ରଣିପାତ ହେଉଅଛି ତାହା ପ୍ରତି ରୁଷ୍ଟ କି ତୁଷ୍ଟ ହେଉଅଛନ୍ତି, ତାହା କିଛି ଜଣାଯାଉନାହିଁ। ନିଶ୍ଚଳ ନୀରବ ମୂର୍ତ୍ତି କିଛି କରିବା ନ କରିବା ଆଖି ଦେଖୁ ନାହିଁ। ପଛରେ ଯେ ଯାହା କହୁ ବା କରୁ ଆଗକୁ ଯେ ଆସୁଛି ସେ ମୁଣ୍ଡ ତଳେ ନ ଲଗାଇ ଯାଉ ନାହିଁ। ଠାକୁରେ ତ ଅଧିକର କଥା, ଯେ ବେଢ଼ା ଭିତରକୁ ଯାଉଛି ସେ ସିଂହଦ୍ୱାରେ ମୁଣ୍ଡ ନ ନୋଇଁ ଯାଉ ନାହିଁ। ସେ ଠାକୁରଙ୍କୁ କି ସିଂହକୁ ଜୁହାର ହେଉଛି ତାହା ସେ ଜାଣେ। କିମ୍ବା ଯେଉଁ ମହାପ୍ରଭୁ, ମଣିମା ହଜୁର ପ୍ରଭୃତିଙ୍କ ପଢ଼ିହାରୀ ଛାଟିଆ ଅର୍ଦ୍ଦଳି ପ୍ରଭୃତି ଦର୍ଶନୀ ନ ପାଇଲେ ପାଖେ ପୁରାଇ ଦିଅନ୍ତି ନାହିଁ ସେମାନେ ଜାଣନ୍ତି। ସେ ଯାହା ହେଉ ଲୋକେ ସିଂହଦ୍ୱାରେ ମୁଣ୍ଡ ନୂଆଉଁଛନ୍ତି। କିନ୍ତୁ ଦୋଳ, ଦଶହରା, ଶିବରାତ୍ରି, ଜନ୍ମାଷ୍ଟମୀ ପ୍ରଭୃତିରେ ଯେ ଭାବ ଦେଖାଯାଏ ବର୍ଣ୍ଣିତ ଦିନ ସେ ଭାବ ଦେଖାଯାଉ ନାହିଁ। ସ୍ୱତଃଚାଳିତ ହେଲା ପରି କେହି ଦିଶୁ ନାହାନ୍ତି। ଅନୁରୋଧ ଉପରୋଧ ବା ଆଦେଶରେ ବେଢ଼ା ଭିତରକୁ ଯିବା ପରି ସମସ୍ତେ ଦେଖା ଯାଉଛନ୍ତି।

ଆପଣା ଆପଣା ଭାବ ଭାବନାରେ କେହି ନୀରବ ନୁହନ୍ତି। ନାନା ଲୋକଙ୍କ ମୁଖେ ନାନା କଥା।

ରାମା କହୁଛି ଯେ ତାହା ବାପ ଅନେକ ଦିନ ହେଲା ଆଜାରି ଅଧିଆ ପଡ଼ିଛି। ମାଧିଆ ଯେଉଁ ବଳଦ କିଣିଛି ସାଧୁଆ ତାହାର ପ୍ରଶଂସା କରି ଦାମ ପଚାରୁଛି। ଶାମା କହୁଛି ଯେ କାହ୍ନୁ ଖଜଣା ଦେବ ତାହା ତାକୁ ଦିଶୁ ନାହିଁ। ହରିଆ ରସିଦ ପାଇଁ ବ୍ରୀହି ଉଧାର ମାଗୁଛି। ଯଦୁଆ କହୁଛି ଯେ ତିନି ଚାରି ଅଣା ସୁଧ ଦେଉ ପଛକେ ବେବର୍ତ୍ତାଣୀ ଟଙ୍କା ଦେଉଛି ବୋଲି ଇଜତମହତ ରହୁଛି। ମଧୁ କହୁଛି ଗନ୍ତେଇ ତ ଯେ ଚିନି ପାଆକୁ ସେରେ ବୋଲି ବିକୁଛି, ତାହା ତାକୁ କିପରି ସହିବ ? ଏହା ଶୁଣି ବଳିଆ କହୁଛି ସେ ରଜାଘର ଚିଜ। ତହିଁରେ ସୁନା ଲାଗିଛି। ସଢ଼ା ହେଉ କି ପଚା ହେଉ ଗନ୍ତାଘର ଚିଜ ନ କିଣିଲେ ନ ଚଳେ ! ଏହିପରି କଥାବାର୍ତ୍ତା ହୋଇ ସଭିଏ ବେଢ଼ା ଭିତରକୁ ଯାଉଛନ୍ତି। କେବେ କେବେ ଜଣେ ଅଧେ ଫେରୁଛନ୍ତି ! ଆପଣା ଆପଣା କଥାର ଏପାଖ ସେପାଖ ନୋହିବାଯାଏ ଲୋକେ ଠାକୁରଙ୍କୁ ଧରି ପଡ଼ିଲା ଧରି ବୋଧ ହେଉଅଛି। ଏମାନେ ଯେ ମୁଲିଆ ପାନିଆଙ୍କ ପରି କେବଳ ଗରିବ ଲୋକେ ତାହା ନୁହେଁ। ଏଥିରେ ଦଳେଇ, ଦଳବେହେରା, ନାୟକ, ଗଡ଼ନାୟକ, ସରଦାର, ତହସିଲଦାର ପ୍ରଭୃତି ସବୁ ପ୍ରକାର ଲୋକେ ଅଛନ୍ତି। କ୍ରମେ କ୍ରମେ କରଣ, ନଅର କରଣ, ପାଞ୍ଜିଆ, ସଭାପଣ୍ଡିତ, ପାଟଯୋଶୀ, ବ୍ରହ୍ମା, ରାୟଗୁରୁ ପ୍ରଭୃତି ଆସି ମିଶୁଛନ୍ତି। ଏହିପରି ଆସୁ ଆସୁ ରାଜ୍ୟର ବେବର୍ତ୍ତା ମଧ ଦେଖା ଦେଲେ। ରାଜଙ୍କର ଏ ଚଳନ୍ତି ପ୍ରତିମା। ଏହାଙ୍କର ବିଦ୍ୟମାନରେ ଆଉମାନେ ଚନ୍ଦ୍ରମଣ୍ଡଳ ନିକଟରେ ଖଦ୍ୟୋତ। ଏହାଙ୍କୁ ଛାଡ଼ି ଆଖି ଆଉ ଆଡ଼େ ଯାଇ ନ ପାରେ। ଅଧିକ କି ସ୍ୱୟଂ ପ୍ରକୃତି ଦେବୀଙ୍କ ସୁଦୃଷ୍ଟି ଏହାଙ୍କୁ ଏଡ଼ି ପାରିନାହିଁ। ଦେଖିବାକୁ ସୁଦୀର୍ଘ, ସବଳ, ସୁନ୍ଦର ପୁରୁଷ। ଅଙ୍ଗସୌଷ୍ଠବ ଦେଖିଲେ ପୌଢ଼ ବୟସ ବଳେ ବଳେ ପଶିଲା ପରି ବୋଧହୁଏ। ସୁପ୍ରଶସ୍ତ ଲଲାଟ, ଉନ୍ନତ ନାସିକା, ବୃଷ ସ୍କନ୍ଧ, ବିଶାଳବକ୍ଷ, ଆଜାନୁଲମ୍ବିତ ଭୁଜ ପ୍ରଭୃତି ଦେଖି ଶତ୍ରୁ ନ ଶଙ୍କି ରହି ନପାରେ। ବାହାରୁ ଦେଖିଲେ ହୃଦୟ ଗଙ୍ଗାରୁ ଗଭିର ପରି ସ୍ପଷ୍ଟ ଜଣାଯାଏ। ତହିଁରେ ପୁଣି ଚଉପାଶରେ ଛାଟିଆ ଡାକୁଆ ପ୍ରଭୃତି ଘେନି ବେବର୍ତ୍ତା ଯୂଥପତି ପରି ଝୁଲା ଧରି ଧୀରେ ଧୀରେ ଚାଲୁଛନ୍ତି। ବେବର୍ତ୍ତାଙ୍କ ନାମ ଶୁଣିଲେ ବାଟଛାଡ଼ି ଲୋକେ ଅଲଗା ହୁଅନ୍ତି। ନିଜେ ତାଙ୍କୁ ଦେଖି ପାଞ୍ଚ ହାତ ଘୁଞ୍ଚି ଯାଇ ଏବେ ଲମ୍ବ ଲମ୍ବ ହୋଇ ପଡ଼ି ଜୁହାର ହେଉଛନ୍ତି। ତଥାପି ପାଖ ଲୋକେ ଦୂର ଦୂର କରିବାକୁ ଛାଡ଼ୁ ନାହାନ୍ତି। ଦୁଇ ଚାରିପଦ ଗାଳି ମଧ ଦେଉଛନ୍ତି। କେବେ କେବେ କାହାରି

କାହାରିକୁ ପାହାରେ ଦୁଇ ପାହାରେ ହୋଇଯାଉଛି। ପାଖ ଲୋକଙ୍କର ପାଟି ହାତ ସୁଖପାଇଁ କି ଅନ୍ୟ କାହିଁ ପାଇଁ ଏ ସବୁ ହେଉଛି ତାହା ସେମାନେ କିମ୍ବା ବେବର୍ତ୍ତା ଜାଣନ୍ତି। ଏ ଭଲ କି ମନ୍ଦ ସେହିମାନେ ବୁଝନ୍ତି। ସେ ଯାହା ହେଉ ବେବର୍ତ୍ତା ଯେ ପ୍ରଶାନ୍ତ, ସୁଧୀର ଏହା କେହି ମନା କରି ନ ପାରେ। ଦୂର ଦୂର କରି ପାଖେ ନ ପୁରାଇ ଦେବାକୁ ଯାହାଙ୍କର ପାଖ ଲୋକେ ଥାଆନ୍ତି ତାଙ୍କରି ସେପରି ଗୁଣ ସବୁ ଆଖିଦୁରୁଶିଆ।

ରାମା ଶାମାଙ୍କ ପରି ଅଦାନା ଲୋକଙ୍କ ଉପରେ କାହାରି ଆଖି ପଡ଼େ ନାହିଁ। କିନ୍ତୁ ବେବର୍ତ୍ତା ଆପଣା ପଦମର୍ଯ୍ୟାଦା ପ୍ରତି ଦୃଷ୍ଟି ରଖି ଧୀରେ ଧୀରେ ଯାଇ ଗରୁଡ଼ଖମ୍ବ ଠାରେ ସାଷ୍ଟାଙ୍ଗ ପ୍ରଣାମ କରି ମୁଖଶିଆଳୀ ଦୁଆରେ ଠିଆ ହେଲେ। ତିନିଠାକୁରଙ୍କର ତିନି ପଣ୍ଡାଏ ରୂପା ଥାଳିଆରେ ତୁଳସୀ ଆଉ ଧଣ୍ଡା ଏବଂ ତିନିଗୋଟି ରୂପା ଝରିରେ ପାଣି ଘେନି ଉପସ୍ଥିତ ହେଲେ। ପାଦୋଦକ ଦେଇ ବେବର୍ତ୍ତାଙ୍କ ଗଳାରେ ତିନିଧଣ୍ଡା ଲମ୍ବାଇ ଦେଲେ। ଏଣେ ଆଉ ଦୁଇଜଣ ବ୍ରାହ୍ମଣ ପିତଳ ଥାଳିଆ ଓ ଗଡୁ ଘେନି ବ୍ରହ୍ମା ରାୟଗୁରୁ ଛାମୁ ପଟ୍ଟନାୟକ, ଛାମୁକରଣ, ନଅର ବିଶୋଇ ପ୍ରଭୃତିଙ୍କ ଜଳ ତୁଳସୀ ଦେବାକୁ ଲାଗିଲେ। କାର୍ଯ୍ୟର ସୁବିଧା ପାଇଁ ଯେ ଏପରି କରାଗଲା କିମ୍ବା ଧଣ୍ଡା ଅଭାବରୁ ଯେ ଆଉ କେହି ଧଣ୍ଡା ନ ପାଇଲେ ତାହା ନୁହେଁ। ରାଜାଙ୍କ ବ୍ୟତୀତ ବେବର୍ତ୍ତାଙ୍କ ପରି ଆଉ କେହି ଜଳ ତୁଳସୀ ବା ଧଣ୍ଡା ପାଇବା ବିଧି ନୁହେଁ। ଏକ ପକ୍ଷରେ ବେବର୍ତ୍ତାଙ୍କ ବାପ ଅଜା କି ଥିଲେ ଓ ସେ ନିଜେ କିପରି ଅବସ୍ଥାରୁ ଉଠି ଠାକୁରମାନଙ୍କର ଏପରି ଅନୁଗ୍ରହର ପାତ୍ର ହୋଇ ଅଛନ୍ତି, ତାହା ସବୁ ଭାବି ଦେଖିଲେ ଯାହା ହେଲା ତାହା ଦ୍ୱାରା ଗୁଣର ଘୋଷଣା ହେଉଅଛି।

ଅପର ପକ୍ଷରେ ସବୁ ମନୁଷ୍ୟ ସମାନ। ବେବର୍ତ୍ତାଙ୍କ ସଙ୍ଗେ ଆଉମାନଙ୍କର ଯେ ପ୍ରଭେଦ ଦେଖାଇ ଦିଆଗଲା। ତାହା ଅନୁଚିତ ନ ହେଲେବି ବାଞ୍ଛନୀୟ ହୋଇ ନପାରେ। କିନ୍ତୁ ଏପରି କାଳେ ଚଳି ଆସୁଛି। ଏହା ପଦେ ଦୁଇପଦ କଥାରେ ଭାଙ୍ଗିବାର ନୁହେଁ। ପ୍ରଚଳିତ ପ୍ରଥା ଅନୁସାରେ ରାଜ୍ୟଲୋକଙ୍କର ସମ୍ମୁଖରେ ବେବର୍ତ୍ତାଙ୍କ ବଡ଼ପଣିଆ ଘୋଷଣା କରିଦିଆଗଲା। ସେ ତହିଁରେ କିଛି ପାଟି ଫିଟାଇଲେ ନାହିଁ ସତ; କିନ୍ତୁ ଗରୁଡ଼ ଖମ୍ବ ନିକଟରେ ତାଙ୍କ ପାଇଁ କୌଣସି ଆସନ ଲୋଡ଼ା ହେଲା ନାହିଁ। ଅନ୍ୟମାନଙ୍କ ପରି ସେ ଭୂଇଁରେ ବସିଲେ। ପୁଣି ଆଉମାନଙ୍କ ମଧ୍ୟରୁ କେ କେଉଁଠାରେ ବସିବ ତାହାବି ନିର୍ଦ୍ଦେଶ କରିଦେଲେ ନାହିଁ। "ଆରେ ସଖୀ

ଆପଣା ମହତ ଆପେ ରଖି "କଥା ଅନୁସାରେ ବ୍ରହ୍ମା ରାୟଗୁରୁ ପାଞ୍ଜିଆ ପ୍ରଭୃତି ଆପଣା ଆପଣା ସ୍ଥାନ ଖୋଜିନେଲେ।

ଏଠାରେ ଚୌକି କିମ୍ବା ବେଞ୍ଚ ନାହିଁ, କିମ୍ବା କାହାରି ତାହା ଲୋଡ଼ା ନାହିଁ। ମାଟିରେ କେହି କେହି ପଛାଡ଼େ ତଳିପା ଲୁଚାଇ ଆଣ୍ଠୁ ମାଡ଼ି, କେହି କେହି ଚେକା ପକାଇ, କେହି କେହି ବା ଆଣ୍ଠୁ କୁଣ୍ଢାଇ ବସିଗଲେ। କିନ୍ତୁ ଆପେ ଆପେ ବ୍ରାହ୍ମଣ, କରଣ, ମହାନାୟକ, ଗଡ଼ନାୟକ, ଦଳେଇ, ପଧାନ, ସରଦାର ପ୍ରଭୃତି ବେବର୍ତ୍ତାଙ୍କ ନିକଟକୁ ଓ ଚଷା, ଗଣ୍ଡ, ଭୂଇଁଆ ପ୍ରଭୃତି ତାଙ୍କ ଠାରୁ ଦୂରେଇ ରହିଲେ। କେତେ ଲୋକେ ଠିଆ ହୋଇ ରହିଲେ। ଆପଣା ଆପଣା କଥା ବୁଝି ଆପଣା ସ୍ଥାନ ନେଲେ। କେହି କାହାରି ସ୍ଥାନ ପାଇଁ କଳି କରିବାକୁ ନାହିଁ କିମ୍ବା କେହି କାହାରିକି ତିଆରିବାକୁ ନାହିଁ। ସ୍ତ୍ରୀ ଲୋକେ ଏକଦଳ ହୋଇ କିଛିଦୂରରେ ଠିଆ ହୋଇ ରହିଲେ। ସ୍ଥାନାଭାବରୁ ଯେ ଏପରି ହେଲା ତାହା ନୁହେଁ। ସେମାନେ ଜାଣନ୍ତି ଯେ ସଭାରେ ବସି ସଭାଜନ ହେବା ତାଙ୍କର ନୁହେଁ। କିନ୍ତୁ ଏପରି ଭାବରେ ରହି ସେମାନେ ସଭା ଦେଖିଥାନ୍ତି, ଆଉ ସଭା କଥା ଶୁଣିଥାନ୍ତି। ଏହିପରି ସଭା ପୂର୍ଣ୍ଣ ହେଲାରୁ ଚନ୍ଦ୍ର ଗଡ଼ନାୟକ କହିଲେ -

"ସାନ୍ତେ ! ଲଢ଼ାଇ କେବେ ହବ ?"

ମଦନ – "ଯେଉଁଥିପାଇଁ ଆସିଥାଇଁ ସେକଥା କୁଆଡ଼େ ଗଲା। ଆଗେ ଲଢ଼େଇ କଥା !"

ଯଦୁ – 'ମ, ଆମ କାଣ୍ଡ ବାଉଁଶ ଘୁଣ ଖାଉଛି। ଖଣ୍ଡାରେ କଳଙ୍କ ଲାଗିଛି, ଲଢ଼େଇ କଥା ଆଗ ନୁହେଁତ ଆଉ କେଉଁ କଥା ?"

ହରି – "ବସି ବସି ଜାଗିରି ଖାଇ ଖାଇ ପେଟ ପୁରୁ ନାହିଁ କି ଦିନ ସରୁ ନାହିଁ ! ଲଢ଼େଇ ନୋହିଲେ ହେଉଛି ?"

ଚମ୍ପଟ ସିଂହ – "ହଁ ହଁ ଚଷା କି ଜାଣେ କପୂରର ଗୁଣ, ସୁଙ୍ଘି ସୁଙ୍ଘି ବୋଲେ ସଇନ୍ଧବ ଲୁଣ।"

ମଦନ – "ପର ହାଣିଲା କୋଡ଼ି ବାଆ ପିଇଲା ପରି ଲାଗୁଛି। ଆମ୍ଭେ ଆମ୍ଭେ ଡାଲି ଚାଉଳ ଯୋଗାଇ ଯୋଗାଇ ବେଠିକରି ବେଠିକରି ମରିବୁଁ। ତୁମ୍ଭେ ତ କାଣ୍ଡ ପଟେ ମାରି, ଖଣ୍ଡା ହଲେଇ ଦେଲେ ବାଜା ବଜେଇ ଝପଟ ସିଂହ, ଚମ୍ପଟ ସିଂହ, ରଣବାଜ ସିଂହ ଶାଢ଼ୀ ବାନ୍ଧି ଛାଡ଼ି ଫୁଲେଇଫୁଲେଇକା ଯିବ। ଏଥିରେ ତୁମ୍ଭେ ଲଢ଼େଇ ନ ଖୋଜିବ କାହିଁକି ?"

ବ୍ରହ୍ମା – "ଆହେ ଗଡ଼ନାୟକେ ! ଲଢ଼େଇ କଥା ଯାହା ହେବାର ତାହା ରାଜ ଦରବାରରେ ହେବ। ସେ କଥା ଏଠି ନେଇ ବସିଲେ କଅଣ ହେବ? ଯେଉଁଥିପାଇଁ ସେଥିରେ କିଏ କଣ କହୁଛ କୁହ।"

ବ୍ରହ୍ମାଙ୍କ କଥା ଶୁଣି ସମସ୍ତେ ନୀରବ। କିଛିକ୍ଷଣ କାହରି ତୁଣ୍ଡ ହଲିଲା ନାହିଁ। ତାହା ହେବାର କଥା ନୁହେଁ। ଏହା ପୁରୁଣା କାଳିଆ ଗାଉଁଲି ସଭା ପରି। ଏଠାରେ ସଭାପତି, ସମ୍ପାଦକ, ସମ୍ପାଦିକା, ପ୍ରସ୍ତାବକାରୀ, ପ୍ରସ୍ତାବକାରିଣୀ ପ୍ରଭୃତି ନାହାନ୍ତି। ପ୍ରସ୍ତାବମାନ ପୂର୍ବରୁ ଲେଖାପଢ଼ି ହୋଇ ଆସିନାହିଁ। ପ୍ରସ୍ତାବମାନ ଅନୁମୋଦନ ସମର୍ଥନ କରିବାକୁ ଲୋକ ନିର୍ବାଚିତ ହୋଇ ନାହାନ୍ତି। ଦଣ୍ଡାୟମାନ; ଉଦ୍‌ବୋଧନ, ସମ୍ବୋଧନ ପ୍ରଭୃତି ହେବାର ନାହିଁ। ଭାବଭଙ୍ଗୀ ପ୍ରଦର୍ଶନ; ହସ୍ତପଦ ସଞ୍ଚାଳନ, କିମ୍ବା ବାକ୍‌ଜାଲ ପ୍ରସାରଣ, ତର୍ଜନ, ଗର୍ଜନ, ତାଡ଼ନା, ଲାଞ୍ଛନା, ଉତ୍ତେଜନା, ଚଞ୍ଚନା, ରଚନା ପ୍ରଭୃତି ନାହିଁ। ଅଭିଧାନ, ଅଳଙ୍କାର, ଛଟକ, ଚଟକ ଦେଖେଇବାକୁ କେହି ଆସି ନାହିଁ। କଥାରେ ଭୁଲି ଅନୁତାପର ଆଶଙ୍କା ନାହିଁ। "ପଞ୍ଚମୁଖେ ହରି" କଥା ଅନୁସରି ଆପଣା ଆପଣା ମନ କଥା ପ୍ରକାଶ କରିବାକୁ ପଣ୍ଡିତ ମୂର୍ଖ ଏକତ୍ରିତ ହୋଇଛନ୍ତି, ଅଥଚ ସମସ୍ତେ ନୀରବ।

କିନ୍ତୁ ଏହା ଅଧିକ କ୍ଷଣି ରହି ପାରିଲା ନାହିଁ। କିଛିକ୍ଷଣ ଉତ୍ତାରୁ ଲୋକେ ଫୁସ୍‌ଫାସ୍ ହେବାକୁ ଆରମ୍ଭ କଲେ। ଏହିପରି ମଧ କିଛିକ୍ଷଣ ଗଲା। ଅଥଚ ବିଲେଇ ବେକରେ ଘଣ୍ଟି ବାନ୍ଧିବାକୁ କେହି ଆଗୋଉ ନାହାନ୍ତି।

ଏଥି ମଧ୍ୟରେ ସ୍ତ୍ରୀଲୋକମାନଙ୍କ ମଧ୍ୟରୁ ଜଣେ ଡାକି କହିଲା; "ଟିପ ଟିପ, ହଳିଆ ଟିପ, ସେ ଟିପ ଯାଇ ନାହିଁ, ପାଟକନାରେ ବନ୍ଧ ହୋଇ ରହିଛି।" ଏ କଥା କିଏ କହିଲା, କାହିଁକି କହିଲା, ଏହା ସତ କି ମିଛ, ତହିଁକି କେହି ମନ ଦେଲେ ନାହିଁ। ଏଣେ ସଭା; ଲୋକଙ୍କୁ ସମ୍ବୋଧନ କରି ପାଞ୍ଜିଆ କହିଲେ, "ବେଳ ଯାଉଛି କେହି କିଛି କହୁନା, ଖାଲି ଫୁସ୍‌ଫୁସ୍ ହେଉଛ।" ଏହା ପୁଣି ଅଶୀ ବର୍ଷିଆ ବୁଢ଼ା ଯୋଗୀ ସରଦାର କହିଲା, "ଆଜ୍ଞା, କଥାଟା ସଭିଏଁ ଜାଣନ୍ତି। ତାହା ଘେନି ଫୁସ୍‌ଫୁସ୍ ହେଉଛନ୍ତି। କେହି ପଦାକୁ ବାହାରୁ ନାହାନ୍ତି। ଆପଣ ଥରେ ତାହା ସଭାରେ ପକାଇ ଦେଉନ୍ତୁ ଯେ ସବୁ ଭାଙ୍ଗିଯିବ।" ଏଥିରେ ପାଞ୍ଜିଆ କହିଲା, ନଅର ବିଶୋଇଙ୍କ ଭଉଣୀ ସଙ୍ଗେ ବେବର୍ତ୍ତାଙ୍କ ପୁଅର ବିଭା କରିବାକୁ ବେବର୍ତ୍ତାଙ୍କ ଭାରି ଇଛା, ଏଥିରେ ନଅର ବିଶୋଇଙ୍କ ବଡ଼ ଭାଇ ରାଜି ହେଲେଣି; କିନ୍ତୁ ରାଜ୍ୟ ଲୋକେ ନିନ୍ଦା କରିବେ ବୋଲି କହି ସେ ବା ତାଙ୍କ ମା

ରାଜି ହେଉ ନାହାନ୍ତି। ଏବେ ନଅର ବିଶୋଇ ବସିଛନ୍ତି, ବେବର୍ତ୍ତା ବସିଛନ୍ତି, ରାଜ୍ୟଲୋକ ବି କହୁଛନ୍ତି, ସେ ଦୁହିଙ୍କ ମୁହଁ ଉପରେ କୁହନ୍ତୁ।"

ଏହା ଶୁଣି ଯୋଗୀ ସରଦାର ପଚାରିଲେ," ମହାରାଜା କି କହୁଛନ୍ତି ଆଉ ବ୍ରହ୍ମା କଣ ପାଠ ଦେଉଛନ୍ତି ?" ଏଥିକି ରାୟଗୁରୁ କହିଲେ କଥାରେ ଅଛି, "ରାଜନୁଗତୋଧର୍ମ" ପୁଣି ବ୍ରହ୍ମା ବିଳିବିଳେଇଲେ ବେଦ। ସେହି ଦୁହିଁଙ୍କ କଥା ଛାଡ଼ି ତୁମ କଥା ବୋଲ। ତାହା ଜଣାଗଲାରୁ ବ୍ରହ୍ମା ଶାସ୍ତ୍ରରୁ ବ୍ୟବସ୍ଥା ଦେବେ। ମହାରାଜା ଯାହା କରିବାର ତାହା କରିବେ।

ରାୟଗୁରୁଙ୍କ କଥା ନ ସରୁଣୁ ସ୍ତ୍ରୀ ଲୋକଙ୍କ ମଧ୍ୟରୁ ଜୀର୍ଣ୍ଣଶୀର୍ଣ୍ଣ ଧୂଳିଧୂସରିତବସ୍ତ୍ରାବୃତା ଅବଗୁଣ୍ଠନବତୀ ଜଣେ ସ୍ତ୍ରୀ ଲୋକ ବାହାରି ଆସି କହିଲା, "ଗୋସାଇଁ ମାନେ ! ମୁଁ ଯାହା କହିଲି ତାହା କହି ଘେନା କଲ ନାହିଁ। ତେବେ ବି ପୁଣି କହୁଛି ତଳେ ବସୁମାତା; ଉପରେ ଧର୍ମଦେବତା, ପଞ୍ଚମୁଖେ ହରି, ଏହି ସବୁ କଥା ମନେରଖି ଠିକ୍ ଠିକ୍ ନିଶାପ କରିବା ହେବେ।" ଏହା ଶୁଣି ଯୋଗୀ ସରଦାର ପଚାରିଲା "ତୋ କଥା କଅଣ"?

ସ୍ତ୍ରୀ – "ସେହି ଟିପ, ହଳିଆଟିପ।"

ଯୋଗୀ–"ଖାଲି ଟିପ ଟିପ ହେଲେ କଅଣ ହେବ ? କଥାଟା କଅଣ ସବୁ କହ।"

ସ୍ତ୍ରୀ - ଗୋସାଇଁମାନେ! ନଅର ବିଶୋଇଙ୍କ ଗୋସଁବାପଙ୍କୁ ହଳିଆ ଟିପ ଲେଖିଦେଇ ବେବର୍ତ୍ତାଙ୍କ ଗୋସବାପ ହଳିଆ ହୋଇ ରହିଥିଲେ। ବେବର୍ତ୍ତାଙ୍କ ବାପେ ତାଙ୍କ ଘରର ଖମାରି ଥିଲେ। ଘର ପୋଡ଼ିରେ ସବୁ ପୋଡ଼ିଗଲା। କିନ୍ତୁ ସେ ଟିପକୁ ପାଟକନାରେ ବାନ୍ଧି ନଅର ବିଶୋଇଙ୍କ ମାଆ ରଖିଛନ୍ତି। ମୁଁ ଏତିକି କହିଲି, ଆଉ ସବୁ କଥା ଠାକୁରେ ଜାଣନ୍ତି। "ତଳେ ବସୁମାତା ଉପରେ ଧର୍ମଦେବତା", "ପଞ୍ଚମୁଖେ ହରି" ଏତିକି କହି ସ୍ତ୍ରୀ ଲୋକଟି ଶୀଘ୍ର ଯାଇ ଅନ୍ୟମାନଙ୍କ ସଙ୍ଗେ ମିଶିଗଲା।

ସ୍ତ୍ରୀ ଲୋକର ଉକ୍ତି ବିଷମସମସ୍ୟା ଉପସ୍ଥିତ କଲା। ସମ୍ମୁଖରେ ଦ୍ୱିତୀୟ ରାଜା ପ୍ରବଳ ପ୍ରତାପୀ ବେବର୍ତ୍ତା। ତାଙ୍କ ପୂର୍ବ ପୁରୁଷ ଯେ ମୂଳିଆମୁଣ୍ଡ ଥିଲେ ତାହା ଜଣାଶୁଣା। ପୁଣି ବୁଦ୍ଧିବିଦ୍ୟା କଳକୌଶଳରେ ସେ ଯେ ନଅରବିଶୋଇଙ୍କ ଘରୁ ବେବର୍ତ୍ତା ପଣ କାଢ଼ି ନେଇଛନ୍ତି ତାହା କାଲି କଥା। ଜାତିରେ ସେ ଖଣ୍ଡାୟତ। ନଅରବିଶୋଇ କରଣ। ତାଙ୍କର ଘର କେତେ ପୁରୁଷର ଓ କେଉଁକାଳୁ ତାଙ୍କ ଘରୁ

ବେବର୍ତ୍ତା ହୋଇ ଆସୁଥିଲେ ତାହା ଅଳ୍ପ ଲୋକେ ଜାଣନ୍ତି। ଉଠିବା ପଡ଼ିବା ବଢ଼ିବା ଛିଡ଼ିବା ଦିନ ରାତି ପରି ଲାଗି ରହିଛି। କେହି ଆପଣା ବାହୁବଳୀରେ ରାଜ୍ୟ ସ୍ଥାପନ କରି ସ୍ୱନାମ୍ୟ ଧନ୍ୟ ପୁରୁଷ ବୋଲାଉଛି। କେହିବା ବଡ଼ପଣିଆ ଦେଖେଇବା ପାଇଁ ଚନ୍ଦ୍ରସୂର୍ଯ୍ୟବଂଶୀୟ ବୋଲି ପରିଚୟ ଦେଉଛି। ତିଳରୁ ତାଳ ହେଲାରୁ ନଅର ବିଶୋଇଙ୍କ ଘରେ ସମ୍ବନ୍ଧ ପାଇଁ ବେବର୍ତ୍ତା ଲାଳାୟିତ ଓ ଚେଷ୍ଟିତ ବୋଲି କାହାରିକି ଅଜଣା ନାହିଁ।

ଏଣେ ପୁଣି କଥା ରହିଛି ଯେ କାଇଞ୍ଚ ମାଟିରେ ପଡ଼ିଲେ ତାହାର ଜ୍ୟୋତି ବୁଡ଼େ ନାହିଁ। ଦୁଃଖରେ ଥିଲେ ବି ନଅର ବିଶୋଇଙ୍କି ତାଙ୍କ ମାଆ ଆଇ ପ୍ରଭୃତି ପୁରୁଣା ଘରକଥାର ଟାଣ ଛାଡ଼ିବାକୁ ନାହାନ୍ତି।

ଏହି ଘେନି ରାଜ୍ୟ ଲୋକଙ୍କର ସଭା। ନେପୋଲିଅନ ବୋନା ପାର୍ଟଙ୍କ କଥା ଜାଣିଥିଲେ ଶୁଣିଥିଲେ ସଭାଲୋକେ କି କହିଥାନ୍ତେ ବା କରିଥାନ୍ତେ ବୋଲା ଯାଇ ନ ପରେ। କିନ୍ତୁ ସ୍ତ୍ରୀ ଲୋକର କଥା ଶୁଣି ସଭା ନୀରବ ନିସ୍ତବ୍ଧ, କାହାରି ତୁଣ୍ଡ ହଲିବାକୁ ନାହିଁ। କାହାରି ମନ କଥା କିଛି ଜଣା ପଡୁନାହିଁ। ସମସ୍ତେ କିଂକର୍ତ୍ତବ୍ୟବିମୂଢ଼ ପରି। ଏହିପରି କିଛି କ୍ଷଣ ଗଲାରୁ ପାଞ୍ଚିଆ କହିଲା "ବେଳ ଯାଉଛି, ସମସ୍ତେ ତୁନିହୋଇ ମୁନିପରି ବସିଲ ଯେ।" ବୁଢ଼ା ଯୋଗୀ ସରଦାର ମଧ ସତ ସତ ବୋଲି କହିଲା। ଏଥିରେ ସବୁରି ପାଟି ଫିଟିଗଲା। କେହି କହିଲା "କରଣ ମହାଲୟଙ୍କ ମଧରେ ଝିଅ ପୁଅ ଦେବା ନେବା ଚଳୁଛି। କେହି କହିଲା ପଇସା ଲୋଭରେ କେଉଁଠି କେଉଁଠି ସେପରି ହେଉଛି। ସେ କିଛି କଥା ନୁହେଁ। ତାହା ଦୁଇଟା ଜାତି କାହିଁକି ?'' କେହି କହିଲା ''ଚଷା ବଢ଼ି ବଢ଼ି ମାହାନ୍ତି, ମାହାନ୍ତି ଛିଡ଼ି ଛିଡ଼ି ଚଷା।'' କେହି କହିଲା '' ଯେ ଝିଅ ଦିଏ ସେ ଲଘୁ। ବେବର୍ତ୍ତାଙ୍କ ଘରକୁ ଝିଅ ଦେଇ କରଣ ଲଘୁ ବୋଲି ଦେଖାଇବେ କାହିଁକି ? କେହି କହିଲା "ଜନ୍ଦା ଧାଡ଼ିରେ ଜନ୍ଦା ଯାଉଛି। ପିମ୍ପୁଡ଼ି ଧାଡ଼ିରେ ପିମ୍ପୁଡ଼ି ଯାଉଛି। ସାନ ବଡ଼ ବୋଲି ଦେଖାଇ ଦେବାକୁ କେହି କେହି ଧାଡ଼ି ଛାଡ଼ୁ ନାହିଁ। କେହି କହିଲା ଗଧ ଘୋଡ଼ା ମିଶିକରି ଯେ ଛୁଆ ହେଉଛି ସେ ଖଚର ବୋଲାଉଛି, ଗଧ ବୋଲାଉ ନାହିଁ କି ଘୋଡ଼ା ବୋଲାଉ ନାହିଁ।" କେହି କହିଲା "ଗଧ ଘୋଡ଼ାଙ୍କ କଥା ଭିନେ, କରଣ ମହାନାୟକଙ୍କ କଥା ଭିନେ।"

ଏହିପରି ନାନା ଲୋକେ ନାନା କଥା କହିଲେ। ନାନା ସ୍ରୋତ ପ୍ରବାହିତ ହେବାକୁ ଗଲା। ସମସ୍ତେ ଗୋଟାକରେ ଭାସିଯିବେ କି ନାହିଁ ଜଣାଗଲା ନାହିଁ।

ପୂର୍ବରୁ ନିର୍ଦ୍ଧାରଣମାନ ଠିକ୍ କରି ପ୍ରସ୍ତାବକ ବକ୍ତା ପ୍ରଭୃତି ସ୍ଥିର କରିଥିଲେ ଏପରି ହୋଇଥାନ୍ତା କି ନାହିଁ ବୋଲାଯାଇ ନ ପାରେ। କିନ୍ତୁ ଇଦୃଶ ଗାଁଉଲି ସଭାରେ ତାହା ହୋଇ ନ ଥାଏ। ଏହା ଭଲ କି ମନ୍ଦ ଉଭୟ ପ୍ରକାର ସଭାର ଲୋକେ ଜାଣନ୍ତି। ଉପସ୍ଥିତ ସଭାରେ କି ହେବ, ସମୁଦ୍ର ମନ୍ଥନରୁ କି ବାହରିବ, ତାହାର ଆଭାସ ମିଳିବା ପୂର୍ବେ ଯେଉଁ ଗଛ ତଳେ ସଭା ବସିଥିଲା ତହିଁରୁ କିସ ବେବର୍ତ୍ତାଙ୍କ ଆଗରେ ନଥ କରି ପଡ଼ିଲା। ବେବର୍ତ୍ତା ଓ ତାଙ୍କ ସନ୍ନିକଟସ୍ଥ ଲୋକେ ଚମକି ପଡ଼ି ଉଠି ପଛକୁ ଘୁଞ୍ଚିଗଲେ। କେତେଜଣ "ମାର" "ମାର" ବୋଲି କହି ଉଠିଲେ। "ଏ କି ହେଲା" ''ଏ କି ହେଲା" ବୋଲି କେହି କେହି ବୋଇଲେ। ଦେବକୁଟ ହେଲା ବୋଲି କେହି କେହି ବା କହିଲେ। ଏଥି ମଧ୍ୟରେ ସଭାସ୍ଥ ଲୋକେ ଉଠି ଠିଆହୋଇ ପତିତବସ୍ତୁ ଦେଖିବାକୁ ଓ ଜାଣିବାକୁ ବ୍ୟଗ୍ର ଓ ବ୍ୟସ୍ତ। କେତେକ ନିଜେ ନିଜେ ଦେଖିଲେ ଓ କେତେକ ଶୁଣିଲେ ଯେ ଗୋଟିଏ ଛୋଟ ଗୋଖରକୁ ଦରଗିଳା କରି ଗୋଟାଏ ରଣା ପଡ଼ିଛି। ପଳାଇବାକୁ ଗୋଖର ପ୍ରାଣପଣେ ଚେଷ୍ଟା କରୁଛି। ଗଛରୁ ପଡ଼ି ରଣା ବି ଛଟ ଛଟ ହେଉଛି। ଅଥଚ ଗୋଖରକୁ ଛାଡୁ ନାହିଁ କିମ୍ବା ଛାଡ଼ି ପାରୁ ନାହିଁ। ସେ ଯାହାହେଉ ପାହାର କେତେକରେ ଦୁଇ ସାପଙ୍କର ଯନ୍ତ୍ରଣା ଶେଷ କରି ସେ ଦୁହିଁଙ୍କି ସେଠାରୁ ଉଠାଇ ନିଆଗଲା। ତହିଁ ଉତ୍ତାରୁ ''ବସ" "ବସ'' ବୋଲି ବେବର୍ତ୍ତାଙ୍କ ପାଖ ଲୋକେ ଡାକ ଦେଲେ। ତହିଁକି ଅନେକ ଲୋକେ ଏକ ବାକ୍ୟରେ ବାରମ୍ବାର କହିବା ଶୁଣାଗଲା ଯେ ଅମଙ୍ଗଳ ଦେଖାଦେଲା। ଆଉ ଏ ସଭା ବସିବାର ନୁହେଁ। ଆଉ ଦିନେ ବସିପାରେ। ଏହା ଶୁଣି ବେବର୍ତ୍ତା, ରାୟଗୁରୁ ବ୍ରହ୍ମା କି ତାଙ୍କ ତୁଲ୍ୟ ଅନ୍ୟ କେହି କିଛି କହିଲେ ନାହିଁ । ସୁତରାଂ ଠାକୁରଙ୍କୁ ଓଳିଗି ହୋଇ ବା ନ ହୋଇ ଲୋକେ ଯେଝା ବାଟ ଧଇଲେ। ଏହିପରି ସଭାଭଙ୍ଗ ହେଲା।

ପଞ୍ଚମ ପରିଚ୍ଛେଦ

ଚକ୍ରପାଣିଙ୍କ ଚକ୍ର ଅଦୃଶ୍ୟ, ଅଜ୍ଞେୟ। ତାହାର ଗତି ଧନୀ ମାନୀ ଜ୍ଞାନୀ କାହାରି ଆୟତ୍ତାଧୀନ ନୁହେଁ। ତାହାରି ଗତିରେ ଅଯୋଧ୍ୟା ରାଜସିଂହାସନ ଆରୋହଣ କରିବାକୁ ଗଲାବେଳେ ଅଯୋଧ୍ୟା ରାଜସିଂହାସନ ଆରୋହଣ କରିବାକୁ ଗଲାବେଳେ ବିଷ୍ଣୁଅଂଶୀ କୌଶଲ୍ୟାନନ୍ଦନ ବନାଗାମୀ। ତାହାରି ଗତିରେ କୁରୁକ୍ଷେତ୍ର ମହାରଣକ୍ଷେତ୍ର। ତାହାରି ଗତିରେ ସାମାନ୍ୟ କର୍ସିକାଦ୍ୱୀପରୁ ବାହାରି ନେପୋଲିଅନ ଜଗତକୁ ଚକିତ, ସ୍ତମ୍ଭିତ, ଭୀତ, ତ୍ରସ୍ତ କରି କାରାବାସରେ ମାନବଲୀଳା ଶେଷକଲେ।

ଏ ପ୍ରସଙ୍ଗରେ ତାଳ ସଙ୍ଗେ ତିଳ କଥାପରି ସେହି ନିୟତିଚକ୍ରର ଗତିରେ ଆଜି ଜଗଦେବ ରାଜାଙ୍କ ପ୍ରବଳ ପ୍ରତାପୀ ପୂର୍ବୋକ୍ତ ବେବର୍ତ୍ତା ତ୍ରିଲୋଚନ ମହାପାତ୍ରେ ରାଜା ହରିଚନ୍ଦନ ମର୍ଦ୍ଦରାଜଙ୍କ ଛାଉଣିରେ ହରିକାଠରେ ପଡ଼ିଛନ୍ତି। ଯେଉଁ ବେବର୍ତ୍ତାଙ୍କ ହାତ ନେଉଟିଲେ ଗୋଟା ରାଜ୍ୟ ନେଉଟୁ ଥିଲା ସେହି ବେବର୍ତ୍ତା ଆଜି ଅନ୍ୟର ପ୍ରସାଦାକାଙ୍କ୍ଷୀ। ଯେଉଁ ବେବର୍ତ୍ତା କେତେ କେତେ ଚୋରଙ୍କୁ ସାଧୁ, ସାଧୁଙ୍କୁ ଚୋର, ଛୋଟକୁ ବଡ଼, ବଡ଼କୁ ଛୋଟ କରିଛନ୍ତି, ସେହି ବେବର୍ତ୍ତା ଆଜି ଅନ୍ୟର ନ୍ୟାୟ ଅନ୍ୟାୟ ଦୟା କ୍ଷମାର ପ୍ରତ୍ୟାଶୀ।

ଆଜି ଅପରାହ୍ଣରେ ସେହି ବେବର୍ତ୍ତାଙ୍କର ବିଚାର ହେବ। ତହିଁ ପାଇଁ ରାଜାଙ୍କ ତମ୍ବୁଆଡ଼କୁ ଅନେକ ଲୋକ ଯାଉଛନ୍ତି। କିନ୍ତୁ ଏଥିପୂର୍ବେ ବଡ଼ ଦେଉଳ ବେଢ଼ାଭିତରକୁ ଯିବାବେଳେ ଲୋକଙ୍କର ଯେ ହାବଭାବ ଦେଖାଯାଉଥିଲା ଆଜି ତାହା ନାହିଁ। ସେ ଧର୍ମସଭା,ଏ ରାଜସଭା। ଏଠାକୁ କେତେ ହାତୀ ଘୋଡ଼ା ସଜା ହୋଇ ଯାଉଛନ୍ତି। କେତେ ପାଇକେ କାଇମାଟି ବୋଳି ହୋଇ ମୁଣ୍ଡରେ ଟାଇଆ ଦେଇ, ବାହାରେ ନାନାରଙ୍ଗର ପକ୍ଷୀ ବାନ୍ଧି, କାଣ୍ଡବାଉଁଶ, ଢାଲ ତରବାରୀ ଘେନି ଯାଉଛନ୍ତି। କେତେକ ଭଲ ଲୁଗାପିନ୍ଧି ପଟେ ପଟେ ଖଣ୍ଡା ବା ଗୋଟାଏ ଗୋଟାଏ ଫାର୍ସା ବା ବର୍ଚ୍ଛା

ଘେନିଛନ୍ତି। କେହି କୌତୁହଳାକ୍ରାନ୍ତ, କେହି ଚିନ୍ତିତ, କେହି ବା ଭାବିତ। କିନ୍ତୁ ନିଜେ ବେବର୍ତ୍ତାଙ୍କର କି ଭାବ ତାହା ଜଣାପଡୁ ନାହିଁ। ଅସ୍ତ୍ରଶସ୍ତ୍ରଧାରୀ ପାଇକେ ପହୁଞ୍ଚି ହରିକାଠରୁ ବାହାର କରି ଶୃଙ୍ଖଳାବଦ୍ଧ କଲାବେଳେ ବି କୌଣସି ଭାବଭଙ୍ଗୀ ପ୍ରକାଶ ପାଉ ନାହିଁ। ବରଂ ବିଚାର ପାଇଁ ରାଜାଙ୍କ ସମ୍ମୁଖକୁ ନେଲାବେଳେ ତାଙ୍କ ସୁପ୍ରଶସ୍ତ ଲଲାଟ, ଉନ୍ନତନାସିକା, ଜ୍ୟୋତିଃ ପୂର୍ଣ୍ଣ ଉଜ୍ଜ୍ୱଳନୟନ, ଅଧରଭଙ୍ଗୀ ପ୍ରଭୃତିରୁ ଜଣାଯାଏ ଯେ ଆଗେ ଆଗେ ଯାଉଥିବା ଢାଲ ଖଣ୍ଡା ଓ ସାଞ୍ଜୁକୁ ତାଚ୍ଛଲ୍ୟ ମଣି ଏବଂ ଶାରୀରିକ କଷ୍ଟସବୁ କଷ୍ଟ ବୋଲି ନ ଗଣି ସେ ଧୀର ଗମ୍ଭୀର ଅକୁତୋଭୟ ଭାବରେ ଯମଦୂତମାନଙ୍କ ସମ୍ମୁଖୀନ ହେବାକୁ ଯାଉଛନ୍ତି। କିନ୍ତୁ ତାଙ୍କର ଏ ଭାବ କାହାରି ଦୟା ମାୟା ସହାନୁଭୂତି ଅନୁକମ୍ପା ଉଦ୍ରେକ କରାଇଲା ବୋଧ ହେଉ ନାହିଁ। ବରଂ ଜିଅନ୍ତା ବାଘ ଭାଲୁ ବାନ୍ଧି ମାରି ମାରି ବୁଲାଇଲା ବେଳେ ଯେଉଁ ଭାବ ଦେଖାଦେଇଥାଏ ସେହିପରି ଭାବ ଆପେ ଆପେ ସ୍ପଷ୍ଟ ପ୍ରକାଶ ପାଉଅଛି। ଆହା କରିବାକୁ କେହି ସାହା ନାହିଁ। ଲଙ୍କା ଦହନ ପୂର୍ବେ ଲଙ୍କେଶ୍ୱରଙ୍କର ଛାମୁକୁ ଅଞ୍ଜନା ସୁତଙ୍କ ପରି ବେବର୍ତ୍ତା ମର୍ଦ୍ଦରାଜାଙ୍କ ଛାମୁକୁ ଚାଲିଲେ ଏବଂ ସେଠାରେ ପହୁଞ୍ଚିଲାରୁ ନତମସ୍ତକ ସୁଦ୍ଧା ହେଲେ ନାହିଁ। ନିଜର ଟେକ କି ଅନ୍ୟ କାହିଁ ପାଇଁ ବେବର୍ତ୍ତା ତାହା ନ କଲେ ତାହା ସେ ଜାଣନ୍ତି।

ବେବର୍ତ୍ତାଙ୍କୁ ବଳି ରାଜା ହରିଚନ୍ଦନମର୍ଦ୍ଦରାଜ ରୂପବନ୍ତ ସେ ସୁପ୍ରଶସ୍ତ ଉନ୍ନତ ଲଲାଟ, ଶୁକଚଞ୍ଚୁଜିଣା ନାସା, ଜ୍ୟୋତିପୂର୍ଣ୍ଣ କମଳନୟନ, ପକ୍ୱବିମ୍ବାଧର ବୃଷସ୍କନ୍ଧ, ବିଶାଳବୃକ୍ଷ ଆଜାନୁଲମ୍ବିତ ଭୁଜ ଘେନି ନିଜ ବେବର୍ତ୍ତା ପ୍ରଭୃତି କର୍ମଚାରୀ ନାୟକ ପାୟକ ପାଖ ଲୋକ ପ୍ରଭୃତିଙ୍କ ଦ୍ୱାରା ଅର୍ଦ୍ଧଚନ୍ଦ୍ରାକାରେ ବେଷ୍ଟିତ ହୋଇ ନଟା ମଧ୍ୟରେ ରସାଳ ବିଶାଳ ଶାଳୁଆ ଗଜପରି ଠିଆ ହୋଇଛନ୍ତି। ହାତରେ କୌଣସି ଅସ୍ତ୍ରଶସ୍ତ୍ର ନାହିଁ। କିନ୍ତୁ ସମ୍ମୁଖରେ ଅମାରୀ ଆହୁଦା କସା ପାହାଡ଼ ପରି ଗଣ୍ଡା ଗଣ୍ଡା ହାତୀ ଅନବରତ ଶୁଣ୍ଢ କାନ ହଲାଇ ଅଚଳ ମୂର୍ତ୍ତିର ସରଳତା ଦେଖାଉଅଛନ୍ତି। ପଞ୍ଚହତିଆର ବନ୍ଧା ଅଶ୍ୱାରୋହୀ ପୃଷ୍ଠରେ ଘେନି କଳା, ଧଳା, ସବଜା, ଚମ୍ପା ପ୍ରଭୃତି ନାନାରଙ୍ଗର କାଠିଆବାଡ଼ ଆଦି ଭିନ୍ନ ଭିନ୍ନ ଘାଟିର ପଣ ପଣ ଘୋଡ଼ା ବେକ ବଙ୍କାଇ କାନ ଠିଆ ଆଉ ନାକ ଫଡ଼ ଫଡ଼ କରି ଭୂଇଁରେ ଟାପୁ ମାରି ରଣମଦର ମାଦକତା ଦେଖାଉଛନ୍ତି। ଅଥଚ ସୂତାଏ ଏଣେତେଣେ ହେଉ ନାହାନ୍ତି। ଢାଲ ସୁପାରି କାଣ୍ଡବାଉଁଶ ଖଣ୍ଡା ବର୍ଚ୍ଛା ପ୍ରଭୃତି ଘେନି ଅସଂଖ୍ୟ ପଦାତି ଆପେ ଆପେ ନାୟକ ଗଡ଼ନାୟକ ପ୍ରଭୃତିଙ୍କ କଥାକୁ କାନ ଡେରି କୁଚିନୀପ୍ରତିମା ପରି ଦିଗନ୍ତବ୍ୟାପି ଠିଆ ହୋଇ ରହିଛନ୍ତି। ସମୟ ସମୟରେ ତୁରୀ ଭେରୀ ଟମକ ରଣଶିଙ୍ଘା ପ୍ରଭୃତି ବାଜି ଉଠି ସବୁରି ଧମନୀରେ ଉଷ୍ଣ

ରକ୍ତର ପ୍ରବାହ ଖରତର କରାଇ ଦେଉଛି, ଅଥଚ କାହାରି କାହାରିକି ଭୟ ନାହିଁ। ଖଣ୍ଡିଏ ପ୍ରେମସୂତ୍ର ସବୁରି ମାନପ୍ରାଣ ଆବଦ୍ଧ କରି ରଜାଙ୍କ କରକମଳସ୍ଥ ସମସ୍ତେ ଗୋଟିଏ କାଷ୍ଠପିତୁଳୀ ପରି ହୋଇ ସୁଶିକ୍ଷା ଦୀକ୍ଷାର ଜୀବନ୍ତ ଚିତ୍ରପଟ ଦେଖାଉଛନ୍ତି। ଆଉ ରଜା ବିଷ୍ଣୁଅଂଶୀ ବୋଲି ଯେ ବଚନ ଅଛି ତାହା ପ୍ରତିପନ୍ନ କରାଉ ଅଛନ୍ତି।

ଏଣେ ରାଜା ଆଜି ରଣବିଜୟୀ। ପ୍ରବଳପରାକ୍ରମୀ ବେବର୍ତ୍ତା ତ୍ରିଲୋଚନ ମହାପାତ୍ରେ ଶୃଙ୍ଖଳାବଦ୍ଧ ହୋଇ ତାଙ୍କ ସମ୍ମୁଖରେ ଦଣ୍ଡାୟମାନ। ଯୂଥପତି ଗଜରାଜ ବନ୍ଧନ ହେଲାରୁ ଖେଦକାରୀଙ୍କର ଯେ ମନୋଭାବ, ଆଜି ହରିଚନ୍ଦନ ମର୍ଦ୍ଦରାଜ ରାଜାଙ୍କର ମନରେ ସେହି ଭାବ। ବେବର୍ତ୍ତା ସମ୍ମୁଖରେ ଦଣ୍ଡାୟମାନ ହେଲାରୁ ତାଙ୍କୁ ରାଜା ପଚାରିଲେ :-

"ଏ ସାଞ୍ଜୁ ଖଣ୍ଡା କାହିଁ ଥିଲା ?"

ବେବର୍ତ୍ତା – "ଧରା ହେଲାବେଳେ ଏ ସବୁ ଘେନି ଆମ୍ଭେ ଯୁଦ୍ଧ କରୁଥିଲୁଁ।"

ରାଜା – "ଏ ସବୁ ତୁମ୍ଭେ କାହୁଁ ପାଇଲ ?"

ବେବର୍ତ୍ତା – "ଆମ୍ଭ ମହାରାଜାଙ୍କ ଠାରୁ।"

ରାଜା – "ତୁମ୍ଭେ ନେଲାବେଳେ ଏ ନୂଆ କି ପୁରୁଣା ଥିଲା ?"

ବେବର୍ତ୍ତା – "ଏ ସବୁ ଆମ୍ଭ ମହାରାଜଙ୍କ ଗୋସାଁବାପଙ୍କର ଥିଲା।"

ରାଜା – "ଏଥିପାଇଁ ତୁମ୍ଭେ କି ତୁମ୍ଭ ମହାରାଜା ଦୋଷୀ କହି ନ ପାରୁଁ। କିନ୍ତୁ ଏହା ବ୍ୟବହାର କରି ତୁମ୍ଭେ ଉଚିତ କାର୍ଯ୍ୟ କରିନାହଁ। ସେ ଯାହେଉ ଯୁଦ୍ଧରେ ଜିଣି ଯେ ତୁମ୍ଭଙ୍କୁ ବନ୍ଦୀ କଲା ସେ ଏଠାରେ ଅଛି କି ନା ଦେଖ ଆଉ ସେ ଥିଲେ ତାକୁ ଚିହ୍ନାଇ ଦିଅ।"

ବେବର୍ତ୍ତା - (ଚାରିଆଡ଼କୁ ଆଖି ବୁଲାଇ) ଯେଉଁ ଲୋକ କପାଳରେ କନା ବନ୍ଧା ହୋଇଛି ଏ ସେହି ଲୋକ। ବୋଧହୁଏ, ମତେ ଧରିଲା ବେଳେ ଯେ ଚୋଟ ମାରିଥିଲି ସେହି ଚୋଟ ପାଇଁ ଏ କନା ବନ୍ଧା ହୋଇଛି। ସେ ଚୋଟରୁ ବର୍ତ୍ତୀ ଏ ଯେ ମୋତେ ବନ୍ଦୀକଲା ତାହା ମୋତେ ଆଶ୍ଚର୍ଯ୍ୟ ଲାଗୁଛି। ମୁଁ ଅନେକଙ୍କ ସାଙ୍ଗରେ ଯୁଝୁଛି କିନ୍ତୁ ଏହାପରି ସୁଚତୁର କ୍ଷିପ୍ରହସ୍ତ ସୁବୀର କେବେ ଭେଟ ପଡ଼ିନାହିଁ। ମୋହର ବର୍ତ୍ତମାନ ଏ ଦଶା। ଯାକୁ ବଳି ମୋହର ଶତ୍ରୁ ନାହିଁ। ତଥାପି ମୁକ୍ତକଣ୍ଠରେ କହୁଅଛି ଯେ ଠାରେ ନୁହେଁ ଦିଥର ନୁହେଁ, ଏହି ଯୁଦ୍ଧରେ ଚାରିଥର ଏହା ସଙ୍ଗେ ଲଢ଼ି ଦେଖିଛି ଯେ ଯା ପରି ଆଉ କେହି ଦେଖାଯାଉ ନାହାନ୍ତି।

ଏତେ କହି ବେବର୍ତ୍ତା ନୀରବ ହେଲାରୁ ରାଜା ଆଜ୍ଞା ହେଲେ "ଭୀମା"

ନିଜେ ଛାମୁ ଶ୍ରୀମୁଖରୁ ନିଜ ନାମ ଶୁଣି ଭୀମା ଆନନ୍ଦରେ ଭାସି ଛାମୁରେ ଆସି ସାଷ୍ଟାଙ୍ଗ ଭୂମିଷ୍ଠ ହେଲା। ସମସ୍ତେ ଭୀମାକୁ ବାହା ବାହା କହିଲେ। କିନ୍ତୁ ସେ ସେହିପରି ପଡ଼ି ରହିଲା। ପାଖ ଲୋକଙ୍କ ମୁହଁରୁ ଉଠ ଉଠ ଶବ୍ଦ ଶୁଭିଲାରୁ ସେ ଉଠି କରଯୋଡ଼ି ବିନୀତ ଭାବରେ ଛାମୁରେ ଠିଆ ହୋଇ ରହିଲା। ତେଣେ କେ କହିଲା ଭୀମା ପ୍ରକୃତ ଭୀମା। କେ କହିଲା ସେ ଦୁର୍ଯୋଧନକୁ କାବୁକୁ ଆଣିଲା କେ କହିଲା ସେ ଜରାସନ୍ଧକୁ ଧଇଲା। କେହିବା କହିଲା ସେ କୀଚକ ମାଇଲା।

ଏହିପରି କେତେକାଳ କଥା ଚାଲି ଥାଆନ୍ତା ବୋଲାଯାଇ ନ ପାରେ। କିନ୍ତୁ ପାଖ ଲୋକଙ୍କ ଇଙ୍ଗିତ ଅନୁସାରେ ଅଚିରେ ସମସ୍ତେ ନୀରବ ନିସ୍ତବ୍ଧ ହେଲେ ଏବଂ ଜଣେ ଲୋକ ବାହାରି ଆସି ଛାମୁରେ ଠିଆ ହେଲେ। ତହୁଁ ବେବର୍ତ୍ତାଙ୍କୁ ସମ୍ବୋଧନ କରି ରାଜା କହିଲେ "ଏହାଙ୍କୁ ଚିହ୍ନି ପାରୁଛ ?"

ବେବର୍ତ୍ତା – "ହଁ ଏ ଆନ୍ଧ୍ର ମହାରାଜାଙ୍କର ନଅରବିଶୋଇ ଥିଲେ। ଏହାଙ୍କ ନାମ ଚନ୍ଦ୍ରଶେଖର ପଟ୍ଟନାୟକ। ଯୁଦ୍ଧର ଅଳ୍ପ ଦିନ ପୂର୍ବେ ସେ ରାଜ୍ୟରୁ ପିଲାକୁଟୁମ୍ବ ଘେନି ଏ ରାଜ୍ୟକୁ ପଳାଇ ଆସିଥିଲେ।

ରାଜା – "ଏବେ ମନ ଦେଇ ଶୁଣ, ଏହାଙ୍କ ପରି ଆଉ ଲୋକେ ବି ଏଠାରେ ଅଛନ୍ତି। ପ୍ରୟୋଜନ ହେଲେ ଆଉମାନେ ବାହାରିବେ। କିନ୍ତୁ ମତ୍ତହସ୍ତିକୀ ମୃଣାଳ ସୂତ୍ରରେ ବାନ୍ଧିଲା ପରି ତୁମ୍ଭେ ଜଗଦେବ ରାଜାଙ୍କୁ କାମିନୀ -ବାହୁମୃଣାଳରେ ଜଡ଼ାଇ ଏତେକାଳ ଚକ୍ରବର୍ତ୍ତୀ ହୋଇଥିଲ। ଶାସନ ଓ ବିଚାର କାର୍ଯ୍ୟ ତୁମ୍ଭଙ୍କୁ ଅଜଣା ନାହିଁ। ତୁମ୍ଭର ମଧ୍ୟ ଶାସ୍ତ୍ର ପଢ଼ାଶୁଣା ଅଛି। ତୁମ୍ଭେ ଜାଣ ଯେ ସୀତା ଦୋଚାରୁଣୀ ହୋଇଥିବା ନ ଥିବା ବୁଝିବା ପାଇଁ ଶ୍ରୀ ରାମଚନ୍ଦ୍ର ମନ୍ଦୋଦରୀ, ସରମା ପ୍ରଭୃତିଙ୍କି କିଛି ପଚରା ପଚାରି କରି ନଥିଲେ। ଅନ୍ୟଲୋକଙ୍କୁ ବସାଇ କୈକେଇ ଦଶରଥଙ୍କୁ ସତ୍ୟ କରାଇ ନ ଥିଲେ। ଏହିପରି କହିଲେ ଗୋଟାଏ ପୋଥି ହେବ। ତୁମ୍ଭଙ୍କୁ ଅଧିକ କହିବାର ପ୍ରୟୋଜନ ନାହିଁ। ତହିଁକି ମଧ୍ୟ ବେଳ ନାହିଁ। ଆହୁରି ମଧ୍ୟ ଆମ୍ଭମାନଙ୍କର ଏହି ନୀତି ବୋଲି ତୁମ୍ଭେ ଜାଣ ଯେ ନିର୍ଦ୍ଦୋଷୀ ପାଞ୍ଚ ସାତ ଜଣ ଦଣ୍ଡ ପାଉନ୍ତୁ କିନ୍ତୁ କାହାରି କୁଟ କୁଟିଳ ନୀତିଗତି ପ୍ରକୃତି ପ୍ରକାଶ ପାଇ ଜଣକୁ ସୁଦ୍ଧା ଦୁରାଚାରୀ ଦୁର୍ବୃତ୍ତ ନକରୁ। ଏଥିପାଇଁ ଯେ ଦିନରାତି କରୁଛନ୍ତି ସେହି

ଏକା ସାକ୍ଷୀ। ତାଙ୍କର ଅବଜ୍ଞା ହେବାର ଦେଖାଗଲେ ମାଣ୍ଟର ବ୍ୟବସ୍ଥା। ତୁମ୍ଭେ ଯେସବୁ ଅତ୍ୟାଚାର ଅନାଚାର ଓ ପାପାଚାର କରିଅଛ ତାହାସବୁ ପ୍ରକାଶ ହେଲେ ତହିଁରେ ଲୋକଙ୍କର କୁଶିକ୍ଷା ବ୍ୟତୀତ ସୁଶିକ୍ଷା ହେବନାହିଁ। ତୁମ୍ଭେ ଲୋକଙ୍କ ଆଖିରେ ଧୂଳି ଦେଇ ଦେଇ ଆସିଛି, କିନ୍ତୁ ଧର୍ମ ଆଖିରେ ଧୂଳିଦେଇ ପାରି ନାହିଁ। ବର୍ତ୍ତମାନ ସେହି ଧର୍ମକୁ ସାକ୍ଷୀ କରି ବୋଲ ତୁମ୍ଭେ ପ୍ରାୟଶ୍ଚିତର ଯୋଗ୍ୟ କି ନାଁ?"

ବେବର୍ତ୍ତା – "ଅବଶ୍ୟ।"

ରାଜା - "ଯେଉଁପରି ଦଣ୍ଡ ବିଧାନ କରି ଆସିଅଛ ତୁମ୍ଭେ ନିଜେ ସେହିପରି ଦଣ୍ଡର ଯୋଗ୍ୟ କି ନା ?"

ବେବର୍ତ୍ତା – "ଆମ୍ଭେ ଅନେକ ଧର୍ମ କର୍ମ ମଧ୍ୟ କରିଛୁ।"

ରାଜା – "ତୁମ୍ଭର ସବୁ ଧର୍ମ କର୍ମ ଦେଖାଇ ଦେଲାଣି। ତୁମ୍ଭେ ଯେତେ କାଳଧରି ଅଧର୍ମ କରିଅଛ ତେତେକାଳ ଧରି ପ୍ରାୟଶ୍ଚିତକୁ ଆୟୁଷ ନାହିଁ। ତୁମ୍ଭର ଆଉ ଅଧିକା ବଞ୍ଚିବା ବିଡ଼ମ୍ବନା ମାତ୍ର। ତୁମ୍ଭର ଶିଘ୍ରଶୂଳି ହେବା ଉଚିତ। ଆଜି ତୁମ୍ଭଙ୍କୁ ଶୂଳି ଦିଆଯିବ-କାଲି ପ୍ରାତଃକାଳରେ ଆମ୍ଭେ ନିଜେ ତୁମ୍ଭଙ୍କୁ ଶୂଳିରେ ଦେଖିବୁ।"

ଏତେକହି ରାଜା ନୀରବ ହେଲାରୁ କିଙ୍କରମାନେ ବେବର୍ତ୍ତାଙ୍କୁ ଶୂଳିଆପଦାକୁ ଘେନି ବାହାରିଲେ। ଏ ସମୟରେ ତ୍ରିଲୋଚନଙ୍କ ପାଇଁ କାହାରି ତୁଣ୍ଡ ହଲି ନାହିଁ। ବରଂ ସମସ୍ତଙ୍କ ମୁଖରେ ଆନନ୍ଦର ଲକ୍ଷଣ ଦେଖାଦେଲା। କିନ୍ତୁ ବେବର୍ତ୍ତାଙ୍କର କୌଣସି ପରିବର୍ତ୍ତନ ଦେଖାଗଲା ନାହିଁ। ଛାମୁକୁ ଅଇଲାବେଳେ ଯେପରି ଆସିଥିଲେ ଶୂଳିଆପଦା ଆଡ଼କୁ ମଧ୍ୟ ସେହିପରି ଚାଲିଲେ। ତାଙ୍କ ଆଗେ ଆଗେ ସାଞ୍ଜୁ ପ୍ରଭୃତି ମଧ୍ୟ ପୂର୍ବ ପରି ଚଳିଲା। ଏତେବେଳେ କେବଳ ଅସ୍ତ୍ରଶସ୍ତ୍ରଧାରୀ ପ୍ରହରୀବୃନ୍ଦଙ୍କ ବ୍ୟତୀତ ଆଉ କେହି ବେବର୍ତ୍ତାଙ୍କ ସଙ୍ଗେ ଗଲେ ନାହିଁ। ସମସ୍ତେ ପୂର୍ବପରି ଦଣ୍ଡାୟମାନ ହୋଇ ରହିଲେ।

ବେବର୍ତ୍ତାଙ୍କ ଅନ୍ତରିତ ହେଲାରୁ ରାଜା ଆଜ୍ଞାହେଲେ ସର୍ବଜନ ସମ୍ମୁଖରେ ବେବର୍ତ୍ତାଙ୍କ ଦୋଷାନୁସାରେ ଦଣ୍ଡ ହେଲା। ଭୀମାର ଗୁଣ ମଧ୍ୟ ପ୍ରକାଶ ପାଇଲା। ଏବେ ତାହାର ପୁରସ୍କାର ଏହିଠାରେ ଉଚିତ। ତାକୁ ରଣଜିତ ପଦ ଦିଆହୋଇ ଶାଢ଼ୀ ଆଦି ଦିଆଗଲା। ଶୁଭସ୍ୟ ଶୀଘ୍ରଂ। ଏତେ କହି ରାଜା ନୀରବ ହେଲେ। ପାଖ ଲୋକ

ଜଣେ ଖଣ୍ଡେ ପାଟକାଛିଆ ନେଇ ଭୀମା ମୁଣ୍ଡରେ ବାନ୍ଧି ଦେଲା। ଭୀମା ଧୀର ଗମ୍ଭୀର ଭାବରେ ଆଗୁଆଇ ରାଜାଙ୍କ ପଦ ସ୍ପର୍ଶ କରି ସାଷ୍ଟାଙ୍ଗ ହୋଇ ଭୂଇଁରେ ପଡ଼ିଲା କିନ୍ତୁ ତାକୁ ଅଧିକକ୍ଷଣ ଏପରି ପଡ଼ିରହିବାକୁ ହେଲା ନାହିଁ। ଅବିଳମ୍ବେ ଜଣେ ପାଖଲୋକ "ଉଠ ଉଠ" ଡାକଦେଲା। ଭୀମା ଉଠି କରଯୋଡ଼ି ବିନୀତ ଭାବରେ ଠିଆହେଲା। ଏତେବେଳେ ମନ ତାହାର ଅଧୀନ ନୁହେଁ, ସେ ମନର ଅଧୀନ। ସୂର୍ଯ୍ୟକିରଣ କୁଜ୍‌ଝଟି ଭେଦ କଲାପରି ତାହାର ସବୁ ଚେଷ୍ଟା ବ୍ୟର୍ଥକରି ମନର ଲହରୀ ଆପେ ଆପେ ମୁଖଦର୍ପଣରେ ପ୍ରକାଶିତ ହେଲା।

ଛାମୁ ପଟ୍ଟନାୟକଙ୍କ ସଙ୍ଗେ ଘରଛାଡ଼ି ଗଲାଦିନୁ ଅନେକ ଦିନରେ ବାପ ଓ ଚିନାମାଳୀଙ୍କି ଏକାଠି ଦେଖି ସୁଦ୍ଧା ଯେପରି ତାହାର ମନୋଭାବ କିଛି ଜଣାପଡ଼ୁ ନ ଥିଲା ଆଜି ସେପରି ନୁହେଁ। ନୟନ, ନାସା ଅଧର ସବୁଥିରେ ପ୍ରଫୁଲ୍ଲ ମନର ବିକାଶ। କିନ୍ତୁ ହସ ନାହିଁ କି ଅଧୈର୍ଯ୍ୟର ଚିହ୍ନ ନାହିଁ ବରଂ ମର୍ଯ୍ୟାଦା। ଅଙ୍କୁଶର କରଣୀ ସ୍ପଷ୍ଟ ଦେଖା ଦେଉଅଛି। ଅଙ୍କୁଶ ଧରି ବେକ ଉପରେ ମାହୁନ୍ତ ବସିଥିବାର ଜାଣି ସୁଦ୍ଧା କରୀବର ପ୍ରଫୁଲ୍ଲ ମନରେ ଯେପରି ଗତି କରିଥାଏ ଭୀମା ମନର ଗତି ସେହିପରି। ହସ କାନ୍ଦ, ସୁଖ ଦୁଃଖ ସଂକ୍ରାମକ। ଜଣେ ହସିଲେ କାନ୍ଦିଲେ ଆଉଜଣଙ୍କର ଅଳ୍ପ ବହୁତ ହସ ବା କାନ୍ଦ ହୋଇଥାଏ। ଏହା ଏକା ମନୁଷ୍ୟ ଠାରେ ଦେଖାଯାଏ ନାହିଁ, ପଶୁ ପକ୍ଷୀଙ୍କ ରବି ପ୍ରତି ମନ ଦେଲେ ଏହା ସ୍ପଷ୍ଟ ଜଣାଯାଇଥାଏ। ସୁତରାଂ ଭୀମାର ଆନନ୍ଦଲହରୀ ତାହାରିଠାରେ ଆବଦ୍ଧ ଚାରିଆଡ଼େ ପ୍ରସରିଗଲା। ଅନ୍ୟମାନଙ୍କ ହୃଦୟ ତରଙ୍ଗାୟିତ ହୋଇ ମୁଖରେ ପ୍ରତିବିମ୍ବିତ ହେଲାପରି ଦେଖାଗଲା। କିନ୍ତୁ କାର୍ଯ୍ୟ ବୃକ୍ଷର ଫଳରେ ଭୀମା ଯେପରି ଭାରାକ୍ରାନ୍ତ ହୋଇ ଦରପାକଲା ଧାନଗଛ ପରି ନତମସ୍ତକ ଆଉମାନେ ସେପରି ନୁହନ୍ତି। ସେମାନଙ୍କ ଠାରେ ଦରହସ ଆଉ କଥାରେ ପ୍ରକାଶ ପାଇବାକୁ ସ୍ଥାନ ଏବଂ ପାତ୍ର ପାଇଲା।

ଲୋକେ ଧନ୍ୟ ମହାରାଜା ! ଜୟ ମହାରାଜା ! ଜୟ ମହାରାଜା ! କହି ଉଠିଲେ। କିନ୍ତୁ ରାଜାଙ୍କର କିଛି ଆଡ଼ବାଙ୍କ ହେଲାନାହିଁ। ରତ୍ନାକରରୁ ରତ୍ନ ଲଭି ଲୋକେ ସୁଖସାଗରରେ ଭାସିଥାନ୍ତି। କିନ୍ତୁ ସାଗର ଯେପରି ଥାଏ ସେହିପରି। ତାହାର ବୃଦ୍ଧି ନାହିଁ କି କ୍ଷୟ ନାହିଁ। ଦିନନାଥଙ୍କର କିରଣ ନେଇ ଶଶଧର ସୁଧା ସେଚନରେ ଜଗଜ୍ଜନ ମୋହିଥାନ୍ତି। କିନ୍ତୁ ଦିବାକର ଅମାବାସ୍ୟା ଦିନ ଯେଉଁ ଦିବାକର, କୁମାରପୂର୍ଣ୍ଣିମା ଦିନ ସେହି ଦିବାକର। ସେ ଯାହାହେଉ ଦିବାକରଙ୍କ ପରି ରାଜା ନିଜ କାର୍ଯ୍ୟାନୁବର୍ତ୍ତୀ ହେଲେ।

ସୁଖ ଦୁଃଖ ଦିନ ରାତି ପରି ଜଗତରେ ଲାଗି ରହିଅଛି। କେ ଆଗ କେ ପଛ, ବୋଲାଯାଇ ନ ପାରେ। ପୁଣି ଦୁହିଙ୍କ ମଧ୍ୟରେ ଯେ ସନ୍ଧିସ୍ଥଳ ଅଛି ତାହା ଉଷା ଆଉ ଗୋଧୂଳିକୁ ବୋଲା ଯାଇଥାଏ। କିନ୍ତୁ ଦୁହିଁଙ୍କ ମଧ୍ୟରେ କି ପ୍ରକୃତ ପ୍ରଭେଦ ତାହା ସେ ଦୁହେଁ ଜାଣୁଥିବେ। କାରଣ ଦେଖାଯାଏ ଯେ ଉଷା ଆଗମନରେ ଶୁକ ପିକଙ୍କର ଯେ ଭାବ, ଗୋଧୂଳି ଦେଖାରେ ବ୍ୟାଘ୍ର ଭଲ୍ଲୁକଙ୍କର ସେହି ଭାବ। ଦିବା ରାତ୍ରି ମଧ୍ୟରେ ଏ ଦୁହେଁ ଯେପରି ଅଛନ୍ତି ସୁଖ ଦୁଃଖ ହର୍ଷ ବିଷାଦ ମଧ୍ୟରେ ବି ସେହିପରି କାଳ ଅଛି। ଏପରି କାଳ ଉଭୟଙ୍କ ଆଘାତ ପ୍ରତିଘାତରୁ ହେଉ ବା ନହେଉ ଦୁହିଁଙ୍କର ସ୍ରୋତ ଅବିରାମ ନୁହେଁ। ଚିରେ ବା ଅଚିରେ ଉଭୟ ନିସ୍ତେଜ ନିସ୍ତବ୍ଧ ହୋଇଥାନ୍ତି। ସୁତରାଂ ଭୀମା ଶାଢ଼ୀ ପାଇବାରେ ଯେ ଆନନ୍ଦ ଲହରୀ ଉଠିଥିଲା ତାହା ଧୀରେ ଧୀରେ ଉଭାଇଗଲା।

ଲୋକେ ନୀରବ ହୋଇ ରାଜମୁଖାପେକ୍ଷୀ ହେଲେ। ତହୁଁ ରାଜା କହିଲେ "ବର୍ତ୍ତମାନ କଥା ଦେଖିବା ଉଚିତ। ବେବର୍ତ୍ତା ସଙ୍ଗେ ଯେଉଁମାନେ ଧରା ହୋଇଛନ୍ତି ସେମାନେ ବନ୍ଧା ହୋଇ ବା ହରିକାଠରେ ପଡ଼ି ଅଛନ୍ତି। ସେମାନଙ୍କ କଷ୍ଟ ଶୀଘ୍ର ଦୂର କରିବା ଆବଶ୍ୟକ। ସେମାନଙ୍କୁ ଛାଡ଼ି ଦିଆଯାଇ ନପାରେ। ଛାଡ଼ିଦେଲେ ବି ନିଜ ରାଜ୍ୟରେ ତାଙ୍କ ଦୂରାବସ୍ଥାର ସୀମା ରହିବ ନାହିଁ। ସେମାନେ ପରାଜିତ ବୋଲି ଗଣିତ ହେବେ। ସେମାନଙ୍କ ଯୋଗେ ବେବର୍ତ୍ତାର ଏ ଦଶା ହେବା ବିବେଚନାରେ ରାଜା ତାଙ୍କୁ କି ଦଣ୍ଡ ଦେବେ ବୋଲାଯାଇ ନ ପାରେ। ତାହା ଛଡ଼ା ସେମାନଙ୍କୁ ଛାଡ଼ି ଦେବାଦ୍ୱାରା କେବଳ ବିପକ୍ଷ ପକ୍ଷକୁ ପରିପୁଷ୍ଟି କରାହେବା କେବଳ ଅଣ୍ଟିରେ ନିଆଁ ସାଇତିବା ହେବ। ଆମ୍ଭ ରାଜ୍ୟରେ ରଖିଲେ ମଧ୍ୟ ସେହି ଫଳ। ସେମାନେ କେତେବେଳେ କି କରିବେ ବୋଲାଯାଇ ନ ପାରେ। ଯୁଦ୍ଧ ଶେଷ ହେଉନାହିଁ। ଏମାନଙ୍କୁ ଏପରି ଘେନି ବୁଲିବା ଗଳାରେ ପଥର ବାନ୍ଧି ବୁଲିଲା ପରି। କେବଳ ଏମାନଙ୍କର ଯନ୍ତ୍ରଣା ଭୋଗ ମାତ୍ର ସାର। ସୁତରାଂ "ମୁଳୁ ମାଇଲେ ଯାଉ ସରି ଦେବଙ୍କ ସଙ୍ଗେ କିମ୍ପା କଳି।" ଆଜି ରାତ୍ରିରେ ସେମାନଙ୍କର ଶିରଚ୍ଛେଦନ କରାହେବ। ତାହା ଜଣେ ଦୁଇଜଣ କରିବେ ନାହିଁ। ଯୋଦ୍ଧାମାନଙ୍କ ଶୋଣିତ ପିପାସାର ତୃପ୍ତି ପାଇଁ ଯାହାକୁ ଯେତେଜଣ ଦେବାର ତାହା ବାଣ୍ଟି ଦେଇଅଛୁଁ। ରାତି ମଧ୍ୟରେ ମୁଣ୍ଡକଟା ହୋଇ ଆପଣା ଆପଣା ଜାଗାରେ ଆଗରେ ଖୁଣ୍ଟା ଉପରେ ଥୁଆ ହୋଇଥିବ ଯେ କାଲି ପ୍ରାତଃକାଳରେ ଶୂଳିରେ ବେବର୍ତ୍ତାଙ୍କୁ ଦେଖି ନିଜେ ଆମ୍ଭେ ମୁଣ୍ଡର ସଂଖ୍ୟା ନେବୁଁ। ଭାଇ ବନ୍ଧୁ ବିବେଚନା ବା

ଅନୁରୋଧ ଉପରୋଧରେ ଯେ ଜଣଙ୍କର ସୁଦ୍ଧା ମୁଣ୍ଡକାଟି ନ ଥିବ ଆମ୍ଭ ସମ୍ମୁଖରେ ଏହିପରି ସଭାରେ ତାହାର ମୁଣ୍ଡ କଟାଯିବ। ଏତେ କହି ରାଜା ନୀରବ ହେଲେ।

ଏହା ଭଲ କି ମନ୍ଦ ନ୍ୟାୟ କି ଅନ୍ୟାୟ ଧର୍ମ କି ଅଧର୍ମ ରାଜା ଜାଣନ୍ତି। କାରଣ ତାଙ୍କରି ଆଦେଶ ଅନୁସାରେ ପ୍ରହାରକାରୀ ବେତ୍ରାଘାତ ପାଇଥାଏ ବା କାରାଗାରକୁ ଯାଇ ଚୋର ଡକାୟତଙ୍କ ଯନ୍ତ୍ରଣା ଭୋଗ କରିଥାଏ। ନରହତ୍ୟା ପାଇଁ ପ୍ରାଣଦଣ୍ଡ ହୋଇଥାଏ। ସେହି ରାଜା ଶତ ଶତ ସହସ୍ର ସହସ୍ର ଲୋକ ଘେନି ଗୃହଦହନ, ଦ୍ରବ୍ୟହରଣ, ଶତ ଶତ ଲୋକଙ୍କର ଶିରଚ୍ଛେଦନ କରିଥାନ୍ତି। ପୁଣି ଯୁଦ୍ଧରେ ଯେ ଯେତେ ଲୋକ ବା ଯେତେ ବଡ଼ଲୋକ ମାରିଥାଏ ସେହି ଅନୁସାରେ ତାହାକୁ ପୁରସ୍କାର ଦେଇଥାନ୍ତି। ଏହିପରି ଏକା ନରବଧରେ କାହାରି ପୌଷମାସ କାହାରିବା ସର୍ବନାଶ। ବେବର୍ତ୍ତା ତ୍ରିଲୋଚନ ମହାପାତ୍ରଙ୍କ ଦେହରେ ଟିପ ଲଗାଇ ଥିଲେ ଜଗଦେବଙ୍କ ରାଜ୍ୟରେ ଭୀମା ହରିକଠାରେ ଛ ମାସ ସଢ଼ିଥାନ୍ତା। ଯେଉଁଥିପାଇଁ ହରିଚନ୍ଦନ ମର୍ଦ୍ଦରାଜ ତାକୁ ରଣଜିତ ଶାଢ଼ୀ ଦେଲେ ସେଇଥିପାଇଁ ଜଗଦେବ ରାଜା ଶୂଳି ଦେବାର କଥା ରଣଜିତ –ଶାଢ଼ୀ ଦେଲେ ସେଇଥିପାଇଁ ଜଗଦେବ ରାଜା ଶୂଳି ଦେବାର କଥା। ଏହିପରି ଜଣେ ଯହିଁ ପାଇଁ ପୁରସ୍କାର ଦେଉଛି ସେଥିପାଇଁ ଆଉ ଜଣେ ତିରସ୍କାର କରୁଛି। କିନ୍ତୁ ଏହା ରାମା ଶାମାଙ୍କ ପରି ଆଦନା ଲୋକଙ୍କ କଥା ନୁହେଁ। ବଡ଼ ବଡ଼ ଲୋକେ ଯାହା ବ୍ୟବସ୍ଥା କରନ୍ତି ଆଉ ଆଉ ଲୋକେ ତାହା ଅନୁସରଣ କରନ୍ତି। ଏଥିପାଇଁ ଲୋକେ ବଡ଼ ହେବାକୁ ଇଛା କରନ୍ତି କି ନା ସେମାନେ ଜାଣନ୍ତି। କିନ୍ତୁ "ରାଜାନୁଗତ ଧର୍ମ" କଥାରେ କାହାରି ଦ୍ୱିରୁକ୍ତି ନାହିଁ। ରାଜା ଛୋଟେଇ ଛୋଟେଇ ଚାଲିଲେ ଆଉମାନେ ତାହା ଅନୁକରଣ କରିବାକୁ ତିଳେ ବିଳମ୍ବ କରନ୍ତି ନାହିଁ। ସୁତରାଂ ରାଜାଜ୍ଞା ସମସ୍ତଙ୍କ ମନକୁ ଘେନିଲା। ମଣିଷ ମାରିବା ସମସ୍ତେ ସୁଖକର ମଣି ଜୟ ଜୟ ଧ୍ୱନି କଲେ। କିନ୍ତୁ ରାଜା ପୂର୍ବପରି ନିର୍ବିକାର ଭାବରେ ରହି ଗମନୋନ୍ମୁଖ ହେଲେ, ଯେଝା ବିଧିରେ ସମସ୍ତେ ମେଲାଣି ହେଲେ। ରାଜା ଗହ୍ଳିରି ବିଜେ କଲେ। ଆଉମାନେ ଆପଣା ଆପଣା ବାଟ ଧଇଲେ।

ଷଷ୍ଠ ପରିଚ୍ଛେଦ

ହରିଚନ୍ଦନ ମର୍ଦ୍ଦରାଜଙ୍କ ସଭା ମଉଳିଲା ବେଳକୁ ଦିବାକର ପଶ୍ଚିମ ଦିଗସ୍ଥ ପର୍ବତମାଳା ଡେଇଁ ଯାଇ ଥିଲେଣି। ବାରୁଣୀ ଅଙ୍କାଶ୍ରିତ ଦିନନାଥଙ୍କ ଅଂଶୁମାଳାରେ ଗିରିଶୃଙ୍ଗମାନ କାଞ୍ଚନ ମଣ୍ଡିତ ପରି ଦେଖା ଯାଉଥିଲେ ହେଁ ଛାୟାଦେବୀଙ୍କ ପଣତରେ ଉପତ୍ୟକା ଖଣ୍ଡ ଆବୃତ ହୋଇଗଲାଣି। ରାବଣକୁ ରାମଚନ୍ଦ୍ର କିମ୍ବା କଂସକୁ ଯଶୋଦା ନନ୍ଦନ ପରି ବେବର୍ତ୍ତା ତ୍ରିଲୋଚନ ମହାପାତ୍ରକୁ ମୁକ୍ତି ନ ଦେବା ଇଚ୍ଛାରେ କିମ୍ବା ତାଙ୍କୁ ଶୂଳି ଦେବାକୁ ଅଧର୍ମ କାର୍ଯ୍ୟ ମଣି ତାହା ନ ଦେଖିବା ପାଇଁ ଧର୍ମଦେବ ଯେ ଅନ୍ତରାଳକୁ ଗଲେ ତାହା ସେ ଜାଣନ୍ତି। ସେ ଯାହାହେଉ ସେ ସବୁବେଳେ ହର୍ଷ ବିଷାଦର ଖେଳ ଲଗାଇ ରଖିଛନ୍ତି। ଯେପରି ତାଙ୍କ ଆଗମନ ଏକ ଦିଗରେ ଉଷାଦେବୀ ରଟାଇଲାରୁ ନରନାରୀ ପ୍ରଭୃତି ହର୍ଷୋତଫୁଲ୍ଲ ବଦନରେ କାର୍ଯ୍ୟ କ୍ଷେତ୍ରରେ ପ୍ରବେଶ କରୁ ଅଛନ୍ତି। ସେହିପରି ଅନ୍ୟ ଦିଗରେ ନିଶାଦେବୀ ଦୂତୀ ସନ୍ଧ୍ୟା ଦେଖି ଭୀତତ୍ରସ୍ତ ପ୍ରାଣୀମାନେ ଆର୍ତ୍ତନାଦ କରି ନିଜ ନିକେତନାଭିମୁଖେ ଧାବିତ ହେଉଅଛନ୍ତି। ପ୍ରତି ଉଦୟ ଅସ୍ତରେ ଏହିପରି ଲାଗି ରହିଅଛି। ପୁଣି ସେ ଏକ ସ୍ଥାନରେ ଯେତେବେଳେ ଉଦୟ ଗିରିଚୂଡ଼ାରୂଢ଼ ଅନ୍ୟ ସ୍ଥାନରେ ତେତେବେଳେ ଅସ୍ତାଚଳ ଶୃଙ୍ଗାରୋହୀ, ଏହିପରି ଦିବାଗମନ ନିଶାଗମନ ଲାଗି ରହିଅଛି। ହର୍ଷ ବିଷାଦ ଗୋଡ଼ାଗୋଡ଼ି ଲଗାଇ ଅଛନ୍ତି। ପ୍ରକୃତ ଧର୍ମଦେବ ହେଉନ୍ତୁ ବା ନ ହେଉନ୍ତୁ ତାଙ୍କରି ଭିଆଣରୁ ଏହି ବିରୁଦ୍ଧ ଭାବ ଦୁଇର ଲୀଳା ସବୁବେଳେ ସବୁକାଳେ ଲାଗି ରହିଅଛି। କିନ୍ତୁ ଏ ଲୀଳା ଖେଳା ଏକ ସ୍ଥାନରୁ ଅନ୍ୟ ସ୍ଥାନକୁ ଦେଖାଯାଏ ନାହିଁ। ଯେଉଁ ସ୍ଥାନରେ ପ୍ରଭାତ ସେ ସ୍ଥାନରୁ ସନ୍ଧ୍ୟା ହେଲା ସ୍ଥାନ ଦୃଷ୍ଟିର ବାହାରେ। ଏହା ବୋଲି ହରିଚନ୍ଦନ ମର୍ଦ୍ଦରାଜାଙ୍କର ଛାଉଣୀରେ କେବଳ ଗୋଟିଏ ଭାବନାହିଁ। ସେଠାରେ ହର୍ଷ ଓ ବିଷାଦର ଦୁଇସ୍ରୋତ ଏକତ୍ରରେ ପ୍ରବାହିତ। ଏକ ଦିଗରେ ବେବର୍ତ୍ତାଙ୍କର ଶୂଳି, ତାଙ୍କ ପକ୍ଷ ବନ୍ଦୀମାନଙ୍କ ମୁଣ୍ଡ କାଟ ହେବ।

ସେଥିପାଇଁ ବଛା ବଛା ହୋଇ ସେମାନେ ବନ୍ଧା ଲାଗିଛନ୍ତି। ସେମାନଙ୍କ ମଧ୍ୟରୁ କେହି ପ୍ରାଣପ୍ରିୟା କଥା ମନେ ପକାଉଛି। କେହି ବୃଦ୍ଧ ପିତା ବା ପ୍ରଣୋପମ ଏକମାତ୍ର ପୁତ୍ରର ଭବିଷ୍ୟତ ଚିନ୍ତା କରୁଛି। କେହି ବା ଇଷ୍ଟଦେବଙ୍କ ପଦାରବିନ୍ଦରେ ଧ୍ୟାନ ଲଗାଉଛି। କିନ୍ତୁ ସମସ୍ତେ ନୀରବ, ଦୁଃଖ ପାରାବାରରେ ତୃଣ ଖଣ୍ଡପରି ପରିଚାଳିତ। ନିରାଶ ତିମିରରେ ଦିଗ ବିଦିଗଜ୍ଞାନାନ୍ଧ। ଅପର ଦିଗରେ ଆନନ୍ଦର କଲ୍ଲୋଳ ହିଲ୍ଲୋଳ, ପୂର୍ଣ୍ଣଚନ୍ଦ୍ର ଦର୍ଶନରେ ସୁଖ ପାରାବାର ଉତ୍‌ଥଳିତ। ନିଶଙ୍କ ନୃତ୍ୟ ଗୀତ ପାନାହାରର ସ୍ରୋତ ଅବାରିତ। ବିଜୟ ଲକ୍ଷ୍ମୀଙ୍କ ପରମ ସୁଖକର କ୍ରୋଡ଼ରେ ସମସ୍ତେ କ୍ରୀଡ଼ା କୌତୁକରତ। ଯେଉଁମାନଙ୍କ ମୁଣ୍ଡ କାଟହେବ ସେମାନଙ୍କ ପାଇଁ ଲାଳାୟିତ। ଏପରି ପ୍ରଫୁଲ୍ଲ ରାଜ୍ୟରେ ଆଜି ଭୀମ ରଣଜିତ ଅଶ୍ୱମେଧ ଯଜ୍ଞର ଅଶ୍ୱ; ତାହାର ପୂର୍ଣ୍ଣ ଯୁବାକାଳ। ସେ ରାଜାଙ୍କର ବିଶେଷ ଅନୁଗ୍ରହପାତ୍ର। ତହିଁରେ ପୁଣି ରଣଜିତ ଶାଢ଼ୀ ସଦ୍ୟ ପାଇଛି। ରାଜାଙ୍କ ସମ୍ମୁଖରେ ଲୋକେ ବାହାବାହା କହିଛନ୍ତି। ବାଟରେ ଗଲାବେଳେ ବି ତ୍ରିଲୋଚନ ବେବର୍ତ୍ତାଙ୍କ ନିନ୍ଦା ସଙ୍ଗେ ନିଜର ପ୍ରଶଂସା ଶୁଣୁଛି। ସେ ଜାତିରେ ଭୂଇଁଆ ଚାଟ ହୋଇ ଛାଟ ଖାଇନାହିଁ। ତା ଜାତିରେ ମଦ ଖାଇବା ମନା ନୁହେଁ। ମୁହଁରୁ ସୁଗନ୍ଧ ବା ଦୁର୍ଗନ୍ଧ ବାହାରୁଥିଲେ ବି ତା ଜାତି ଲୋକେ ଜଗନ୍ନାଥଙ୍କ କତିକି ଯାଇପାରନ୍ତି। ସେମାନଙ୍କ ହାତରୁ ବ୍ରାହ୍ମଣ କରଣ ପ୍ରଭୃତି ପାଣି ଗ୍ରହଣ କରନ୍ତି। ସୁତରାଂ ରାଜାଙ୍କ ଛାମୁରୁ ମେଲାଣି ହେବାମାତ୍ରେ ସେ ଯୌବନ ପ୍ରଭୃତି ମଦ ସଙ୍ଗେ ସଙ୍ଗେ ମହୁଲ ମଦ ଇଚ୍ଛାନୁରୂପ ଯୋଗ କରିବାରେ କାତର ହୋଇନାହିଁ। ପାଞ୍ଚ ସାତ ନାଳ ମିଶି ଗୋଟିଏ ନଦୀ ହେଲାପରି ଭୀମା ହୃଦୟ ଆଉ ମନରେ ସବୁ ମଦ ଏକତ୍ରିତ ହୋଇ ଗୋଟିଏ ପ୍ରବଳ ବଳବତୀ ସ୍ରୋତସ୍ୱତୀ। ତଥାପି ତାହାର ମତୁଆଳଙ୍କ ରଙ୍ଗ ଢଙ୍ଗ ନାହିଁ। ଯୁଦ୍ଧରେ ଜିଣି ବୃଷଭ, ସିଂହାଳ, ଦନ୍ତୀ ଯୂଥପତି ପ୍ରଭୃତି ଯେପରି ଗମନ କରିଥାନ୍ତି ସେହିପରି ଗତିରେ ସେ ନିଜେ ଛଡ଼ ଦିବାଲିକି ଗଲା। ସେଠାରେ ପହଞ୍ଚି ପୁନରାୟ ସୁରା ପାନକରି ନରଶୋଣିତ ଆଶାରେ ବାହାରେ ବନ୍ଦୀମାନଙ୍କ ମୁଣ୍ଡ କାଟିବା ଅପେକ୍ଷାରେ ରହିଲା।

ପୃଥିବୀକି ନିଶା ଆସିନାହିଁ କିନ୍ତୁ ଭୀମାକୁ ନିଶା ଅଇଲାଣି। ସେ ଅନେକ ସୁରାପାନ କଲାଣି। ତହିଁରେ ତାହାର ଶୋଷିତ ପିପାସା ନ ଛିଣ୍ଡି ବଢ଼ିଲା ପରି ଜଣାଯାଏ। ସେ ବର୍ତ୍ତମାନ କେବଳ ବନଦୀମାନଙ୍କର ଆଶାରେ ବସିଛି। ଏପରି ଅବସ୍ଥାରେ ତାହା ମନରେ କି ଗତାୟାତ କରୁଅଛି ତାହା ସେହି ଜାଣେ। ଭିତର କଥା ଯାହାହେଉ ବାହାରେ ପାଇକେ ତଣ୍ଡକାରେ ବନ୍ଦୀ ଓ ଖୁଣ୍ଟା ଘେନି ଉପସ୍ଥିତ ହୋଇ

ତାଙ୍କ ଭାଗ ମୁଣ୍ଡକଟା ବନ୍ଦୀ ରଖିବାକୁ ଭୀମାକୁ କହିଲେ ଏବଂ ରଣଜିତଙ୍କ ଆଙ୍ଗୁଳି ପ୍ରଦର୍ଶିତ ସ୍ଥାନରେ ପାଞ୍ଚଜଣ ବନ୍ଦୀ ଓ ପାଞ୍ଚଗୋଟା ଖୁଣ୍ଟା ରଖି ବେଗେ ବେଗେ ଚାଲିଗଲେ। ଏତେବେଳକୁ ଦିନ ଗଲାଣି କିନ୍ତୁ ରାତି ହୋଇନାହିଁ। ନିଶାଦେବୀଙ୍କ ପଣତରେ ଧରା ଆବୃତା ହୋଇନାହିଁ। ଅନ୍ଧକାର ଆସି ନାହିଁ। କିଛି ଅଦୃଶ୍ୟ ହୋଇନାହିଁ କି ଆଲୋକ ଅଭାବରୁ ଦୃଷ୍ଟିଶକ୍ତି ଅଶକ୍ତ ଅକ୍ଷମ ହୋଇନାହିଁ।

କିଛିକ୍ଷଣ ଉତ୍ତାରେ ସେ ଯେତେବେଳେ ବନ୍ଦୀ ମାନଙ୍କୁ ନିକଟକୁ ଗଲା ସେତେବେଳେ ସେଠାରେ ଆଗେ ନୀରବ ନିସ୍ତବ୍ଧ ହୋଇ ମୁହୂର୍ତ୍ତେ ଠିଆହୋଇ ସେମାନଙ୍କୁ ମଧ୍ୟରୁ ଜଣେ ବୃଦ୍ଧ ଓ ଜଣେ ଯୁବାର ବନ୍ଧନ ମୁକ୍ତିକରି ସେ ଦୁହିଙ୍କି ଆପଣା ଛଡ଼-ଦେବାଲି ଭିତରକୁ ନେଇଗଲା। ସେଠାରେ ନ ପହଞ୍ଚିବା ଯାଏ କାହାରି ତୁଣ୍ଡ ହଲି ନ ଥିଲା। ସେଠାରେ ମଧ୍ୟ କେହି କିଛି କହିବା ପୂର୍ବେ ତିନିହେଁ ପରସ୍ପରକୁ ଆଲିଙ୍ଗନ କଲେ। ଏକ ଦିଗରେ ଏକା ଭୀମା ଅପର ଦିଗରେ ଅନ୍ୟ ଦୁଇଜଣ; ବୁଢ଼ା କାନ୍ଧ ଉପରେ ଭୀମାର ଓ ତାହା ଦୁଇ କାନ୍ଧରେ ଅନ୍ୟ ଦୁହିଁଙ୍କର ମୁଣ୍ଡ। କାହାରି ମୁହଁରେ କିଛି କଥା ନାହିଁ। କେବଳ କଇଁ କଇଁ ଶବ୍ଦ ଶୁଭୁଛି। ଆଉ ତିନିଙ୍କର ଛାତ ପଞ୍ଜରା ପଡୁଛି ଉଠୁଛି। ତାହା ସଙ୍ଗେ ସଙ୍ଗେ ବୁଢ଼ା ଆଉ ଭୀମା ପିଠିରେ ଅଶ୍ରୁଧାର, ଶୋକର ଧାରା ଏହିପରି ବହି ଯାଉଅଛି। ଏଥିରେ କଣ୍ଠ ତାଲୁ ପୂର୍ଣ୍ଣ। କଥା ବାହାରିବାକୁ ବାଟ ନାହିଁ। ସୁଖ ଦୁଃଖର ପ୍ରବାହରେ ଏହିପରି ସ୍ୱଭାବତଃ ଘଟିଥାଏ। କାହିଁ କାହିଁ ଏହି ସ୍ରୋତରେ ପଡ଼ି ପ୍ରାଣବାୟୁ ପଡି ପ୍ରାଣବାୟୁ କେଣେ ଭାସିଯାଏ, ତାହା ଜଣାପଡ଼େ ନାହିଁ। ତାହାର ଗତି ହ୍ରାସ ନୋହିବା ଯାଏ ବଚନ ବାହାରି ପାରେ ନାହିଁ। ରସନା ଅଧର ପ୍ରଭୃତି ଚଳିପାରେ ନାହିଁ। କିନ୍ତୁ ଏହା ଅଚିର- ସ୍ଥାୟୀ- ଗିରି-ନଦୀପରି ମାଡ଼ିଆସି ଅବିଳମ୍ବେ ଛିଡ଼ି ପଡ଼େ।

ଉପସ୍ଥିତ ତିନିଜଣଙ୍କ ମଧ୍ୟରେ ଏହା ସ୍ପଷ୍ଟ ଦେଖାଗଲା। କିଛିକ୍ଷଣ ନୀରବ ଭାବରେ ଗଲାରୁ ବୁଢ଼ୀ କହିଲା ବାପ ଭୀମ ! ମଲାବେଳକୁ ତୋତେ ଦେଖିଲି ଏହି ମୋର ଭାଗ୍ୟ"। ଭୀମା ଉତ୍ତର ଦେଲା "ବୋପା କିଛି ଖାଇବାକୁ ପାଇ ନ ଥିବ, ଆଗେ ଖାଅ ପିଅ ପଛେ ସବୁ କଥା।" ଏହା କହି ଭୀମା ମଦ ମାଂସ ପ୍ରଭୃତି ବାହାର କଲା। ତିନିହେଁ ଯେଝାମତେ ଖାଇଲେ ପିଇଲେ। ପ୍ରକୃତି ଦେବୀଙ୍କୁ ପରିତୃପ୍ତ କରି ବାପ ଭାଇଙ୍କ ସଙ୍ଗେ ଭୀମାର କଥାବାର୍ତ୍ତା ପଡ଼ିଲା।

ଆଗେ ଘର କଥା ପଡିଲା, ବୁଢ଼ା କହିଲା ବାଣାସୁରର ଗୋଟିଏ ପୁଅ ହୋଇଛି। ମା ପୁଏ ଭଲ ଥିଲେ। କିନ୍ତୁ ଆମେ ବାପ ପୁଏ ଘର ଛାଡିଲା ଦିନୁଁ କି

ହେଲାଣି ତାହା କହି ନ ପାରେ। ଲଢ଼େଇକି କିପରି ବାପ ପୁଅ ଦୁହେଁ ଅଇଲି ବୋଲି ଭୀମା ପଚାରିଲାରୁ ବୁଢ଼ା କହିଲା," ଜଗଦେବଙ୍କ ରାଜ୍ୟ କଥା ତୋତେ ଅଜଣା ନାହିଁ। ଆଉ ବେଶି କଅଣ କହିବି ? ସେ କଥା ଛାଡ଼। ବାପ ! ତୁ ଆଗେ କହିଲୁ ତୁ ଏଠିକି କିପରି ଅଇଲୁ ? ଏତେଦିନ ହେଲା କିଛି ଖବର ଅନ୍ତର କାହିଁକି ନଦେଲୁ ? ତୁ ଏମନ୍ତ କାଟିଦେବୁ ବୋଲି ମୁଁ ଜାଣି ନ ଥିଲି।"

ଭୀମା – "ମୁଁ ଯେପରି ଏଠାକୁ ଅଇଲି ଯାହା ଯାହା ହେଲା ସେ ଅନେକ କଥା। ତାହା ଛାଡ଼ି ଦିଅ। ଅଭିକା କଅଣ କରିବା ତାହା ଆଗ।"

ବୁଢ଼ା - ମତେ କିଛି ବୁଦ୍ଧି ଦିଶୁ ନାହିଁ।

ଭୀମା - ତୁମ୍ଭେ କି ସବୁ କଥା ଜାଣ ?

ବୁଢ଼ା - ହଁ, କହୁଥିଲେ ଯେ ଆଜି ରାତି ଭିତରେ ଆମ ମୁଣ୍ଡ କଟାଯିବ। ସେଇଥି ପାଇଁ ଆମକୁ ଏଠି ଦେଇଗଲେ।

ବାପ – "କହୁଥିଲେ ଯେ ଆମ ମୁଣ୍ଡ ଯେ ନ କାଟିବ ତାହା ମୁଣ୍ଡ କଟାଯିବ। ଏ ସତ ତ ?

ଭୀମା କିଛି ଉତ୍ତର ନ ଦେବାରୁ ବୁଢ଼ା କହିଲା "ଠାକୁରାଣୀ ଯାହା କରିବାର କରିବେ ତୁ ସତ କଥା କହୁ ନାହିଁ କାହିଁକି ?"

ଭୀମା – ହଁ ଛାମୁରୁ ସେହି ଆଜ୍ଞା ହୋଇଛି। ସେ ଆଜ୍ଞା ତିଳେ ଟଳିବାର ନୁହେଁ।

ବୁଢ଼ା - ସବୁରି ହୁଳହୁଳି, ଆମରି ବଂଶର କାନ୍ଦବୋବାଳି ପାଇଁ ଏ ସବୁ ଆଜି ଘଟିଛି ?

ଭୀମା – "ସେହିପରି ଦେଖାଯାଉଛି।"

ବୁଢ଼ା - "ଛାମୁରୁ କି ଆଜ୍ଞା ହୋଇଛି ?"

ଭୀମା – "ଯେ ମୁଣ୍ଡ କାଟି ନ ଥିବ ତାହାର ମୁଣ୍ଡ କଟାଯିବା।"

ବାପ – "ଯାହା ମୁଣ୍ଡ କଟା ନୋହିଥିବ ତାହାର କି ହେବ ?"

ଭୀମା –" ତାହା କିଛି ଆଜ୍ଞା ହୋଇ ନାହିଁ।"

ଏହା ଶୁଣି ବୁଢ଼ା କାନ୍ଦିବାକୁ ଲାଗିଲା। ତାକୁ ତୁନିକରି ଭୀମା କହିଲା "କାନ୍ଦିଲେ କି ହେବ ? କଅଣ କରିବା ତାହା ବାଟ ଦେଖିବା।" ବୁଢ଼ା ଉତ୍ତର କଲା "ମୁଁ ସବୁ ଦେଖୁଛି। ଆମକୁ ଛାଡ଼ିଲେ ଆମ ଦୁହେଁ ଅନେଇଥିବୁ। ତୋ ମୁଣ୍ଡ ଆଗେଯିବ। ପଛେ ଆମର ଯାହାହେଉ ତତେତ ଆଉ ଲାଗିବ ନାହିଁ !" ଏହା କହି ବୁଢ଼ା ପୁଣି କାନ୍ଦିଲା; କାନ୍ଦି କାନ୍ଦି କହିଲା "ତୋ ମା ବେଶ ସୁଖରେ ଗଲା। ଏହିତା ଦେଖିବାକୁ କି ମୁଁ ଏତେକାଳ ବସି ରହିଲି ? ମୁଁ ନ ମଲି କାହିଁକି ? ଆରେ ବାପ ଭୀମ ! ମତେ

ଆଗେ ମାରିପକା, ତେଣିକି ତମ ଦୁଇ ଭାଇଙ୍କର ଯାହା ହେବ ମୁଁ ଦେଖିବି ନାହିଁ କି ଶୁଣିବି ନାହିଁ।"

ଭୀମା – "ତାହା ସବୁ ଛାଡ଼, ଯହିଁରେ ତରିବା ସେ କଥା କହ।"

ବୁଢ଼ା - "ତୁ କହିଲୁ ଏଠାକୁ କିପରି ଆସିଲୁ ଏପରି କିପରି ହେଲୁ ?"

ଭୀମା – "ଦେଖୁଛି ମୋହରି କପାଳକୁ ଏ ସବୁ ଘଟିଛି। ଯେଣେ ଇଛା ତେଣେ ଯା, କରମ ଘେନି ବୁଲୁଥା।"

ବାପ – "ବୁଢ଼ା ଯାହା ପଚାରୁଛି ତାହା କହ। ତୁ ବି ତାହାପରି ହେଲେ କଅଣ ହେବ।"

ଭୀମା – ମନ କଥା ମନରେ ରଖି ରଖି ତ ଏହା ଆସି ଘଟିଲା ;ଆଉ ରଖିଲେ କି ହେବ କେ ଜାଣେ ? ମୁଁ ଚିନାମାଳୀକି ଲୋଡେଇଥିଲି। ବାପ କହିଲା ସେ ଭାଇକି ବାହା ହେଲା। ଲୋକେ ବି ଭଲ କହିଲେ। ସେ କଥା ମୋତେ ଭାରି କାଟିଲା। ଚିନାମାଳୀକି ଦେଖିଲେ ବାପା ଭାଇ ଦିହିଙ୍କ ଉପରେ ଭାରି ରାଗ ହେଲା। ଭାଇକି କିମିଆ କରିବାକୁ ଲୋକେ କହିଲେ। ବାପା ଭାଇ ଲୋଭ ମୁଆସ ଛାଡ଼ିଲା ନାହିଁ। କିମିଆ କଥା ଯେ କହିଲେ ତାଙ୍କୁ ପାଖରେ ପୁରାଇଲି ନାହିଁ। ଚିନାମାଳୀ ଠାରୁ ଦୂରରେ ଦୂରରେ ରହିଲି। ଗାଁ ଛାଡ଼ି ପଳେଇବି ବୋଲି ମନେକଲି। ଏହି ସମୟରେ ପାଞ୍ଜିଆ ଅଇଲେ। ତାଙ୍କ ସଙ୍ଗରେ ଗଲି। ରାଜାଙ୍କ ଗହଣରେ ରହିଲି। କିଛି ଭଲ ଲାଗିଲା ନାହିଁ। ଘର ଆଡ଼କୁ ମନ ଧାଇଁଲା। ଆଗ କଥା ସବୁ ମନେପଡ଼ି ଘରକୁ ଯିବାକୁ ମନ ହେଲା ନାହିଁ। ଛାମୁ ତେତେ ସୁଖ ପାଇଲେ ନାହିଁ। ତାଙ୍କ ଗହଣରୁ ଯାଇ ପାଟରଙ୍ଗା ଖେମାର କରଣଙ୍କ କତିରେ ରହିଲି, ତାଙ୍କ ସାଙ୍ଗରେ କିଛି ମନ ମାନିଲା। ସେ ପଳାଇ ଅଇଲା ବେଳେ ତାଙ୍କ ସଙ୍ଗରେ ଏ ରାଜ୍ୟକୁ ଅଇଲି। ରାଜ୍ୟ ଛାଡ଼ିଲାରୁ ମନ ବଦଳିଗଲା, କାମଦାମ କଲି, ତହୁଁ ଆଗେ ଦିଆନ ପରେ, ଛାମୁଙ୍କ ଆଖି ମୋ ଉପରେ ପଡ଼ିଲା। ରାଜା ସୁଖ ପାଇ କତିରେ ରଖିଲେ। ସୁଖରେ ରହିଲି। ଭିତିରିଆଙ୍କ ପରି ମୋ ଉପରେ ପତିଆରା ହେଲା। ଉପରକୁ ଟିକିଏ ଟିକିଏ ଉଠୁ ଉଠୁ ଆଜି ରାଜା ରଣଜିତ୍ ପଦ ଦେଇ ଶାଢ଼ୀ ଦେଲେ।" ଏହା କହୁ କହୁ ଭୀମା ପିଲାଙ୍କ ପରି କାନ୍ଦି ପକାଇଲା। କାନ୍ଦୁ କାନ୍ଦୁ କହିଲା "ଦଇବ ମୋ କପାଳରେ କଅଣ ପୁରାଇଛୁ। ମୁଁ କଅଣ କରିବି।"

ସାଧୁ – କାନ୍ଦନା, କାନ୍ଦନା, ଆମକୁ କିଛି କାହିଁକି କହିଲୁ ନାହିଁ। ମତେ ବି ପର କରିଦେଲୁ ?

ଭୀମା – ପାପମନ, ସତକଥାରେ ସତୀ ଭୁଲେ। ମନେକଲି ଘର ସାଙ୍ଗରେ ନତା ଲଗାଇଲେ କଅଣ ନାହିଁ କଅଣ ହେବ। ଏହିପରି ମରି ହଜିଗଲେ ଗଲା। ଦେଖିଛି ଯେ "ଦଇବ ଦଉଡ଼ି ମଣିଷ ଗାଇ ଯେଣିକି ନିଅଇ ତେଣିକି ଯାଇ।" ତମରି ମୁଣ୍ଡ ଯେ ମୋରି ହାତରେ ପଡ଼ିବ ତାହା ତମେ ଜାଣିଥିଲ, ମୁଁ ଜାଣିଥିଲି ନା ଛାମୁ ଛାଣିଥିଲେ ? କଥାରେ ଯାହା କହନ୍ତି ମନ ଜଗତି ଉପରେ ଥାଏ, କରମ ବିଆଳି ବଛାଉ ଥାଏ। ତାହା ସତ। ମୁଁ ମଲେ ଭଲ, ନ ମଲେ ହେବ ନାହିଁ !

ସାଧୁ - ତୁ କଅଣ ଦେଖିଛୁ କଅଣ କରିଛୁ ଯେ ତୁ ମରିବୁ ? ମୁଁ ଆଉ କେତେକାଳ ଜୀଇଁବି ? ଭାଇର ପୁଅଟିଏ ହେଲାଣି। କୁଳ ରହିଲାଣି। ତୁ ତ ବାହା ହୋଇନାହୁଁ। ଆମ ଦୁହିଁଙ୍କି ମାରିପକା। ତୁ ବଞ୍ଚିବୁ। ମୋର ଦିଓଟି ଅଂଶ ରହିଲା ବୋଲି ଜାଣି ମୁଁ ମରିବି। ମଲାବେଳେ ମୋ ମନରେ କିଛି ଦୁଃଖ ନ ଥିବ।

ବାପ – ବୋପା ଆଚ୍ଛା କହୁଛି। ମନେକର ଆମ୍ଭେ ଲଢ଼େଇରେ ମରିଛୁଁ। ଆହୁରି ବି ଅନ୍ଧାର ହୋଇ ଯାଇଥିଲେ ତୁ ବି ତ ଚିହ୍ନି ପାରି ନ ଥାନ୍ତୁ। ଗଲା ଅଇଲା ବେଳେ ଦେଖା ଦେଖି ହେଲେଇଁ ଏହି ଢେର।।

ଭୀମା – ମୁଁ ବାପ ଭାଇଙ୍କି ମାରିବି ! ମୁଁ ମଲେ !

ସାଧୁ – ଆମକୁ ମାରିବାକୁ ଆଉ କାହାକୁ ଦେଇ ଆଉ ଦୁଇ ଜଣ ବଦଳିଆ ଆଣ।

ଭୀମା – ସେ କଅଣ ଆପେ ମାରିବା ହେଲା ନାହିଁକି ? ମାରିବା ମରେଇବା ସେ।

ବାପ – ବିଭୀଷେଣ କିପରି ରାବଣକୁ, ସୁଗ୍ରୀବ କିପରି ବାଳୀକି ମରାଇ ଥିଲେ।

ଭୀମା – ସେ ଅସୁର ଆଉ ବାନର। ତାଙ୍କ କାମ କି ମଣିଷ କରିବ ? କେକୟା (କୈକେୟୀ) ରାମକୁ ବଣକୁ ତଡ଼ି ଦେଇଥିଲେ, ଭରତ ରାଜା ହୋଇଥିଲେ କି?

ସାଧୁ – ତେମେ ଆମେ ପଳଉଁ। ତୁ ଆଉ ଦିଟା ମୁଣ୍ଡ ଆଣି ରଖି ଦେ।

ଭୀମା – ତେମେ କେମିତି ପଳେଇବ ? ଠ'ପରି ଚାରିଆଡ଼େ ପାହାଡ଼ ଘେରିଛି। ଏଥି ଭିତରକୁ ଗୋଟିଏ ବାଟ। ସେଠାରେ ଛୁଞ୍ଚି ମାଛି ପରଖ ଲାଗିଛି। ଜୀରାରୁ ଶିରା ବଛା ହେଉଛି। ପାହାଡ଼ ଉପରେ ଠାଏ ଠାଏ ଜଗୁଆଳୀ। ତହିଁରେ ପୁଣି ଚାରିଆଡ଼େ ନିଆଁ ଲାଗିଛି। ଖାଇବା ବିନା ତମର ଜୀବନ ଆଉଛି କି ଯାଉଛି। ଗୋଡ଼ ହାତ ଫୁଲିଛି। ବାଲି ଦେଇ ଦଉରିରେ ବାନ୍ଧି ଯେ ପାଣି ଛିଞ୍ଚିଥିଲେ ତାହାର ଏଡ଼େ ଏଡ଼େ ଦାଗ। ତମେ ତ ଅଧେ ପାହାଡ଼ ଉଠି ନ ଥିବ ଧରା ପଡ଼ି ମାରା ପଡ଼ିବ। ଏତେବେଳେ ସେ ରାଜ୍ୟକୁ ଗଲେ ବି ଯେ ଧରା ନ

ପଡ଼ିବ। ଏତେବେଳେ ସେ ରାଜ୍ୟକୁ ଗଲେ ବି ଯେ ଧରା ନ ପଡ଼ିବ କି ମାରା ନ ପଡ଼ିବ ତାହା ନୁହେଁ। ତେବେ ଆଉ ଦିଟା ମୁଣ୍ଡ କଥା କହିଲ। ଯାଉଛି ତା ଦେଖେଁ। ତମେ ଦୁହେଁ ଏଠି ଲୁଚି ଥାଅ। ଠାକୁରାଣୀ ଯାହା କରିବେ।

ଏହା କହି ଭୀମା ତଡ଼ଭଡ଼ ହୋଇ ବାହାରିଲା। ମୁଣ୍ଡରେ ରଣଜିତ ଶାଢ଼ୀ। କପାଳରେ କନା ବନ୍ଧା। ମୁହଁରୁ ମଦ ଗନ୍ଧ। ସନ୍ଧ୍ୟା ଗଲା ଗଲା ଆଉ ରାତି ଅଇଲା ପରି। ଏହିପରି ସମୟରେ ଭୀମା ବାହାରି କେଣେ ଚାଲିଗଲା। ତାହାର ବାପ ଭାଇ ଛଡ଼ଦେବାଲି ଭିତରେ ତୁନି ହୋଇ ମୁନିଙ୍କ ପରି ବସି ରହିଲେ। କିଛି ଦେଖାଯାଉନାହିଁ କି ଶୁଣା ଯାଉନାହିଁ। ସେ ଦୁହିଙ୍କ ଭାବ ଭାବନା ସେ ନିଜେ ନିଜେ ଜାଣନ୍ତି। କେହି କାହାରିକି ପାଟି ଫିଟାଉ ନାହାନ୍ତି। ଏହିପରି କେତେ ବେଳ ଗଲା ଆଉ ସେପରି ରହି ପାରିଲେ ନାହିଁ। ଉଠି ଦୁହେଁ ଛଡ଼ଦେବାଲି ଦୁଆରକୁ ଆସି ବାହାରକୁ ଅନାଇଲେ।

ଅନ୍ଧକାର ଗାଢ଼ତର ହେଲାଣି। ଦୂର ଚିଜ ଚିହ୍ନା ଯାଉନାହିଁ। ତାହା ଯାହା ହେଉ ଭୀମାର ଦେଖା ନାହିଁ। କିମ୍ବା ଏହାଙ୍କ ଦ୍ୱାରା କିଛି ହେବାର ନୁହେଁ। କିଛି କ୍ଷଣ ଟାକି ଟାକି ପୁନରାୟ ପୂର୍ବ ପରି ବସିଲେ। କିଛି ଦେଖା ଯାଉନାହିଁ। କେବଳ ଶୁଭୁଛି ଲୋକଙ୍କର ଯିବା ଆସିବା ଶବ୍ଦ। ମାରେ ବାପାରେ ଡାକି ମଲି ମଲି କାନ୍ଦ। ଏଥି ସାଙ୍ଗେ ସାଙ୍ଗେ ମନଫୁଲାଣିଆ ଗୀତ ବି କାନରେ ପଡୁଛି। କିନ୍ତୁ ସେ ଗୀତକୁ ସାଧୁର ମନ କି କାନ ଯାଉନାହିଁ। କିଛିକ୍ଷଣ ରହି ରହି ସେ ଧୀରେ ଧୀରେ ପୁଅକୁ ପଚାରିଲା "ଏତେ ବେଳ ଯାଏ ଭୀମା କାହିଁଗଲା ? ଧରା ପଡ଼ିଲା କି ? ମୁଁ କାହିଁକି ମୁଣ୍ଡ କଥା କହିଲି। ଦିନେ ତ ସମସ୍ତେ ମରିବା। କାଲି ଯାହା ହେବାର ହବ ଆଜି ରାତିଟା ତିନିହେଁ ଏକାଠି ଥାଆନ୍ତୁ। ମୁଁ ନ ମଲି କାହିଁକି ?"

ବାପ – ବୋପା, କିଏ ମରୁଛି କିଏ ଜିଉଁଛି କିଏ ଜାଣେ ? ଭୀମା ନ ଅଇଲେ ଆମେ ତ ମରିଥାଉଁ। ଆଉ ମରିବାକୁ ଅଛି କଅଣ ?

ବଡ଼ ପୁଅର କଥା ଶୁଣି ସାଧୁ ନୀରବ ହେଲା। ଦୁହେଁ ପୁନରାୟ ପୂର୍ବପରି ବସି ରହିଲେ। ଏହିପରି ଆହୁରି କେତେକ୍ଷଣ ଗଲା। କିନ୍ତୁ ଏ କ୍ଷଣ କ୍ଷଣକ ସାଧୁ ବାପ ପୁଅକୁ ଯୁଗେ ଯୁଗେ। ସାଧୁ ପୁନରାୟ କାନ୍ଦି ଉଠିଲା। କିଛି ନ କହି ବାଣାସୁର ବାପ ମୁହଁରେ ହାତ ଦେଲା। କାହାରି ତୁଣ୍ଡରେ କିଛି କଥା ନାହିଁ। ଦୁହେଁ କେବଳ କଇଁ କଇଁ ହେବାକୁ ଲାଗିଲେ। ଏହିପରି କେତେକ୍ଷଣ ଗଲାରୁ ଛଡ଼ଦେବାଲି ଆଉ ଲୋକ ଆସିଲା ପରି ଜଣାଗଲା। ବାପ ପୁଅ ଦୁହିଙ୍କର କଇଁ କଇଁ ରହିଗଲା। ସେମାନଙ୍କ ମନରେ କି ହେଲା ସେ ଦୁହେଁ

ଜାଣନ୍ତି। ଇତିମଧ୍ୟରେ ଆଗନ୍ତୁକ ଭିତରକୁ ପଶିଆସି ତୁନି କରି କହିଲା "ବୋପା"। ଏହା ବାହାରୁ ବାହାରୁ ସାଧୁ ପଚାରିଲା "ଭୀମା" ଭୀମା ଉତ୍ତର କଲା "ଏଡ଼େ ପାଟି କରନା, ଭାଇ କାହିଁ ?"

ସାଧୁ - ଏଇଠି ବସିଛି; ତୋ କଥା ଆଗେ କହିଲୁ ?

ଭୀମା – ଯାହା କହିଥିଲି ତାହା କଲି। ସେ ତିନିଟାଙ୍କୁ କାଟି ତାଙ୍କ ମୁଣ୍ଡ ସାଙ୍ଗରେ ଆଉ ଦିଟା ମଲା ମୁଣ୍ଡ ଆଣି ରଖିଦେଲି। କାଲି କଅଣ ହେଉଛି ହେଉ। ଆଜି ତମକୁ ଛାଡ଼ି କୁଆଡ଼େ ଯାଉନାହିଁ।

ସାଧୁ – "ଧରାପଡ଼ି ନାହୁ କି କିଛି ଗୋଳମାଳ ହୋଇ ନାହିଁ ତ ?"

ଭୀମା – ଆମ ଜାତି ଯେପରି ମଦ ଖାଆନ୍ତି ତାହା ସମସ୍ତେ ଜାଣନ୍ତି। ରଜା ମତେ ସୁଖ ପାଆନ୍ତି ସମସ୍ତେ ଜାଣନ୍ତି। କପାଳରେ କନା ଖଣ୍ଡକ ବନ୍ଧାଥିଲା। ଶାଢ଼ୀଖଣ୍ଡ ମୁଣ୍ଡରୁ ଫିଟାଇବାକୁ ଭୁଲି ଯାଇଥିଲି। ଆଜି କାଲି ମଲା ମଣିଷ କେଉଁ ଅପୂର୍ବ !! ଏ ତ ସବୁ ହୋଇଗଲା। ତେବେ କାଲି ସକାଳୁ ରାଜା ଅଇଲା ବେଳେ କି ହେଉଛି ଦେଖାଯାଉ। ଯେତେବେଳେ ଯୁଆଡ଼କୁ ପାଣି ବରଷିବ ସିଆଡ଼କୁ ଛତା ଧରିବା। ଆଜି ରାତିରେ ଆଉ ସେ କଥା ନାହିଁ। ରାତିଟା ହେଲେ ତିନିହେଁ ଏକାଠି ରହିବା।

ଏତେ କହି ଅନ୍ଧାରରେ ଭୀମା ପୁଣି ମଦ ବାହାର କଲା। ତିନିହେଁ ମଦ ପିଇଲେ। ଗତ କଥା ଧୋଇଧାଇ ଦେଲେ। ମନ ଆଉପରି ହୋଇଗଲା। ବହୁକାଳ ପରେ ତିନିହେଁ ଏକାଠି ହେବା ସୁଖ ସବୁରି ମନ ହୃଦୟ ଅଧିକାର କଲା। ସମସ୍ତେ ନିଦକା। ଅଚିନ୍ତା ମନଇ ନିଦ ଖୋଜୁଥାଏ। ସମସ୍ତେ ନିଦକରେ ନିଦ ଗଲେ।

ବାପ ଭାଇଙ୍କ ମାୟାରେ ଭୀମା ରାଜାଜ୍ଞା ପ୍ରତିପାଳନ କଲାନାହିଁ। ରାଜ ପ୍ରଜା ଉଭୟଙ୍କ ଆଖିରେ ଧୂଳି ଦେବା ଆଶାରେ ମଲା ମଣିଷଙ୍କ ମୁଣ୍ଡ ଆଣି ରଖିଦେଲା। ବାପଭାଇ ଏହାର ପ୍ରତିବାଦ ନ କରି ତାହା ଅନୁମୋଦନ କାଲେ। ଏହା ସାଧାରଣ ସାହସର କଥା ନୁହେଁ। ଠାକୁରାଣୀଙ୍କ ଭରସା ବ୍ୟତୀତ ସେମାନଙ୍କର ଆଉ କିଛି ନୁହେଁ। ପୁଣି ଏଥିପାଇଁ ଠାକୁରାଣୀ ମାରିବେ କି ତାରିବେ ଜଣା ନାହିଁ। ପର କାଳରେ ଏହା ନ୍ୟାୟ ବିବେଚିତ ହେଉ କି ନ ହେଉ, ରାତି ପାହିଲେ ରାଜା ପ୍ରଜା ଉଭୟଙ୍କ ବିଚାର ପ୍ରକାଶ ପାଇବ। ସେମାନଙ୍କ ନୀତିଗତି ଭୀମା ଆଉ ତାହାର ବାପ ଭାଇଙ୍କି ଜଣା।

ରାଜା ହରିଚନ୍ଦନ ମର୍ଦ୍ଦରାଜଙ୍କର ମାୟା ମମତା ଅଛି କି ନା ତାହା ସବୁ ତାଙ୍କ ନ୍ୟାୟନ୍ୟାୟ ଧର୍ମାଧର୍ମ ଜ୍ଞାନ ଆଉ ବିଚାରକୁ ବଳି ପ୍ରବଳ କି ଦୁର୍ବଳ ଓ ସେ ଭୀମା

ହାତରେ ତାହା ବାପଭାଇଙ୍କ ମୁଣ୍ଡ କଟାଇ ଥାଆନ୍ତେ କି ନା ସେମାନେ ଜାଣନ୍ତି। ଆଜ୍ଞା ପାଳନରେ ତ୍ରୁଟି ହେବାରୁ ସେ ରୁଷ୍ଟ କି ତୁଷ୍ଟ ଅଚିରେ ପ୍ରକାଶ ପାଇବ। ତାହା ଦେଖା ନୋହିବା ଯାଏଁ ଅନ୍ୟ କେହି କିଛି କହି ନ ପାରେ। ତଥାପି ଏହା ବିଷମ ସମସ୍ୟାର ସ୍ଥଳ। ପିତୃ ଆଦେଶରେ ପରଶୁରାମ ସ୍ୱର୍ଗାଦପି ଗରିୟସୀ ଜନନୀଙ୍କର ଶିର ଛେଦନ କରିଥିଲେ। ଧର୍ମା ପାଇଁ ରାବଣ ଆଉ ଇନ୍ଦ୍ରଜିତଙ୍କ ନିଧନର ଗୂଢ଼ ରହସ୍ୟ ବିଭୀଷଣ ବତାଇ ଦେଇଥିଲେ। ଯେଉଁ ପ୍ରଣୋପମ ସୀତାଙ୍କ ପାଇଁ ସମୁଦ୍ର ବନ୍ଧନ, ଲଙ୍କା ଦହନ ପ୍ରଭୃତି, ପ୍ରଜାରଞ୍ଜନ ପାଇଁ ପୂର୍ଣ୍ଣ ଗର୍ଭାବସ୍ଥାରେ ସେହି ସତୀ ସ୍ୱାଧ୍ୱି ରାଜପ୍ରାସାଦରୁ ନିର୍ଜନ ଅରଣ୍ୟକୁ ବିତାଡ଼ିତ। ପୁଣି ଶାସ୍ତ୍ରର ଅନୁରୋଧରେ ଯେଉଁ ରାମଚନ୍ଦ୍ର ସୁବର୍ଣ୍ଣ ସୀତା ନିର୍ମାଣ କରାଇଥିଲେ, ଧନୁର୍ବାଣ ଘେନି ରଣମତ୍ତା ହୋଇଥିଲେ ସୁଦ୍ଧା ଅପରିଚିତ ଲବ କୁଶଙ୍କ ଦର୍ଶନରେ ସେହି ରାମଚନ୍ଦ୍ରଙ୍କର ବାତ୍ସଲ୍ୟର ସଞ୍ଚାର।

ଏହା ସବୁ ଜଣା ଶୁଣା ଥିଲେ ବି ତାହା ବିଶ୍ୱାସ ହେଉ ନାହିଁ କି କାର୍ଯ୍ୟର ଅଣାହେଉ ନାହିଁ। ବରଂ ତାହାର ବିପରୀତ ନୀତିଗତି ଦେଖାଯାଏ। ତିନି ପୁରୁଷିଆ ଖୁଡୁତା ପୁଅ ଭାଇର ଶଳାର ମାମୁଁଙ୍କ ଚାକରର ମାୟା ମମତା ନ୍ୟାୟ ପଥଚ୍ୟୁତ ବୋଲି ବିବେଚିତ ହୋଇଥାଏ। ଏପରି ସମ୍ପର୍କ ନ୍ୟାୟ ବିଚାରର ସଂପୂର୍ଣ୍ଣ ବିରୋଧୀ ବୋଲି ବଡ଼ ବଡ଼ ଧନୀ ମାନି ଜ୍ଞାନୀ ଶପଥ କରି ଥାଆନ୍ତି। ନୀଚତମ ଠାରୁ ଉଚ୍ଚତମ ବିଚାରାୟଳରେ ବିଚାର କାର୍ଯ୍ୟର ହସ୍ତାନ୍ତର ପାଇଁ ପ୍ରଚୁର କାର୍ଯ୍ୟ ଗଣା ହୋଇ ବିଚାରକେ ଅନୁପଯୁକ୍ତ ବିବେଚିତ ହେବା ଯଥାତଥା ଦେଖା ଆଉ ଶୁଣା ଯାଇଥାଏ। ଦୂର ବା ନିକଟ ସମ୍ପର୍କର ମାୟା ମମତା ନ୍ୟାୟ ଆଉ ଧର୍ମ ବିଚାରର ଏଡ଼େ ବିପର୍ଯ୍ୟୟ ବୋଲି ପରିଗଣିତ ହେଉଥିଲେ ସୁଦ୍ଧା ଜଗତ୍ ପିତା ପରମେଶ୍ୱରଙ୍କୁ ପରମ ପିତା ଜ୍ଞାନରେ ଜାତିକୁଳ ନିର୍ବିଶେଷରେ ନରନାରୀଏ ଭାଇ ଭଗିନୀ ସମ୍ବୋଧିତ ହୋଇଥାନ୍ତି। ସେହି ମାୟାଜାଲ ବିଶ୍ୱବ୍ୟାପି କରିବା ଚେଷ୍ଟାରେ କେହି କେହି ପ୍ରକୃତ ସ୍ପଷ୍ଟ ପିତା ମାତ, ଭାଇ ଭଉଣୀ ନିକୃଷ୍ଟ ଅପଦାର୍ଥ ବିବେଚିତ ହୋଇ ଯତ୍ନତଃ ବିବର୍ଜିତ ହୋଇ ଥାଆନ୍ତି। ଏହା ବିନା ବାହାନା ବାସନା କାମନା ମଧ୍ୟରୁ ଯାହାହେଉ ଦେଶ, ପ୍ରଦେଶ, ବା ମହାଦେଶ ଖଣ୍ଡର ସବୁ ନାରୀଏ ଭ୍ରାତା ଭଗିନୀ ପାଶରେ ଆବଦ୍ଧ ହେଲାରୁ ସତ୍ୟପୀଠ, ସତ୍ୟପ୍ରତିଜ୍ଞା ଶପଥ କିପରି ହେବ ଓ ନ୍ୟାୟ ଓ ଧର୍ମର ବିଚାରାସନରେ କେଉଁମାନେ ବସିବେ ଯେଉଁମାନେ ଜୀବନରେ ଥିବେ ସେହିମାନେ ଦେଖିବେ, ଶୁଣିବେ, କିନ୍ତୁ ବର୍ତ୍ତମାନକୁ ଏହା ବିଷମ ସମସ୍ୟା। ଏହା ଆଡ଼କୁ ନ ଯାଇ ଭୀମା ଓ ତାହାର ବାପ ଭି ନିଶ୍ଚିନ୍ତରେ ନିଦ୍ରାଗଲେ।

ସପ୍ତମ ପରିଚ୍ଛଦ

ରାତ୍ରି କାଳ ବୋଲି ବୋଲାଯାଇଥାଏ। ଏଥିରୁ ଯାହା ପ୍ରକାଶ ପାଉ,ଏ ସମୟରେ ସାନ ବଡ଼ ସମସ୍ତେ ଘରେ ବାହାରେ ଆଶ୍ରୟାବଲମ୍ବି। ନାନା-ଦିଗରୁ ଆଗତ ପକ୍ଷୀକୁଳ ଏକ ବୃକ୍ଷ ସମବେତ। ପରସ୍ପର ସାହାଯ୍ୟ ପାଇଁ ଏକତ୍ରିତ। ଗୋରୁ, ଅଶ୍ୱ, ଛେଳି, ମେଣ୍ଢା ଗୋଠଭୁକ୍ତ। ପର୍ଣ୍ଣକୁଟୀର ଠାରୁ ସୌଧମାଳା ପର୍ଯ୍ୟନ୍ତ ରୁଦ୍ଧଦ୍ୱାର। ପୁଣି କୋକିଳର କୁଜନ ନାହିଁ କି ଭ୍ରମରର ଗୁଞ୍ଜନ ନାହିଁ। ଧରଣୀ ନୀରବ ନିସ୍ତବ୍ଧ। ନିଶାଚରଙ୍କ ବିଭିଷିକାରେ ଚତୁର୍ଦ୍ଦିଗ ପରିପୂର୍ଣ୍ଣ। ଏହି କାଳରେ ଭୂତପ୍ରେତ ଡାକିନୀ ଯୋଗିନୀଙ୍କର ଲୀଳାଖେଳା ବୋଲି ଜଣାଶୁଣା। ବ୍ୟାଘ୍ର ଭଲ୍ଲୁକ ପ୍ରଭୃତିଙ୍କ ବିକଟ ନାଦରେ ଗାତ୍ରକମ୍ପ ଉପସ୍ଥିତ। ସେମାନଙ୍କ ଆମୋଦ ପ୍ରମୋଦ ପାଇଁ କେତେ କେତେ ପ୍ରାଣୀଙ୍କର ପ୍ରାଣବାୟୁ ନିଃକ୍ଷେଧ। ଚୋରିନାରୀ ବାଟପାରି ପାଇଁ ଏ ପ୍ରଶସ୍ତ କାଳ। ଅସହାୟା କୁମାରୀର ସତୀତ୍ୱ ରତ୍ନ ଅପହୃତ। ଧନୀ ସର୍ବସ୍ୱାନ୍ତ। ଏପରି ବିଭୀଷିକାପୂର୍ଣ୍ଣ। ହେଲେହେଁ ରାତ୍ରିରେ ସମସ୍ତେ ନିଦକ ରଣ ଭୂଇଁରେ ଅସ୍ତ୍ର ଶସ୍ତ୍ରର ଝଣ ଝଣ କଣ କଣ ନାହିଁ। ଅଶ୍ୱର ହେସ୍ରାରବ ନାହିଁ, କମାଣର ବଜ୍ରନିନାଦ ନାହିଁ। ସଦା ଶୋଣିତ ପିପାସୁ ଅସି କୋଷାଶ୍ରିତ। ଅଦୁରେ କର୍ଣ୍ଣ ଦ୍ରୋଣ ପ୍ରଭୃତିଙ୍କ ପରି ସୁର୍ବରେ ବିଦ୍ୟମାନ ଥିଲେ ହେଁ ଭୀମାର୍ଜୁନଙ୍କ ପରି ମହା ଧନୁର୍ଦ୍ଧରମାନେ ମାତୃଅଙ୍କରେ ଦୁଗ୍ଧପୋଷ୍ୟ ଶିଶୁ ପରି ନିଦ୍ରାଭିଭୂତ। ନିଶା ଦେବୀଙ୍କ ଚିର ସହଚରୀ ପ୍ରସାଦ ପାଇଁ ଯୋଗୀ ଭୋଗୀ ରୋଗୀ ଚୋର ବଇରାଗୀ ସମସ୍ତେ ଲାଳାୟିତ। ସେହି ପ୍ରାସାଦରେ କାମ କ୍ରୋଧ ଲୋଭ ମୋହ ପ୍ରଭୃତିର ବିରାମ। ସେ ସବୁର ସ୍ରୋତ ଅହରହ ଚାଲୁଥିଲେ ଯେ ଜଗତ କି ହେଉଥାନ୍ତା ବୋଲାଯାଇ ନ ପାରେ। ନିଦ୍ରାବିନା ପ୍ରକୃତିର ବିକୃତ ବିଡ଼ମ୍ବନା ବ୍ୟାପ୍ତ। ପୁଣି ଏହି କୈବଲ୍ୟ ଦାନ ପାଇଁ ନିଦ୍ରାଦେବୀ ନଦୀକୂଳେ, ବୃକ୍ଷମୂଳେ, ପ୍ରାସଦେ, କୁଟୀରେ ତୃଣଶଯ୍ୟାରେ ଗଜଦନ୍ତ ପଲଙ୍କରେ ଆପେ ଆପେ ଉପସ୍ଥିତ। ତାଙ୍କ କରମକଳ ସ୍ପର୍ଶରେ ବିତାରୁ ବଳି ଗରିୟସୀ ଚିନ୍ତାନଳ ନିର୍ବାପିତ, ଶ୍ରାନ୍ତି, କ୍ଲାନ୍ତି, ଭ୍ରାନ୍ତି ବିଦୂରିତ। ତଥାପି ତାଙ୍କ କ୍ରୋଡ଼ାଶ୍ରୟ କରିବାକୁ କେହି କେହି ବିମୁଖ। ସେମାନେ

ପ୍ରକୃତିସ୍ଥ ହେଉନ୍ତୁ ବା ନ ହେଉନ୍ତୁ ସେମାନେ ସାଧାରଣତଃ ବଡ ବଡ଼ ଲୋକ। ଛତ୍ରପତି ସେନାପତି ପ୍ରଭୃତି ନିଶିଥରେ ଚିନ୍ତାମଗ୍ନ, କାର୍ଯ୍ୟରତ।

ରଣଜିତ ଶାଢ଼ୀ ପାଇ ଥିଲେ ବି ଭୀମାର ସେପରି ଚିନ୍ତା ନାହିଁ। ବାପ ଭାଇଙ୍କ ସହିତ ନିଜ ମୁଣ୍ଡକୁ ପାଣି ଛଡ଼େଇ ଠାକୁରାଣୀଙ୍କ ଇଛା ଉପରେ ସବୁ ଛାଡ଼ି ଦେଇଛି। ଯାହା କରିଛି ବା ପରଦିନ ପ୍ରତ୍ୟୁଷରେ ଯାହା ହେବ ତହିଁ ପାଇଁ କୌଣସି ଶୋଚନା ନାହିଁକି ଭାବନା ନାହିଁ। ଦରମରା ବାପ ଭାଇ ଯେ ସେହିପରି ଏହା କହିବା ବାହୁଲ୍ୟ ମାତ୍ର। ଏମାନେ ଠାକୁରାଣୀ ସର୍ବେସର୍ବା ବୋଲି ବିଶ୍ୱାସ କରନ୍ତି। ସେ ମାରିବେ କି ରଖିବେ ତିନିଙ୍କ ମଧ୍ୟରୁ କେହି ଜାଣନ୍ତି ନାହିଁ। କିନ୍ତୁ ସେମାନେ ଜାଣନ୍ତି ଯେ "ଯାହାକୁ ରଖିବେ ଅନନ୍ତ କିସ କରିବେ ବଳବନ୍ତ"; ଠାକୁରାଣୀଙ୍କର ଅନୁଗ୍ରହ ହେଲେ କେହି ନିଆଁରେ ପୋଡ଼ିବେ ନାହିଁ କି ପାଣିରେ ବୁଡ଼ିବେ ନାହିଁ। ସେ ବାମ ହେଲେ କେହି ମୁହୂର୍ତ୍ତେ ରଖି ପାରିବେ ନାହିଁ। ତାଙ୍କ ଆହା ବିନା ଆଉ କେହି ସାହା ନାହିଁ। ଏପରି ଧର୍ମ ଭାବ ଭଲ କି ମନ୍ଦ ଅହଂଜ୍ଞାନରେ ଦିନରାତି କାର୍ଯ୍ୟକ୍ଷେତ୍ରରେ ସଦା ସଚଳ ଚଞ୍ଚଳ ହେବା ଭଲ, ତାହା ଭୀମା ପରି ଲୋକେ କିମ୍ବା ରାଜା, ମନ୍ତ୍ରୀ ପ୍ରଭୃତି ଜାଣନ୍ତି।

କିନ୍ତୁ ଦେଖାଯାଏ ଶୁଣାଯାଏ ଯେ ଜଗତବିଖ୍ୟାତ ନେପୋଲିଅନ ଦିନ ରାତି କାମ କରୁଥିଲେ। କେତେଥର ରାତ୍ରରେ ନିଦ୍ରା ସଙ୍ଗେ ଭେଟ ହୋଇ ନାହିଁ। ସେ ଯାହା ଭାବି ଚିନ୍ତି ଠିକ୍ କରୁଥିଲେ ତାହାର ଫଳ ହାତେ ହାତେ ମିଳୁଥିଲା। ବିଜୟଲକ୍ଷ୍ମୀ! ତାଙ୍କର କରକନ୍ଦୁକ ପରି ଜଣା ଯାଉଥିଲେ। ତାଙ୍କ ବିଦ୍ୟା, ବୁଦ୍ଧି, କଳକୌଶଳ, ଅସୀମ ଅଧ୍ୟବସାୟ, ପରିଶ୍ରମ, କଷ୍ଟସହିଷ୍ଣୁତା ପ୍ରଭୃତିରେ ଜଗତ ଚକିତ ସ୍ଥକିତ ସ୍ତମ୍ଭିତ ବିସ୍ମିତ ହେଉଥିଲା। ଶେଷରେ ପିଲାଙ୍କ ଧୂଳିଘରପରି ସବୁ ଉଭେଇ ଗଲା। ନିଜବିରଚିତ ବିଶାଳ ରାଜ୍ୟରୁ ବିତାଡ଼ିତ ହୋଇ ଦିଗନ୍ତବ୍ୟାପୀ ମହାସାଗରମଧ୍ୟସ୍ଥ ମୁଷ୍ଟି ପରିମିତ ଦ୍ୱୀପଖଣ୍ଡରେ ବନ୍ଦୀରୂପେ ଜୀବନଯାତ୍ରା ଶେଷ କଲେ। ଏଥିରେ ସୁଦ୍ଧା ତାଙ୍କର ବୁଦ୍ଧିବିଚାର ପ୍ରଶଂସନୀୟ ହୋଇପାରେ।

ଭୀମା ଓ ତାହାର ବାପଭାଇ ମୂଢ ଆଉ ଅବିମୃଶ୍ୟକାରୀ ବିବେଚିତ ହୋଇ ପାରନ୍ତି। ଏହା ମନୁଷ୍ୟର ବିଚାର। କିନ୍ତୁ ଯେ ସର୍ବଭୂତରେ ମାତା, ଶାନ୍ତି, ଦୟା, ମାୟା, କ୍ଷମା ପ୍ରଭୃତି ରୂପେ ସଦା ସଂସ୍ଥିତା ତାଙ୍କ ବିଚାର ଧନୀ, ମାନୀ, ପଣ୍ଡିତ, ମୂର୍ଖ ସବୁରି ଅଗୋଚର। ସେହି ବିଚାର ପାଇଁ କର୍ମ ଦୁଇ ଭାଗରେ ବିଭକ୍ତ। ପୁଣି ଯାହାକୁ ଜଣେ ପାପ କାର୍ଯ୍ୟ କହୁଛି, ଅନ୍ୟ ତାକୁ ଧର୍ମ କର୍ମ କହୁଛି। କେହି ଗୃହସ୍ଥାଶ୍ରମକୁ ମୋକ୍ଷପଥ ମଣୁଛି। କେହି ବିଜନ ଅରଣ୍ୟବାସୀ ହେଉଅଛି। କେହି ଯଜ୍ଞ ବା କେହି ଜପ କରୁଛି।

କେହି ସାକାର କେହି ବା ନିରାକାର ଭଜୁଛି। ଏହିପରି ଯେ ଯାହା କରୁ ବା କହୁ, ବିଚାରକର୍ତ୍ତାଙ୍କ ତୁଳାଦଣ୍ଡ କାହାରିକି ଜଣା ନାହିଁ କିମ୍ବା ତାଙ୍କ ନିକିତିକଣ୍ଟା ସୂତାଏ ଏପାଖ ସେପାଖ କରିବାକୁ କେହି ସକ୍ଷମ ନୁହେଁ। ଏ ସବୁ କଥା ଅଜ୍ଞେୟ ଅଦୃଶ୍ୟ। କିନ୍ତୁ ଯାହା ମନୁଷ୍ୟ କରଗତ ଆୟତ୍ତାଧୀନ, ବେଳେ ବେଳେ ତହିଁକି ତାହର ବଳ ନାହିଁ କି କଳ ନାହିଁ। ବିଶାଳବାରିଧିବକ୍ଷ ଶତ ଶତ ଅର୍ଣ୍ଣବଯାନରେ ବିଦାରିତ ବିଲୋଡ଼ିତ। ପୁଣି କେତେ କେତେ ମହାପ୍ରାଣୀ ତାହାରି ଗର୍ଭରେ ଅନ୍ତର୍ହିତ। କେତେ କେତେ ସ୍ରୋତସ୍ୱତି ରୁଦ୍ଧଗତି ହୋଇ ପରିଚାରିକା ପରି କାର୍ଯ୍ୟାନୁରକ୍ତ। ପୁଣି ପଲକେ ପ୍ରଳୟ ଉପସ୍ଥିତ କରି ସେହିମାନେ କେତେ କେତେ ସୁରମ୍ୟ ହର୍ମ୍ୟ ଭୂତଳଶାୟୀ କରୁଛନ୍ତି। କେତେ କେତେ କ୍ଷେତ୍ର ବାଲୁକାପୂର୍ଣ୍ଣ କରାଉଛନ୍ତି। କେତେ ପଶୁପକ୍ଷୀ ନରନାରୀ ଭସାଇ ନେଇ ସମୁଦ୍ର ଗର୍ଭରେ ନିକ୍ଷେପ କରୁଛନ୍ତି। ଆଜି ଯେ ପରମ ମିତ୍ର ଅଛି, କାଲି ସେ ପରମ ଶତ୍ରୁ ହେଉଅଛି। ଦଶରଥ ଶ୍ରୀରାମଚନ୍ଦ୍ରଙ୍କୁ ଅରଣ୍ୟ ପ୍ରେରଣ କରୁଛନ୍ତି। ଶ୍ରୀକୃଷ୍ଣ ଅର୍ଜ୍ଜୁନଙ୍କ ଆତ୍ମୀୟ ସ୍ୱଜନଙ୍କ ନିଧନ ପାଇଁ ଭଗବଦ୍ ଗୀତା କହୁଛନ୍ତି। ଏପରି କ୍ଷେତ୍ରରେ ଭୀମା ଓ ତାହାର ବାପାଭାଇ ଦୁହେଁ ନିଦକ ନିଦ ଯାଇ ଭଲକଲେ କି ମନ୍ଦ କଲେ ତାହା ବିଚାରକର୍ତ୍ତା ଜାଣନ୍ତି। ବିଚାରରେ ଯାହାର ଯାହା ହେଉ, ଜୁଆରଭଟ୍ଟା ପରି ଦିନରାତି କାହାରି ଭଲମନ୍ଦ ପାଇଁ ଅପେକ୍ଷା କରନ୍ତି ନାହିଁ। ଆପାଣା ବେଳରୁ ତିଳେ ଆଗପଛ ହୁଅନ୍ତି ନାହିଁ। ସୁତରାଂ ଭୀମା ବା ତାହା ବାପଭାଇଙ୍କର କି ହେବ ତହିଁ ପ୍ରତି ଭ୍ରୁପେକ୍ଷ ନକରି ରାତ୍ରିଦେବୀ ଯଥାସମୟରେ ଗିରିଦୁର୍ଗରୁ ପ୍ରସ୍ଥାନ କଲେ। ତାଙ୍କ ସହଚରୀ ନିଦ୍ରା ମଧ୍ୟ ଅଧିକ କ୍ଷଣ ପଛେଇ ରହିଲେ ନାହିଁ।

ତାଙ୍କ ସୁଖକର ଅଙ୍କରୁ ଅନ୍ତର ହୋଇ ଭୀମା ଘୋର ଅନ୍ଧକାର ପରିବର୍ତ୍ତେ ଚତୁର୍ଦ୍ଦିଗ ଦିନକରଙ୍କ ସମୁଜ୍ଜ୍ୱଳ କିରଣମାଳା-ବିଭୂଷିତ ଦେଖି ଚମକି ପଡ଼ିଲା ପରି ହେଲା। ଏଥିରେ ତାହା ମନରେ କି ହେଲା, ତା ସେ ଜାଣେ। ତାହା କିଛି ପ୍ରକାଶ ନକରି ବାପଭାଇଙ୍କି ଉଠାଇ ଦେଲା ଏବଂ ଅତି ସାବଧାନରେ ଲୁଚି ରହିବାକୁ କହି ତରତର ହୋଇ ପଦାକୁ ବାହାରିଗଲା। ସେତେବେଳକୁ ରାଜା ତାହାର ବସାନିକଟବର୍ତ୍ତୀ ହୋଇ ଗଲେଣି। ଭୀମା ଆଗୋଇ ଯାଇ ଭୂମିଷ୍ଠ ପ୍ରଣିପାତ ହେଲା। ପୁଣି ପାଖଲୋକଙ୍କ "ଉଠ ଉଠ" ଡାକରେ ଅବିଳମ୍ବେ ଉଠି କର ଯୋଡ଼ି ଠିଆ ହେଲା। ନିଶାରେ ମଦ୍ୟପାନ ଆଉ ବିଳମ୍ବେ ନିଦ୍ରାଭଙ୍ଗର ଲକ୍ଷଣମାନ ପୂର୍ଣ୍ଣ ମାତ୍ରାରେ ବିଦ୍ୟମାନ। ତାହା ପାଇଁ ଭୀମାର କିଛି ଶୋଚନା ନାହିଁ। ସେ ନିର୍ଭୟ ମନରେ ବାପା ଆଗରେ ପୁଅପରି ଛିଡ଼ା ହୋଇ ରହିଲା। ରୁଚି ଅନୁସାରେ ଏହା କହି କ୍ଷମଣୀୟ ମନେ

କରୁ ବା ନକରୁ ପ୍ରଫୁଲ୍ଲ ବଦନରେ ରାଜା ଆଜ୍ଞା ଦେଲେ "କାଲି ରାତିରେ ବେଶି ବେଳଯାଏ ମାମୁଁଘରେ ଥିଲା ପରା" ? ଏଥିରେ ଭୀମା କହିଲା "ଛାମୁଙ୍କୁ କେଉଁ କଥା ଅଗୋଚର ଯେ"।

ସେ ବିଷୟରେ ରାଜା ବା ଗହଣଲୋକେ ଆଉ କିଛି କହିଲେ ନାହିଁ। ଏକଥା ସେକଥା ଘେନି ସମସ୍ତେ ଅଗ୍ରସର ହେଲେ। ଭୀମା ଟିକିଏ ପଛେଇ ରାଜାଙ୍କ କରେ କରେ ରହିଲା। ତାହାର ଭାବଭଙ୍ଗୀରେ କୌଣସି ପରିବର୍ତ୍ତନ ନାହିଁ। ଯେଉଁଠାରେ ଭୀମାଭାଗ ମୁଣ୍ଡ ଖୁଣ୍ଟା ଉପରେ ଥୁଆ ହୋଇଥିଲା, ସେ ସ୍ଥାନ ଉପସ୍ଥିତ ହେଲା। କିନ୍ତୁ ଭୀମା ଯେପରି ସେପରି। ତାହା ମନରେ କି ଅଛି ସେ ଜାଣେ। ତହିଁପାଇଁ ତାହାର ମୁଖ ବନ୍ଦ ନୁହେଁ। ଆଉ ଆଉମାନଙ୍କ ପରି ସେ ମଧ୍ୟ ଏ କଥା ସେକଥା କହୁଅଛି। ଏହିପରି ଭାବରେ ସମସ୍ତେ ଚାଲୁଛନ୍ତି।

ପାଞ୍ଚଗୋଟା ମୁଣ୍ଡ ପ୍ରତି ରାଜା ଦୃଷ୍ଟି ଦେଲେ ନାହିଁ କିମ୍ବା ସେ ସମ୍ବନ୍ଧରେ କିଛି କହିଲେ ନାହିଁ କି କଲେ ନାହିଁ। ସେଥିଯୋଗୁଁ ବା ଅନ୍ୟ କୌଣସି କାରଣରୁ ଆଉ କେହି କିଛି କହିଲେ ନାହିଁ କି କଲେ ନାହିଁ। କଥାନହସରେ ସମସ୍ତେ ସେ ସ୍ଥାନ ଛାଡ଼ି ଚାଲିଗଲେ। ତଥାପି ଭୀମା ପୂର୍ବପରି। ଏହିପରି କିଛି ଦୂର ଯାଇ ଭୀମା ଛାମୁରୁ ମେଲାଣି ମାଗିଲା। ଅମ୍ଳାନ ବଦନରେ ଛାମୁ ତାହାର ମାଗୁଣି ପ୍ରଦାନ କଲେ। ଯଥାବିଧି ଜୁହାର ହୋଇ ଫେରିଲା ବେଳକୁ ତାହାର ଭିନ୍ନ ଢଙ୍ଗ ଦେଖା ଦେଲା। ତାହାର ଛାତି କୁଣ୍ଢେ ମୋଟ ହୋଇଗଲା ପରି ଜଣାଗଲା। ଗୋଟାଏ ଘାଟି ପାର ହେଲା ବୋଲି ଠାକୁରାଣୀଙ୍କି ମନେ ମନେ ଜୁହାର କଲା କି ନା ତାହା ସେ ଜାଣେ। କିନ୍ତୁ ବେଗ ବେଗ ହୋଇ ଚାଲିବାକୁ ଲାଗିଲା। ସେପରି ଆସି ବାପାଭାଇଙ୍କ କତିକି ନଯାଇ ଆଗେ ମୁଣ୍ଡପାଞ୍ଚଟା ଘେନି ନିକଟବର୍ତ୍ତୀ ନଟାକୁ ଚାଲିଗଲା।

କିଛିକ୍ଷଣ ଉତ୍ତାରୁ ଭୀମା ଆସି ବାପାଭାଇଙ୍କ ସଙ୍ଗେ ମିଳିଲା ଆଉ ଯାହା ଯାହା ଘଟିଲା ସବୁ କହିଲା। ଏଥିରେ ସମସ୍ତେ ଯେ ଆହ୍ଲାଦିତ ହେଲେ ଏହା କହିବା ବାହୁଲ୍ୟ ମାତ୍ର। ଠାକୁରାଣୀ ରଖିଲେ ବୋଲି ସମସ୍ତଙ୍କ ମୁହଁରୁ ବାହାରିଲା।

ଏଥି ସଙ୍ଗେ ସଙ୍ଗେ ଭବିଷ୍ୟତ ଚିନ୍ତା ଆସି ଉପସ୍ଥିତ ହେଲା। ଅଜ୍ଞେୟ ଅଦୃଶ୍ୟ ଶକ୍ତି ଉପରେ ଯେତେ ନିର୍ଭର କାଲେ ବି ନିଜଶକ୍ତି ସହଜରେ ଭୁଲାଯାଏ ନାହିଁ। ସେ ଭାବ ଓ ବିଶ୍ୱାସରେ ପୁରା ଅଧିକାର ନୋହିବା ଯାଏ ମାୟାଜାଲରେ ମନୁଷ୍ୟ ଏଣେ ତେଣେ ହେଉଥାଏ। ନାନା ଉଦ୍ୟମ ଚେଷ୍ଟା ପ୍ରଭୃତି ଛାଡ଼େ ନାହିଁ। ମନେକରେ ଯେ ଦୈବ ଏତେ ଅନୁଗ୍ରହ କଲେଣି, ନିଜେ ନିଜେ ଗୋଟାଏ କିଛି କରି

ଦୈବର ଭାର କିଛି ଊଣା କରେଁ। ମାତ୍ର ଏହା ମନେପଡ଼େ ନାହିଁ ଯେ ଯାହା ନିଜ କାମ ବୋଲି ବୋଲାଯାଏ, ତାହା ନିଜେ ନକରି ଅନ୍ୟ ଜଣେ କରାଇଛି। ଯେ ଏତେ ବଡ଼ ବିଶ୍ୱ ଭାର ବହନ କରିଛନ୍ତି ତାଙ୍କ ଭାର ଯେ ପତଙ୍ଗରୁ ବଳି କୋଟି ଗୁଣେ କ୍ଷୁଦ୍ର ପ୍ରାଣୀ ତିଳେ ଊଣା କରି ନପାରେ ଏପରି ନିଜ ଆତ୍ମଭରି ଭାବ କାହିଁକି ହୁଏ ତାହା ସର୍ବବ୍ୟାପୀ ଅନ୍ତର୍ଯ୍ୟାମି ଜାଣନ୍ତି। ସେ ଯାହା ହଉ, ସେ ଭାବ ଚିରସ୍ଥାୟୀ ନୁହେଁ। ପ୍ରକୃତି ଘେନି ତାହା କ୍ଷଣ ବା ଦୀର୍ଘକାଳ ସ୍ଥାୟୀ ହୋଇଥାଏ। କିଛି କ୍ଷଣ ଲମ୍ଫଝମ୍ଫ ଉତ୍ତାରୁ ଅପରିସୀମ ଅଜ୍ଞେୟ ଶକ୍ତିର ଆଶ୍ରା ଲୋଡ଼ା ଯାଇଥାଏ।

ଭୀମା ଓ ତାହାର ବାପା ଭାଇ ମଧ୍ୟ ଗତ ରାତ୍ରି ପରି ଅଚିରେ ଜୀବନ ରଖିବା ବିଷୟରେ ଏହା ତାହା କଥାବାର୍ତ୍ତା ହେଲେ କିନ୍ତୁ କାହିଁରେ ଥଳକୂଳର କିଛି ଆଶା ଭରସା ଦେଖିଲେ ନାହିଁ। ଅବଶେଷରେ ଠାକୁରାଣୀଙ୍କି ସବୁ ସମର୍ପି ଦେଲେ। ହୃଦୟରେ ରହି "ମାତ ଭୈରବୀ ଯାହା କରାଇବା, ତାହା କରିବି" ମନ୍ତ୍ର ଧରି ନିଶ୍ଚିତ ହୋଇ ରହିଲେ ଆଉ ଚିନ୍ତାଦକ କାହାରି ପାଖରେ ପଶିପାରିଲା ନାହିଁ। ବାପପୁଏ ସୁଖରେ ପାନ ଭୋଜନ କରି ଦିନ କାଟିବାକୁ ଲାଗିଲେ। 'ସେଓଳି' ଭୀମା ଆଉ ଛାମୁଦର୍ଶନକୁ ଗଲା ନାହିଁ।

ଯେତେବେଳେ ଭୀମା 'ଉପରଓଳି 'ଉଆସକୁ ଗଲା କେତେବେଳେ ଶ୍ରୀଅଙ୍ଗ ଅଳସ ଥିବାରୁ ଛାମୁ ପଦାକୁ ବିଜେ କରିବେ ନାହିଁ ବୋଲି ଲୋକେ କହିଲେ ତହିଁ ପାଇଁ କିଛି ଭାବନା ଶୋଚନା ଦେଖାଗଲା ନାହିଁ। କିନ୍ତୁ ଭୀମା କିଛି ରାତି ନୋହିବା ଯାଏ ସେଠାରେ ଅଇଲା ନାହିଁ। ଯଥା ସମୟରେ ବସାକୁ ଆସି ବାପା ଭାଇଙ୍କ ସଙ୍ଗେ ସୁଖରେ ରାତି କଟାଇଲା। ପରଦିନ ପ୍ରାତଃ କାଳରେ ଯାଇ ଶୁଣିଲା ଯେ ରାଜାଙ୍କର ପୀଡ଼ା ବଢ଼ିଅଛି। ରାଜା ବିଜେ କରିବେ ନାହିଁ।

ପୁଣି ଯଥାସମୟ କାଳଯାପନ କରି ଭୀମା ବାପଭାଇଙ୍କଠାକୁ ଫେରିଲା। ପୁନରାୟ 'ଉପରଓଳି' ଯାଇ ପୀଡ଼ା ବୃଦ୍ଧି କଥା ଶୁଣିଲା। ପୁଣି ଯଥା ସମୟରେ ସେ ସ୍ଥାନରୁ ନିଜ ଆଳୟକୁ ଅଇଲା। ତାହାର ଏହିପରି ଯିବା ଆସିବା ଲାଗିଲା। ପ୍ରତିଦିନ ପୀଡ଼ାବୃଦ୍ଧି ସମ୍ବାଦ ପାଇଲା। କେବଳ ତହିଁରେ ସମସ୍ତଙ୍କର ଧ୍ୟାନ ଲାଗିଲା। ପୀଡ଼ା ସଙ୍ଗେ ସଙ୍ଗେ ସମସ୍ତଙ୍କ ଉଦ୍‌ବେଗ, ଉତ୍କଣ୍ଠା, ଭୟ, ଆଶଙ୍କା ପ୍ରଭୃତି ବଢ଼ିବାକୁ ଲାଗିଲା।

ଯେତେବେଳେ ପ୍ରକାଶ ପାଇଲା ଯେ ସଙ୍ଗରେ ଆସିଥିବା ମହଲ ମଧ୍ୟରୁ ଏକା ଜେମା ଆଉ ଦୁଇ ତିନିଗୋଟି ପାଖ ଲୋକଙ୍କ ଛଡ଼ା ଆଉ କାହାରିକି ରାଜା ପାଖ ପୁରାଇ ଦେଉ ନାହାନ୍ତି; ତେତେବେଳେ ଉତ୍କଣ୍ଠା ପ୍ରଭୃତିର ସୀମା ରହିଲା ନାହିଁ।

କେତେ କେତେ ଗୁଣିଆ ବୈଦ୍ୟ ଆସିବାକୁ ଲାଗିଲେ। କେତେ କେତେ ଜ୍ୟୋତିଷେ ଦଶା ସାଧି ବସିଲେ। ଠାକୁରଠାକୁରାଣୀଙ୍କ ଠାରେ ବ୍ରାହ୍ମଣ ବରଣୀ ହୋଇ ଜଳତୁଳସୀ ପାଦୋଦକ ଆସିବାକୁ ଲାଗିଲା। କିନ୍ତୁ କାହାରି କିଛି ଫଳ ଦିଶିଲା ନାହିଁ।

ରାଜାଙ୍କ ପୀଡ଼ାବୃଦ୍ଧି ସଙ୍ଗେ ସଙ୍ଗେ ଉଆସରେ ଭୀମାର ରହଣୀ ମଧ୍ୟ ବଢ଼ିବାକୁ ଲାଗିଲା। କ୍ରମେ କ୍ରମେ ଦିନରାତି ସେହିଠାରେ ରହିବା ଆରମ୍ଭ କଲା। ତଥାପି ମଝିରେ ମଝିରେ ଆସି ବାପଭାଇଙ୍କି ଦେଖିଯିବା ଛାଡ଼ିଲା ନାହିଁ। କିନ୍ତୁ ରାଜାଙ୍କ ଦର୍ଶନ ମିଳଇ ନାହିଁ। ସେଥିପାଇଁ ସେ ବଡ଼ ଉତ୍ସୁକ ଓ ଉତ୍କଣ୍ଠିତ। ମାତ୍ର ତାହା ଛାମୁରେ ଜଣାଇବାକୁ କିମ୍ବା ତାକୁ ଛାମୁକୁ ନେବାକୁ କାହାରି ସାହସ ବଳେ ନାହିଁ। ଏଣେ ଭୀମା ସେଥିରୁ ବିରତି ହୁଏ ନାହିଁ। ଏହିପରି ଦୁଇ ଚାରିଦିନ ଗଲାରୁ ଜଣେ କପାଳ ଉପରେ ନିର୍ଭର କରି ଭୀମାର ପ୍ରାର୍ଥନା ଛାମୁରେ ଜଣାଇଲା। ଭୀମା କପାଳକୁ ହଉ କି ଛାମୁଭାଗ୍ୟକୁ ହେଉ, ଦର୍ଶନ ଲାଭର ଆଜ୍ଞା ଭୀମାକୁ ମିଳିଲା।

ଛାମୁରେ ଭୀମା ଉପସ୍ଥିତ ହେଲା। ରାଜାଙ୍କ ଅବସ୍ଥା ଦେଖି ପିଲାଙ୍କ ପରି କାନ୍ଦିବାକୁ ଆରମ୍ଭ କଲା। ଇଙ୍ଗିତରେ ରାଜା ବାରଣ କାଲେ। କଷ୍ଟ ସୃଷ୍ଟେ ଭୀମା ରୋଦନ ବନ୍ଦ କରି ଅଶ୍ରୁପୂର୍ଣ୍ଣ ଲୋଚନ ଆଉ ଗଦ ଗଦ ବଚନରେ ଜଣାଇଲା ଯେ ତାହାର ଜଣେ ଚିର ପରିଚିତ ବିଶ୍ୱାସୀ ବୁଢ଼ା ନିଶ୍ଚେ ଆରୋଗ୍ୟ କରିପାରିବ ଏବଂ ତାକୁ ଆଣିବାକୁ ସେ ପ୍ରାଥନା କରେ। ତହିଁପାଇଁ ଛାମୁ ଅନୁମତି ଦେଲେ। ଏକ ଦିନ ପରେ ବୁଢ଼ାକୁ ଉପସ୍ଥିତ କରିବି ବୋଲି ଜଣାଇ ଭୀମା ଛାମୁରୁ ମେଲାଣି ଘେନିଲା। ସେ ଦିନ ବା ତାହା ପର ଦିନ ଭୀମାର ଆଉ ଦେଖା ନାହିଁ।

ସେ ଯେ ଜଣେ ବୁଢ଼ାକୁ ଆଣିବାକୁ ଯାଇଅଛି, ତାହା ଉଆସରେ ଅଜଣା ରହିଲା ନାହିଁ। କିନ୍ତୁ ବାହାର ଲୋକଙ୍କ ଆଖି ଗୁଣି, ବୈଦ୍ୟ, ବ୍ରାହ୍ମଣ, ଜ୍ୟୋତିଷଙ୍କ ଉପରେ ରହିଲା। ସେମାନେ ମଧ୍ୟ ଆପଣା ଆପଣା କର୍ତ୍ତବ୍ୟକର୍ମରେ ହେଳା ବା ତ୍ରୁଟି କଲେ ନାହିଁ। ଅଥଚ ପୂର୍ବପରି ରାଜାଙ୍କର ପୀଡ଼ାବୃଦ୍ଧି ହେବାକୁ ଲାଗିଲା। ଏଥିରେ କେହି କେହି ବୁଢ଼ାକୁ ଚାତକପରି ଚାହିଁ ରହିଲେ। କାରଣ ଆତୁରକାଳରେ ଅଜଣା ଉପାୟର ଆଦର ଅଧିକ। ଏଥିରେ ଦୁଇ ରାତି ଦୁଇ ଦିନ ଗୋଟିଏ ଗୋଟିଏ ଯୁଗ ପରି ଜଣାଗଲା।

ବିଦାୟ ହେବାର ତୃତୀୟ ଦିନ ସନ୍ଧ୍ୟାବେଳେ ସାଙ୍ଗରେ ଜଣେ ବୁଢ଼ା ଘେନି ଭୀମା ଦେଖାଦେଲା। କେହି କେହି ଗଗନର ଚାନ୍ଦ ହାତରେ ପାଇଲେ। କିନ୍ତୁ ଅଧିକାଂଶ ବଡ଼ ଲୋକ, ସେମାନଙ୍କ ଆଖିରେ ପଡ଼ିଲା ନାହିଁ। ସେମାନେ ବ୍ରାହ୍ମଣପଣ୍ଡିତଙ୍କ ବ୍ୟବସ୍ଥାରେ ପୂର୍ବପରି ବ୍ୟସ୍ତ ରହିଲେ। ରାଜାଙ୍କ ଅବସ୍ଥା

ବିବେଚନାରେ କେହି ବୁଢ଼ା ବିଷୟରେ ଦ୍ୱିରୁକ୍ତି କଲେ ନାହିଁ। ପ୍ରତିବାଦ ମଧ୍ୟ ଛାମୁରେ ଆସିବା ସମ୍ଭବ ନୁହେଁ, ପୁଣି ରାଜାଙ୍କର ଏପରି ଅବସ୍ଥାରେ ସୁଦ୍ଧା ଭୀମା ଛାମୁରୁ ଅନୁମତି ପାଇ ଅଛି। ସୁତରାଂ ଉଆସରେ ପହୁଞ୍ଚିବା ମାତ୍ରେ ବୁଢ଼ାକୁ ଘେନି ଭୀମା ଛାମୁରେ ଉପସ୍ଥିତ ହେଲା।

ସମସ୍ତେ ନୀରବ, କିନ୍ତୁ ବୁଢ଼ାର ଦୃଷ୍ଟି ରାଜାଙ୍କ ଉପରେ।

ଏହିପରି କିଛିକ୍ଷଣ ଗଲାରୁ ଛାମୁଙ୍କ କପାଳରେ ଗୋଟିଏ ଲେପ ଦେବାକୁ ବୁଢ଼ା ଅନୁମତି ପ୍ରାଥନା କଲା। ଅବିଳମ୍ବେ ତାହା ମିଳିଲା। ବୁଢ଼ା ଲେପ ପ୍ରସ୍ତୁତି କରି ଛାମୁଙ୍କ କପୋଳଦେଶରେ ଦେଇ ଠିଆ ହେଲା। ଭୀମା ମଧ୍ୟ କିଛି ନ କହି ନ କରି ଠିଆ ହୋଇ ରହିଲା। ଦୁହେଁ ଏହିପରି କେତେକାଳ ରହିଲେ। କାହାରି ମୁହଁରେ କିଛି କଥା ନାହିଁ କି କାହାରି କିଛି ହଲଚଲ ନାହିଁ। ସମସ୍ତେ କାଷ୍ଠ ପିତୁଳି ପରି ଦଣ୍ଡାୟମାନ। ସମସ୍ତଙ୍କ ମନକଥା ଆପଣା ଆପଣା ମନରେ। ଏହି ନୀରବ ନିସ୍ତବ୍ଧ ଅବସ୍ଥାରେ କିଛି ଉପଶମ ବୋଧ ହେଉଛି ବୋଲି ଛାମୁଶ୍ରୀମୁଖରୁ ଶୁଣା ଗଲା। ଏହା ଚାତକରୁ ଗ୍ରୀଷ୍ମ କାଳର ଜଳଦ-ନିନାଦି ପରି ପାଖ ଲୋକଙ୍କୁ ଜଣାଗଲା। କିନ୍ତୁ କାହାରି ପାଟି ଫିଟିଲା ନାହିଁ। ରାଜା ମଧ୍ୟ ଆଉ ବାକ୍ୟବ୍ୟୟ ନ କରି ବସିବାପାଇଁ ଭୀମା ଆଉ ବୁଢ଼ାକୁ ଇଙ୍ଗିତରେ ଆଜ୍ଞା ଦେଲେ ଏବଂ ସେମାନଙ୍କ ପ୍ରତି ସତର୍କ ରହିବା ପାଇଁ ଭାବ ଭଙ୍ଗୀରେ ନିଜ ଲୋକଙ୍କୁ ଜଣାଇଲେ। ତଥାପି ସମସ୍ତେ ନୀରବ ରହିଲେ। କ୍ରମେ କ୍ରମେ ନିଦ୍ରାବେଶର ଲକ୍ଷଣମାନ ରାଜାଙ୍କ ଠାରେ ପ୍ରକାଶ ପାଇଲା। ପୁଣି ଅଚିରେ ରାଜା ଗାଢ଼ ନିଦ୍ରାରେ ଅଭିଭୂତ ବୋଲି ଜାଣିବାକୁ ବାକି ରହିଲା ନାହିଁ।

ପୀଡ଼ା ଆରମ୍ଭରୁ ନିଦ ସଙ୍ଗେ ରାଜାଙ୍କର ଭେଟ ନ ଥିଲା। ତାହା ପାଇ ରାଜା କି ଅନୁଭବ କଲେ ତାହା ସେ ଜାଣନ୍ତି। ସେ ଚୈତନ୍ୟ ଶୂନ୍ୟ। କିନ୍ତୁ ଆଉମାନଙ୍କର ଆନନ୍ଦ ସୀମା ନାହିଁ। ଏହି ଆନନ୍ଦସ୍ରୋତରେ ପଡ଼ି ଆପାଣା ପାଇଁ ନିଦ ଲୋଡ଼ୁ ନାହିଁ। ନିଜ ନିଜର ନିଦ ଦେଇ ରାଜାଙ୍କୁ ସୁଖୀ କରିବାକୁ ସବୁରି ଇଚ୍ଛା। କିନ୍ତୁ କାହାରି କୌଣସି ଇଚ୍ଛା କଥାଭାଷା ବା ଭାବଭଙ୍ଗୀରେ ପ୍ରକାଶ ପାଉନାହିଁ। ଅଥଚ ରାଜାଙ୍କ ଅଙ୍ଗ ପ୍ରତ୍ୟଙ୍ଗରେ ସବୁରି ଆଖି ଲାଗି ରହିଅଛି। ସମସ୍ତେ ଜାଗ୍ରତ ଥାଇ ନିଦ୍ରିତ ପରି ଉପସ୍ଥିତ। ଏହି ଭାବ ଭିତରେ ବାହାରେ ଚାରିଆଡ଼େ କାହାରି ଯିବା ଆସିବା ନାହିଁ।

କେବଳ ପୂର୍ବୋକ୍ତ ପ୍ରିୟତମ ଜେମା ବାରମ୍ବାର ଯିବା ଆସିବା କରୁଛନ୍ତି। ବୁଢ଼ାକୁ ଘେନି ଭୀମା ଆସିଲାବେଳୁ ଛାମୁଙ୍କର ନିଦା ହେବାଯାଏ ଆସିନଥିଲେ। ଏଥିରେ କିଛି ସମୟ ଯାଇଥିଲା। ତାଙ୍କର ଉତ୍କଣ୍ଠାର ସୀମା ନଥିଲା। ଏଠି ମଧ୍ୟରେ

କେତେ ଥର ଆସି ଅଲକ୍ଷିତ ଭାବରେ କକ୍ଷ ବାହାରୁ ପିତାଙ୍କୁ ଦେଖି ଯାଇଥିଲେ। ମନର ଏହିପରି ଅବସ୍ଥାରେ ନିଦ୍ରାଗମର ସମ୍ବାଦ ମିଳିଲା। ତାଙ୍କ ମନରେ ଆନନ୍ଦ ସଙ୍ଗେ ଆଶଙ୍କା ମିଶିଲା। ପୂର୍ବପରି ଆଉ ବାହାରେ ରହିବା କ୍ରମେ କ୍ରମେ ଅସହ୍ୟ ହେଲା। ପିତାଙ୍କ ଚିନ୍ତାସ୍ରୋତରେ କୁଳଶୀଳ କଥା କେଣେ ଭାସିଗଲା। ସେ ଆଉ ସମ୍ଭାଳି ପାରିଲେ ନାହିଁ। ବୁଢ଼ା ପ୍ରଭୃତି ଅଛନ୍ତି ବୋଲି ମାନେ ପକାଇଲେ ନାହିଁ। ଲାଜଭୟକୁ ତଡ଼ି ଦେଇ କକ୍ଷ ପ୍ରବେଶ କଲେ। ସେ ବର୍ତ୍ତମାନ ବନ୍ଧହଣା ପାଣି ପରି। ତଥାପି ପିତାଙ୍କ ମାୟାମମତାରେ ହସ୍ତପଦ ବନ୍ଧ। ପିତାଙ୍କ ନିଦ୍ରାର ବ୍ୟାଘାତଭୟରେ ଅତି ସାବଧାନ; ରଣଝଣଭୟରେ କୌଣସି କୌଣସି ଅଳଙ୍କାର ଓହ୍ଲାଇ ସାରିଲେଣି। ଯିବା ଆସିବା ପିମ୍ପୁଡ଼ିକି ଅଗୋଚର ଭଳି। କେବଳ ପଦଦ୍ୱୟ ସଞ୍ଚାଳିତ। ପିତାଙ୍କ ନିକଟରେ ରହୁନାହାନ୍ତି ଅଥଚ ଅଧିକ କ୍ଷଣ ଅନ୍ତର ହୋଇ ପାରୁନାହାନ୍ତି। ଏଥିରେ ତାଙ୍କର ସୁଖ କି ଦୁଃଖ ସେ ଜାଣନ୍ତି। କିନ୍ତୁ ପିତାଙ୍କ ଶୋଗସୁଆଗର ପ୍ରବଳ ବେଗ ସ୍ପଷ୍ଟ ପ୍ରକାଶ ପାଉଅଛି। ସେ ଯୁବତୀ; ଅବିବାହିତା, ଅନ୍ତଃପୁରବାସିନୀ। ପିତାଭ୍ରାତାଙ୍କ ବ୍ୟତୀତ ଅନ୍ୟ ପୁରୁଷ ଜାଣନ୍ତି ନାହିଁ। ସେମାନଙ୍କ ମାୟାମମତା ଭିନ୍ନ ଅନ୍ୟ କାହାର ପ୍ରତି ଅନ୍ୟ ଭାବ ସ୍ପର୍ଶ କରିନାହିଁ। ପୁଣି ବର୍ତ୍ତମାନ ପିତାଙ୍କର ପ୍ରିୟତମା ବୋଲି କାହାରି ଦ୍ୱିଧା ନାହିଁ।

ଅନ୍ୱେଷଣରେ ଉତ୍କଣ୍ଠା ଉଦ୍‌ବେଗ ଉତ୍ତାରୁ ପିତାଙ୍କର ନିଦ୍ରା ବେଶି ଦେଖି ଜେମାଙ୍କ ମନ ଯାହା ହୋଇଥିଲା ତାହା ସେ ଜାଣନ୍ତି; ପ୍ରାଣୋପମ ପିତାଙ୍କ ଶାନ୍ତିଲାଭରେ ଯେ ତାଙ୍କର କି ଶାନ୍ତି ଲାଭ ହୋଇଥିଲା, ତାହା ତାଙ୍କ ବିନା ଅନ୍ୟ କେହି ଜାଣି ନ ପାରେ। ଯେତେବେଳେ ଆଶଙ୍କାର କୌଣସି କାରଣ ନାହିଁ ବୋଲି ବିଶ୍ୱାସ ହେଲା ତେତେବେଳେ ହୃଦୟ ଆଉ ମନ ଉପକାରୀ ଆଡ଼କୁ ମୁହଁ ଫେରାଇଲା।

ସେହି ଉପକାରୀ ଭୀମା ବୋଲି ଜେମାଙ୍କୁ ପୂର୍ବରୁ ଜଣାଥିଲା। ସେ ମଧ୍ୟ ତାକୁ ଆଗରୁ ଚିହ୍ନିଥିଲେ। ବର୍ତ୍ତମାନ ପାଟି ହଲାଇବାର ସମୟ ନୁହେଁ। କେବଳ ଦୃଷ୍ଟିରେ ହୃଦୟର କୃତଜ୍ଞତା ଦେଖାଇବାକୁ ଜେମା ଭୀମା ମୁହଁକୁ ଚାହିଁଲେ। ପୁଣି ପିତାଙ୍କ ମୁଖାବଲୋକନ କଲେ। ଥରକେତେ ଏହିପରି କରି ଚାଲିଗଲେ। ପୁନରାୟ ଯେତେବେଳେ ଅଇଲେ, ତେତେବେଳେ ପିତାଙ୍କୁ ଦେଖି ଭୀମାପ୍ରତି ମଧ୍ୟ ପୂର୍ବପରି ଦୃଷ୍ଟିପାତ କଲେ। ଜେମାଙ୍କ ଆଖିକି ନିଦ ନାହିଁ। ସେ ବାରମ୍ବାର ଆସୁଛନ୍ତି, ବାରମ୍ବାର ଭୀମାକୁ ଦେଖୁଛନ୍ତି, ଯାଉଛନ୍ତି। ପିତାଙ୍କର ଗାଢ଼ ନିଦା ଯେତେ ଦୀର୍ଘ କାଳ ସ୍ଥାୟୀ

ହେଉଛି, ଜେମାଙ୍କ ମନ ତେତେ ପ୍ରଫୁଲ୍ଲ ହେଉଛି ଏବଂ ତାଙ୍କ ନୟନକୁ ତେତିକି ଭୀମା ଆଡ଼କୁ ନେଉଅଛି। ପିତାଙ୍କ ଶାନ୍ତି ସଙ୍ଗେ ଭୀମା ନାମ ପ୍ରଥମେ ଆସିଥିଲା।

କ୍ରମେ କ୍ରମେ ତାହାର ଆଉ ଆଉ କଥା ମାନେ ପଡ଼ିବାକୁ ଲାଗିଲା। ପିତାଙ୍କ ଚିନ୍ତା ଯେପରି ଅପସୃତ ହେବାକୁ ଲାଗିଲା, ଭୀମା କଥା ସେହିପରି ଧୀରେ ଧୀରେ ରୂପ ଆଡ଼କୁ ମନ ଗଲା। ପୁଣି ଆଖିକି ମଧ୍ୟ ତେଣିକି ଟାଣିଲା। ସେଥିରେ କିଛି ବାଦାବିଘ୍ନ ନ ଥିଲା। ଆଲୋକର ଯେପରି ବ୍ୟବସ୍ଥା ଥିଲା, ଭୀମାର ରୂପକାନ୍ତ ସ୍ପଷ୍ଟ ଦେଖାଯାଉଥିଲା।

ସେ ଦେଖାଇ ହେବାକୁ ସେପରି ସ୍ଥାନରେ ବସ ନାହିଁ। ରାଜାଙ୍କ ଇଙ୍ଗିତ ଅନୁସାରେ ସେ ଯେଉଁଠାରେ ବସି ଯାଇଥିଲା ସେହିଠାରେ ବସିଛି। ସୂତାଏ ଏଣିକି ତେଣିକି ହୋଇ ନାହିଁ। ରାଜାଙ୍କ ସୁନିଦ୍ରା ପାଇଁ ଯେପରି ଭାବରେ ପ୍ରଦୀପ ରଖା ହୋଇଥିଲା ତହିଁରେ ଭୀମାଦେହରେ ଆଲୁଅ ବୋଳି ହୋଇ ଯାଇଛି।

ଭୀମା କୃଷ୍ଣବର୍ଣ୍ଣ, କିନ୍ତୁ ବିଶାଳବକ୍ଷ, ବୃକ୍ଷସ୍କନ୍ଧ ପ୍ରଭୃତି ଯୌବନ ସୁଲଭ ମାଧୁରୀଲହରୀରେ ପରିପୂର୍ଣ୍ଣ। ଶତ୍ରୁ ହେଲେ ବି ତାହାର ଛନଛନିଆ ଅବୟବକୁ ନ ଅନାଇ ଯାଇ ପାରେ ନାହିଁ। ଆଲୋକ ସାହାଯ୍ୟରେ ତାହାର ରୂପକାନ୍ତ ଜେମାଙ୍କ ଆଖିରେ ଲାଗିଲା। ସେଠାରୁ ଧୀରେ ଧୀରେ ଯାଇ ମାନସପଟ ସମ୍ମୁଖରେ ଦେଖାଦେଲା। କ୍ରମେ କ୍ରମେ ସେ ପଟରେ ଛାୟା ପଡ଼ିଲା। ସେ ଛାୟା ପ୍ରତିମୂର୍ତ୍ତି ପାଖେ ଅପରିସ୍ଫୁଟ ଭାବେ ରହିଲା। ହୃଦୟକୁ ସ୍ପର୍ଶ କରି ପାରିଲା ନାହିଁ। ତଥାପି ପ୍ରତିଥର ଭୀମାକୁ ନ ଚାହିଁ ଜେମା ବାହାରକୁ ଗଲେ ନାହିଁ।

ଜେମାଙ୍କ ମନ କଥା ପ୍ରକାଶ ହେଲାନାହିଁ। ସେହିପରି ଭୀମାର ମଧ୍ୟ ଭିତର କଥା ବାହାରିଲା ନାହିଁ, କିନ୍ତୁ ତାହର ମାନସିକ ଅବସ୍ଥା ଜେମାଙ୍କ ପରି ନୁହେଁ। ବୁଢ଼ା ନିଶ୍ଚେ ଆରୋଗ୍ୟ କରିବ ବୋଲି ତାହାର ଯେ ବିଶ୍ୱାସ ଥିଲା ରାଜାଙ୍କର ନିଦ୍ରା ଦେଖି ତାହାର ସେ ବିଶ୍ୱାସ ଦୃଢ଼ତର ହେଲାଣି। ସେ ଏବେ ପୁରା ନିଦକ, ନିର୍ଭୟ। ତାହାର ମନ ପ୍ରଫୁଲ୍ଲ, ଆଖିରେ ନିଦ ନାହିଁ। ଜେମାଙ୍କ ଯିବା ଆସିବାରେ ନିଦ ପାଖେ ପଶି ପାରୁ ନାହିଁ। କିମ୍ବା ସବୁରି ନିଦ ଯାଇ ରାଜାଙ୍କଠାରେ ଠୁଳ।

ସୁତରାଂ ଜେମାଙ୍କୁ ଦେଖି ତାହା ମନରେ ଯୌବନସୁଲଭ ଭାବତରଙ୍ଗ ଅବାଧେ ଲୀଳା ଖେଳା ରଚିଲା। ସ୍ମୃତି ଜାଗରିତ ହେଲା ପୂର୍ବ କଥାସବୁ ମାନେ ପଡ଼ିଲା। କ୍ରମେ କ୍ରମେ ଚିନାମାଳୀ ଆସି ଦେଖା ଦେଲା। ପ୍ରଥମେ ଛାୟା ପଡ଼ିଲା। ସେ ଛାୟା ପୂର୍ଣ୍ଣବିନାଶ ହୋଇ ରୂପାଯୌବନ ପରିସ୍ଫୁଟ କଲା। ଚିନମାଳୀର ପ୍ରତିମୂର୍ତ୍ତି

କ୍ରମେ କ୍ରମେ ହୃଦୟ ମନରେ ପୁରିଗଲା। କିନ୍ତୁ ବାରମ୍ବାର ଜେମାଙ୍କ ରୂପଲାବଣ୍ୟ ପଟନୟନ ଆଣି ହୃଦୟ ଆଉ ମାନସ ଉଭୟଙ୍କ ସମ୍ମୁଖସ୍ଥ କଲା। ଚନ୍ଦ୍ର ଯେତେ ଯେତେ ଉପରକୁ ଉଠନ୍ତି ଖଦ୍ୟୋତର ପ୍ରଭା ତେତେ ତେତେ ହ୍ରାସ ହେଲା ପରି ଜେମାଙ୍କ ରୂପଲାବଣ୍ୟସମୀପରେ ଚିନାମାଳୀ କ୍ରମେ କ୍ରମେ ନିଷ୍ପ୍ରଭ ହେବାକୁ ଲାଗିଲା। ନିଷ୍ପ୍ରଭ ହେଉ ହେଉ ଧୀରେ ଧୀରେ ଉଭାଇ ଗଲା। ଜେମାଙ୍କର ପ୍ରତିମୂର୍ତ୍ତି ତାହାର ସ୍ଥାନ ଅଧିକାର କଲା। ଭାବାନ୍ତର ଉପସ୍ଥିତ ହେଲା। ଚୀନା ମାଳୀ ପ୍ରତି ତାଚ୍ଛଲ୍ୟ ଜନ୍ମିଲା। ସେ ସୁଦୂରେ ବିକ୍ଷିପ୍ତା ହେଲା। ମନ ଆଉ ତେଣିକି ଗଲା ନାହିଁ। ଏଣେ ବାରମ୍ବାର ଦର୍ଶନରେ ଜେମାଙ୍କ ପ୍ରତିମୂର୍ତ୍ତି ଘସି ମାଜି ହେଲା। କ୍ରମେ କ୍ରମେ ରସାଣିତ ହୋଇ ଦାଉ ଦାଉ ହେବାକୁ ଲାଗିଲା। ମନ ହୃଦୟରେ ଖୋଦିତ ହୋଇ ମିନ୍‌ହାକାମ ପରି ଜଡ଼ିଗଲା। କେବେ ଛାଡ଼ିଲା ପରି ବୋଧ ହେଲା ନାହିଁ। ଏଥିରେ ନୀଚ ଉଚ୍ଚ, ଉଚ୍ଚ ନୀଚ, ସାନବଡ଼, ବଡ଼ ସାନ ହେଲା। ନିଜ ସୁଖ ପାଇଁ ଆଖି ଜେମାଙ୍କୁ ଦେଖୁଥିଲା। ଦେଖୁ ଦେଖୁ ତାଙ୍କ ମୂର୍ତ୍ତି ମନ ଆଉ ହୃଦୟ କତିରେ ଉପସ୍ଥିତ କରାଇଲା। ସେ ଦୁହେଁ ବଶୀଭୂତ ହେଲାରୁ ବିପର୍ଯ୍ୟୟ ଉପସ୍ଥିତ ହେଲା। ଆଖି ସହଚରୀ ନରହି ପରିଚାରି ହେଲା। ନିଜ ସୁଖ ନ ଲୋଡ଼ି ହୃଦୟ ମନର ତୃପ୍ତି ପାଇଁ ଜେମାଙ୍କ ଜୀବ ଆସିବା ଟାକି ରହିଲା; ଜେମାଙ୍କ ଅନୁପସ୍ଥିତିରେ ହୃଦୟ ମନର ସହିତ ସମବେଦନା ଭୋଗକଲା। କିନ୍ତୁ ଅନ୍ୟ ଇନ୍ଦ୍ରପୂରଣ ଚକ୍ଷୁର ପକ୍ଷ ନେଲେ ନାହିଁ। ସୁତରାଂ ଭୀମା ଯେପରି ବସିଥିଲା ସେହିପରି ବସି ରହିଲା। କେବଳ ଚକ୍ଷୁ ଜେମାଙ୍କ ଅନୁସରଣରେ ରହିଲା।

ଉପରୋକ୍ତ ଅବସ୍ଥାରେ ଭୀମା ଓ ଜେମାଙ୍କ ମନ ସେ ଦୁହିଙ୍କି ଜଣା। ତେଣିକି ବି ଦୃଷ୍ଟି ଦେବାକୁ ଲୋକ ନାହିଁ। ରାଜା ଗାଢ଼ ନିଦ୍ରାଭିଭୂତ। ଯେଉଁ ଦୁଇ ଜଣ ଚାରିଜଣ ଭିତିରିଆ ଅଛନ୍ତି ସେମାନଙ୍କ ପ୍ରଭୁଭକ୍ତି, ରାଜଭୟ ପ୍ରଭୃତି ନିଦ୍ରାଦେବୀଙ୍କି ତଡ଼ିଦେଇ ପାରି ନାହାନ୍ତି। କେହି ଢଳି ପଡ଼ିଲା ବେଳେ, କେହି ବା ମୁଣ୍ଡ ଭୁଇଁରେ ପିଟି ହୋଇଗଲା ବେଳେ କ୍ଷଣକ ପାଇଁ ଆଖି ଫିଟାଉଛି। ବହୁ ଦିନ ପରେ ମିଳିଥିବାରୁ ନିଦକୁ ଅମୂଲ୍ୟ ଧନ ମଣି ସମସ୍ତେ ଆଖି ଫିଟିବା ସଙ୍ଗେ ସଙ୍ଗେ ଆଖି ବୁଜି ଦେଉଛନ୍ତି।

ଏଥିରେ ଜେମା ମଧ୍ୟ କାହାରିକି କିଛି କହୁନାହାନ୍ତି। ସେ ଆପଣା କାମରେ ଲାଗିଛନ୍ତି। ତେଣେ ମଧ୍ୟ ରଜନୀ ଦେବୀ ଆପଣା ପଥ ଅନୁସରଣ କରି ଯଥା ସମୟେ ଅନ୍ତର ହେଲେ। ପୂର୍ବ ଦିଗରେ ଉଷାଦେବୀ ଦେଖା ଦେଲେ। ସ୍ୱାଭାବିକ ପରି ରାଜାଙ୍କର ନିଦ୍ରା ଭଙ୍ଗ ହେଲା। ଗତ ପୀଡ଼ା ସ୍ୱପ୍ନପରି ଜଣାଗଲା। କୌଣସି ଯନ୍ତ୍ରଣା

ନାହିଁ, କିନ୍ତୁ ସେ ନିତାନ୍ତ ଦୁର୍ବଳ। ଉଠିବାର ଶକ୍ତି ନାହିଁ। ତଥାପି ମନ ପ୍ରଫୁଲ୍ଲ। ପରିଜନେ ଯଥା ବିଧି ନୀତି ବଢ଼ାଇଲେ। ଯେତେବେଳେ ସନ୍ତୋଷ ପ୍ରକାଶ ସହକାରେ ଭୀମା ଆଉ ବୁଢ଼ାଙ୍କର ପ୍ରଶଂସା କରି ରାଜା ବର୍ତ୍ତମାନର ଅବସ୍ଥା ଓ ବ୍ୟବସ୍ଥା ପଚାରିଲେ; ତେତେବେଳେ ବୁଢ଼ା କହିଲା ଯେ ପୀଡ଼ାର କେବଳ ଉପଶମ ହୋଇଅଛି, ପୂର୍ଣ୍ଣ ଆରୋଗ୍ୟ ଆସିନାହିଁ। ଛାମୁରୁ ଆଜ୍ଞା ହେଲେ ସେ ତଦନୁସାରେ କାର୍ଯ୍ୟାନୁବର୍ତ୍ତୀ ହେବ। ଅନୁମତି ପ୍ରଦାନ କରି ଉଆସ ଭିତରେ ଭୀମା ଓ ବୁଢ଼ାକୁ ରଖିବାକୁ ରାଜା ଆଜ୍ଞା ଦେଲେ। ତାହା ସଙ୍ଗେ ସଙ୍ଗେ ବୁଢ଼ାର ବାହାରକୁ ଯିବା ଏକବାରେ ନିଷେଧ ହେଲା। ଭୀମା ଭିନ୍ନ ଅନୁମତି ପାଇଲା। ତଥାପି ଉଭୟଙ୍କ ପ୍ରତି ବିଶେଷ ସତର୍କ ରହିବା ପାଇଁ ରାଜାଜ୍ଞା ହେଲା।

ଏହି ଅନୁସାରେ କାର୍ଯ୍ୟ ଚାଲିଲା। ବୁଢ଼ା ଚିକିତ୍ସାରେ ରାଜା କ୍ରମେ କ୍ରମେ ଆରୋଗ୍ୟ ଓ ବଳ ଲାଭ କରିବାକୁ ଲାଗିଲେ। ସେହି ପରିମାଣରେ ଆନନ୍ଦ ମଧ୍ୟ ବଢ଼ିବାକୁ ଲାଗିଲା। କିନ୍ତୁ ଭୀମା ସେଥିରୁ ବାହାର। ସେ ଯେତେବେଳେ ଭାଇକତିକି ଯାଏ ତେତେବେଳେ ଘରକଥା, ବନ୍ଧୁ ବାନ୍ଧବ କଥା,ଏକଥା ସେକଥାର ପ୍ରସଙ୍ଗ ପଡ଼େ। ତହିଁ ସଙ୍ଗେ ସଙ୍ଗେ ଚିନାମାଳୀ ଆସି ଭୀମାର ସ୍ମୃତିପଥାରୂଢ଼ ହୁଏ। କିନ୍ତୁ ହୃଦୟ ମନରେ ସ୍ଥାନ ପାଏ ନାହିଁ। କାରଣ ଜେମାଙ୍କ ରୂପ ଲାବଣ୍ୟ ଭୀମାର ହୃଦୟ ଆଉ ମନ ଉଭୟ ଆଗରେ ନାଚୁଛି। ଉଆସରେ ନିତି ନିତି ତାଙ୍କୁ ତାହା ଆଖି ଦେଖୁଛି। ବାହାରେ ଥିଲାବେଳେ ତାଙ୍କରି ରୂପ ସବୁବେଳେ ମନେ ପଡୁଛି ସୁତରାଂ ଯେତେବେଳେ ଚିନାମାଳୀ ମାନେ ପଡ଼ିଲା ତେତେବେଳେ କେବଳ ଭାଉଜ ଭାବରେ ଦେଖାଗଲା। ଅନ୍ୟ ଭାବରେ ଜେମା ସବୁବେଳେ ନୟନ,ମନ,ହୃଦୟ ଅଧିକାର କରିଥିଲେ ବି ଭୀମା ବୁଝିପାରୁଛି ଯେ ସେ ବାମନ,ଜେମା,ଗଗନର ଚାନ୍ଦ। ଏଥିପାଇଁ ମନ ଫେରେଇବାକୁ ଚେଷ୍ଟା କରୁଛି। ଆପଣାକୁ ଧିକକାର କରୁଛି। ତଥାପି କେତେବେଳେ କେତେବେଳେ ଆଶାର ବୈତରଣୀସ୍ରୋତରେ ଭାସି ଯାଉଛି। ଅଥଚ ଭୀମା କାହାରି ଠାରେ କିଛି ପ୍ରକାଶ କରୁନାହିଁ କିମ୍ବା ତାହା ନୀତିଗତିରୁ କେହି କିଛି ଜାଣି ପାରୁନାହାନ୍ତି।

ଭୀମାଚାଲିଚଳନ ପ୍ରଭୃତି ପ୍ରତି ଉଆସର ସବୁ ଲୋକେ ଦୃଷ୍ଟି ରଖିଥିଲେ କି ନାହିଁ ତାହା ସେମାନେ ଜାଣନ୍ତି। କିନ୍ତୁ ଜେମା ଜାଣନ୍ତି ଯେ ଭୀମା ବୁଢ଼ାକୁ ଆଣି ପ୍ରଣୋପମ ପିତାଙ୍କୁ ଆରୋଗ୍ୟ ଦେଇଅଛି। ନାନା କଷ୍ଟ ଯନ୍ତ୍ରଣା ପ୍ରଭୃତି ଦୂର କରିଅଛି। ସମସ୍ତଙ୍କ ମନ ପ୍ରଫୁଲ୍ଲ କରାଇଅଛି। ଏଥିପାଇଁ ଭୀମା ଆଡ଼କୁ ଜେମାଙ୍କର ମନ ସହଜେ ବା ସ୍ୱଭାବତଃ ଢଳିବାର କଥା। ପୁଣି ରାତ୍ରରେ ବାରମ୍ବାର ଦେଖି ଦେଖି

ତାହାର ପ୍ରତିମୂର୍ତ୍ତି ଜେମାଙ୍କ ମନ ଆଉ ହୃଦୟପଟରେ ଅଙ୍କିତ ହୋଇଅଛି। ତାହା ଉତ୍ତାରୁ ପ୍ରତିଦିନ ପରସ୍ପରରେ ଦେଖା ଚାହାଁ ହେଉଅଛି। ଯଥା ବିଳମ୍ବ ନେତ୍ରପଥରେ ରଖିବାକୁ ପରସ୍ପରର ଚେଷ୍ଟା ଥିଲା କି ନା ସେ ଦୁହେଁ ଜାଣନ୍ତି। କିନ୍ତୁ ତାହା ସନ୍ଦେହ କରିବାର କାରଣ କାହାରି ଆଖିରେ ପଡୁନାହିଁ। ଅଥଚ ଗିରିରାଜ ସୁତା ବିଶୁଦ୍ଧତୋୟା ଲବଣସମୁଦ୍ରକୁ, ସୁକୋମଳ ମାଧବୀ ଲତା କଣ୍ଟକପୂର୍ଣ୍ଣ ବିଶାଳ ଶାଲ୍ମଳୀତରକୁ ଲୋଡ଼ିଲା ପରି ଭୀମା ସଙ୍ଗେ ଚିତ୍ରାଚନ୍ଦ୍ର, ଗଙ୍ଗାଯମୁନା, ହରଗଉରୀଙ୍କ ପରି ମିଶିବାକୁ ଜେମାଙ୍କର ମନ ବଳିଲା। କିନ୍ତୁ କାହାରି ମନକଥା କେହି ଜାଣନ୍ତି ନାହିଁ। ଦୁହିଙ୍କର କଥାବାର୍ତ୍ତା ନାହିଁ। ତାହା ଅଭାବରେ ପ୍ରେମସ୍ରୋତ ପ୍ରବାହିତ ନୋହୁଥିଲେ ଯେ ଯେତେ ବାଚାଳ, ସେ ତେତେ ପ୍ରେମିକ ହେଉ ଥାଆନ୍ତା। ମୂକ ନରନାରୀଏ ପ୍ରେମ ଜାଣୁ ନଥାନ୍ତେ। ସେ ଯାହା ହେଉ, ଭୀମା ଓ ଜେମାଙ୍କର ପ୍ରେମସ୍ରୋତ କ୍ରମେ ବଳବତ୍ ହେବାକୁ ଲାଗିଲା। ତଥାପି ଗିରିନଦୀ ପରି ବଢ଼ି ଆସି ଦୁଇ କୁଳ ମାଡ଼ି ଯାଉ ନାହିଁ।

ଜେମାଭୀମାଙ୍କର ପ୍ରେମସଙ୍ଗେ ସଙ୍ଗେ ରାଜାଙ୍କର ସ୍ୱାସ୍ଥ୍ୟ, ବଳବୀର୍ଯ୍ୟ, ରୂପକାନ୍ତି ବଢ଼ିବାକୁ ଲାଗିଲା। ବୁଢ଼ାବ୍ୟବସ୍ଥାରେ ରାଜା ଅଚିରେ ପୂର୍ବପରି ହୋଇଗଲେ। ବୁଢ଼ା ମଧ୍ୟ ପ୍ରକାଶ କଲା ଯେ ଆଉ ଚିକିତ୍ସାର ପ୍ରୟୋଜନ ନାହିଁ। କିନ୍ତୁ ରାଜାଙ୍କର ଆଶଙ୍କା ସଂପୂର୍ଣ୍ଣ ଦୂର ହୋଇ ନାହିଁ। କିଛି ଦିନ ଉତ୍ତାରେ ବୁଢ଼ାକୁ ପୁରସ୍କାର ଦେବାକୁ କହି ତାକୁ ଭୀମାବସାରେ ରଖିବାକୁ ରାଜା ଆଜ୍ଞା ଦେଲେ। ଏଥିରେ ଭୀମା ନଅରରୁ ଅନ୍ତର ହେଲା। ତାହାର ତେଣିକି ଯିବା ଆସିବା ବନ୍ଦ ହେଲା। ଜେମା ଭୀମାଦୃଷ୍ଟିରୁ ଅଗୋଚର ହେଲେ। କିନ୍ତୁ ପ୍ରତିଦିନ ଦୁଇବେଳା ଛାମୁକୁ ଅଇଲାବେଳେ ଜେମା ଭୀମାକୁ ଦେଖୁଥିଲେ କି ନା ସେ ଜାଣନ୍ତି। ଆଖି ନ ଦେଖିଲେ ବି ଜେମା ଭୀମାକୁ ଆଉ ହୃଦୟରୁ ଗଲେ ନାହିଁ। ସେ କେତେ କଥାରେ ମନ ଦେଲା, କିନ୍ତୁ ମନ କିଛି ଛୁଇଁଲା ନାହିଁ। ପୁଣି ସେ ଜେମାଙ୍କ ମନ କଥା ଜାଣେ ନାହିଁ। ସେ କ୍ରମେ କ୍ରମେ ବୁଝିଲା ଯେ ନିଜେ ସୁଖ ପାଇବା ବଦଳରେ ଜେମାଙ୍କ ସୁଖ ପାଇବା ଖୋଜିଲେ ତାହା ଗୋରୁଗାଇ ବଦଳାଇଲା ପରି ହେଲା। ତହିଁରେ ଆଉ ଦାନୀପଣିଆ ରହିଲା ନାହିଁ। ସୁତରାଂ ଜେମା ତାକୁ ସୁଖ ପାଆନ୍ତୁ ବା ନ ପାଆନ୍ତୁ ତାଙ୍କୁ ସୁଖ ପାଇବାରେ ସୁଖ ଅଛି। କେବଳ ଏଇଥିପାଇଁ ଜେମାଙ୍କୁ ମନ ଆଉ ହୃଦୟରେ ଯତ୍ନରେ ରଖିଲା ସେ ଯେ ଭ୍ରମର ଓ ଜେମା ଯେ କୁସୁମ, ସେ ଭାବ ମନରେ ସ୍ଥାନ ଦେଲାନାହିଁ, କିନ୍ତୁ ଦେଖା ଯାଉଛି ଯେ ଭ୍ରମର ଆଉ ସୁମନଙ୍କର ଭେଟାଭେଟି ହୋଇଛି। ପୁଣି ସୁମନ କଣ୍ଟକ ଦୁର୍ଗପରିବେଷ୍ଟିତ; ଦେଖିବାକୁ ରହିଲା ସୁମନ କମଳ କି କେତକୀ ?

ଅଷ୍ଟମ ପରିଚ୍ଛଦ

ରାଜା ଦଣ୍ଡଧାରୀ ବୋଲି ଅଭିହିତ। ଏହାର ଅର୍ଥ ବାଂଶଦଣ୍ଡ କି ସ୍ୱର୍ଣ୍ଣରୋପ୍ୟଦଣ୍ଡ, ହସ୍ତରେ ଘେନିବା ହେଉ କି ଅନ୍ୟ କିଛି ହେଉ, ରାଜା ହରିଚନ୍ଦନ ମର୍ଦ୍ଦରାଜ ବୁଝିଥିଲେ ଯେ ତାଙ୍କଠାରେ ଦଣ୍ଡ ଦେବାର ଭାର; ବ୍ୟବସ୍ଥାବିଧାନଭାର ଅନ୍ୟଙ୍କ ଠାରେ। ଏହା ବୋଲି ଯେ ସେ ରାଜ୍ୟର ଦଶ ପାଞ୍ଚ ଜଣ ମୁଖିଆ ମୁଖିଆ ଲୋକ ନେଇ ବିଧିବିଧାନ କରୁଥିଲେ କିମ୍ବା ମୁଖିଆ ବଛାବଛିର ବ୍ୟବସ୍ଥା କରୁଥିଲେ ତାହା ନୁହେଁ। ସେ ବୁଝିଛନ୍ତି ଯେ ମନ, ଯାଜ୍ଞବଲକ୍ୟ ପ୍ରଭୃତିଙ୍କ ପରି ମୁନିଋଷି, କରଗ୍ରହଣ, ପିତାପୁତ୍ର, ଗୁରୁଶିଷ୍ୟ, ଭାଇବନ୍ଧୁ, ଅଡୋସ ପଡୋସଙ୍କର ପରସ୍ପର କର୍ତ୍ତବ୍ୟାକର୍ତ୍ତବ୍ୟ ବିଷୟରେ ଯାହା ବ୍ୟବସ୍ଥା କରୁଛନ୍ତି ବା କରୁଛନ୍ତି, ତଦନୁସାରେ କାର୍ଯ୍ୟାନୁବର୍ତ୍ତୀ ହେବା ରାଜାଙ୍କର କର୍ତ୍ତବ୍ୟ।

ସେ ଜାଣନ୍ତି ଯେ ମୁନିରୁଷିଏ ଅରଣ୍ୟରେ ଥାଆନ୍ତି। ଫଳମୂଳ ଖାଆନ୍ତି। କାହାରି କିଛି ଧାରନ୍ତି ନାହିଁ। କାହାରି କଥା ଶୁଣନ୍ତି ନାହିଁ କି କରନ୍ତି ନାହିଁ। ବଢ଼େଇ କମାର କି ତେଲି ତନ୍ତୀ କିମ୍ବା ଅଯୋଧ୍ୟା ବା ମଗଧ ରାଜାଙ୍କର ମୁଖପାତ୍ର ନୁହଁନ୍ତି, କି କାହାରି ପାଇଁ ବୁଦ୍ଧିର ଖେଳ ଖେଳନ୍ତି ନାହିଁ। ସେମାନଙ୍କ ବ୍ୟବସ୍ଥା ନିରପେକ୍ଷ, ନିସ୍ୱାର୍ଥପର, ନ୍ୟାଯ୍ୟ। ସେମାନେ ଗଣ୍ଡାଏ କର ନେବା ବ୍ୟବସ୍ଥା କରିଥିବା ସ୍ଥଳେ ବୋଡିଏ କର ନେବା ଅବିଧି। ସେମାନଙ୍କର ବିଧାନ ଅନୁସାରେ ରାମାର ଧନ ଶାମାକୁ ଦେଲେ କିମ୍ବା କାକୁଡ଼ିଚୋରକୁ ମୁଣ୍ଡକାଟ ଶାସ୍ତି ଦେଲେ ଅନ୍ୟାୟ ହୁଏ। ଅଧର୍ମ ହୁଏ। ଏହାକୁ ରାଜା ଆପଣାର ଧର୍ମ ବୋଲି ଜାଣନ୍ତି। ସେହି ଅନୁସାରେ କାର୍ଯ୍ୟ କରନ୍ତି। ପୁଣି ଜାଣନ୍ତି ସେ ଯେଉଁ ଠାରେ ଧର୍ମ ଥାଏ, ସେଠାରେ ଅଧର୍ମ ପାଖ ପଶିପାରେ ନାହିଁ। ଆହୁରି ମଧ୍ୟ ଦୋଷ ଗୁଣର ବିଚାର ଶାସ୍ତ୍ରରେ ଥିବାରୁ ନିଜେ ତାଙ୍କର କାହାରି ପ୍ରତି ଦ୍ୱେଷ ଘୃଣା ପ୍ରଭୃତି ନାହିଁ। ସେ ପ୍ରଜାଙ୍କୁ ପୁଅ ପରି ମଣନ୍ତି। ସମସ୍ତଙ୍କର ହାତଗୋଡ଼ ଦୃଢ଼ ପ୍ରେମପାଶରେ ବନ୍ଧା। କିଛି ମାତ୍ର ହଲଚଲ ହେବାକୁ କାହାରି ଶକ୍ତି ନାହିଁ। ପ୍ରେମ ଐଶ୍ୱରୀୟ। ତହିଁରେ ପଡ଼ିଲେ ଦସ୍ୟୁ ନିଜ ବୃତ୍ତି ବିସ୍ମୃତ ହୁଏ। ହନନକାରୀ ସୁଅରେ ଆସି ନିକ୍ଷେପ କରେ। ଏହି ପ୍ରେମ ଯୋଗୁଁ ରାଜା ଆପଣଙ୍କୁ ଅଜାତଶତ୍ରୁ ବୋଲି ମଣନ୍ତି। ସୁତରାଂ ଢାଲ, ଖଣ୍ଡା, ଧନୁଶର ଘେନି ଯେ ଗଣ୍ଡା ଗଣ୍ଡା ଗାୟକ ନାୟକ

ପହରାରେ ଅଛନ୍ତି, ସେମାନେ ଅଜାଗଳସ୍ତନ କି କଟକ କୁଣ୍ଡଳ ପରି ଅଳଙ୍କାରବିଶେଷ, ତାହା ସେମାନେ ବା ତାଙ୍କ ରାଜା ଜାଣନ୍ତି। କାରଣ ପୀଡ଼ାବିମୁକ୍ତ ହୋଇ ରାଜା ଆଜି ବାହାରେ ବିଜେ କରିଛନ୍ତି ବୋଲି, ଏତେ ପ୍ରହରୀ ଥିଲେ ବି ଗରିବ ତାଲେବର ସମସ୍ତେ ଆବାରିତ ଦ୍ୱାରରେ ଆସୁଛନ୍ତି। ପଲ ପଲ ଲୋକ ଆସୁଛନ୍ତି। କାହାରିକି କିଛି ପଚରାଉଚରା ନାହିଁ। ଅଟକ ଝଟକ ନାହିଁ। କାହାରି ଭୟ ଭ୍ରାନ୍ତି ନାହିଁ। ନିଦକରେ ସମସ୍ତେ ଆସି ଜୁହାର କରି ବାପ କତିରେ ପୁଅ ପରି ବସୁଛନ୍ତି। ରାଜା ପ୍ରଜା ଉଭୟ ପୁରୁଣାକାଳିଆ। ଉପରୋକ୍ତ ବ୍ୟବହାର ଭଲ କି ମନ୍ଦ ତାହା ସେମାନେ ଜାଣନ୍ତି।

ରାଜା ଆଜି ଗ୍ରହଣମୁକ୍ତ ଚନ୍ଦ୍ର ବା ପରାଗମୁକ୍ତ ସୂର୍ଯ୍ୟ। ମନବୋଧ କରି ରାଜାଙ୍କୁ ଦେଖିବାକୁ ଲୋକେ ଆସୁଅଛନ୍ତି। କିନ୍ତୁ ତାଙ୍କ ସମ୍ବନ୍ଧରେ ଅତି ଅଳ୍ପ କଥା। ତାଙ୍କୁ ଯେ ରୋଗମୁକ୍ତ କରି ଏତେ ଲୋକଙ୍କୁ ସୁଖୀ କରିଅଛ, ତାହାରି ଠାରେ ପ୍ରାୟ ସବୁରି ମନ ବଚନ। ତାହାକୁ ଘେନି କଥାବାର୍ତ୍ତା। କେହି ତାକୁ ସାକ୍ଷାତ ଧନ୍ୱନ୍ତରୀ କହୁଅଛି। କେହି କହୁଅଛି, ହନୁମାନ ଯେ ବିଶଲ୍ୟକରଣୀ ନେଇଥିଲା ତାହା ସେହି ଲୋକ ହାତରେ ପଡ଼ିଛି। କେହି କେହି ବା ରାଜା କେହି କେହି ବା ଚିକିତ୍ସକର ଗ୍ରହମାନଙ୍କୁ ପ୍ରଶଂସା କରୁଛି। କେହି କେହି ବା ଭୀମକୁ ଧନ୍ୟ ଧନ୍ୟ କହୁଅଛି। କେହି କେହି ଚିକିତ୍ସକ, କେହି କେହିବା ରାଜାଙ୍କର ଗ୍ରହମାନଙ୍କୁ ପ୍ରଶଂସା କରୁଛନ୍ତି। କେହି କେହି, ରାଜାଙ୍କର, କେହି କେହି ପ୍ରଜାଙ୍କର ଧର୍ମବଳ ଥିବାର କହୁ ଅଛନ୍ତି। କିନ୍ତୁ ନିଜେ ରାଜା ସେ ବିଷୟରେ କିଛି କହୁ ନାହାନ୍ତି। ଗ୍ରହବଳରେ କି ଧର୍ମବଳରେ ତାଙ୍କର ବିଶ୍ୱାସ ତାହା ତାଙ୍କ ମନ ଜାଣେ। ମନରେ ଯାହା ଥାଉ, ସେ ଆଜି ସେ ଚିକିତ୍ସକକୁ ପୁରସ୍କାର ଦେବେ ବୋଲି ସମସ୍ତେ ଜାଣନ୍ତି। ପ୍ରଥମେ ପଦାକୁ ବାହାରିଲା ଦିନ ଚିକିତ୍ସକକୁ ପୁରସ୍କାର ଦେବେ ବୋଲି ସମସ୍ତେ ଜାଣନ୍ତି। ପ୍ରଥମେ ପଦାକୁ ବାହାରିଲା ଦିନ ଚିକିତ୍ସକକୁ ପୁରସ୍କୃତ କରିବା ରାଜା ସ୍ଥିର କରି ଅଛନ୍ତି। ସେ ବୁଝିଛନ୍ତି ଯେ ଏଥିରେ ସମସ୍ତଙ୍କ ସମ୍ମୁଖରେ ଗୁଣର ମର୍ଯ୍ୟାଦା କରାହେବ। ଅଥଚ ନିଜ ଶାରୀରିକ ବିଷୟ ଘେନି ସଭା ବା ଦରବାର କରାହେବ ନାହିଁ। ରାଜବୈଦ୍ୟ ଶାଢ଼ୀ କି ଖଣ୍ଡେ ଗାଁ କି ଉଭୟ ପୁରସ୍କାର ଦିଆଯିବ, ତାହା ରାଜା କାହାରିକି ପ୍ରକାଶ କରି ନାହାନ୍ତି କି ସେ ବିଷୟରେ କାହାରିକି କିଛି ପଚାରି ନାହାଁନ୍ତି। ତାହା ଅପ୍ରକାଶ ଥିଲେ ବି ସମସ୍ତେ ଜାଣନ୍ତି ଯେ ସେ ଚିକିତ୍ସକ ଭୀମା ଆଣିଥିବା ବୁଢ଼ା ଭିନ୍ନ ଅନ୍ୟ କେହି ନୁହେଁ ଏବଂ ସେ ଦୁହିଁକି ସଜବାଜ କରି ଆଣିବାକୁ ଲୁଗାପଟା ଖଡ୍ଡୁନୋଳୀ ଘେନି ଖୁଣ୍ଟିଆ ଛାଟିଆ ପ୍ରଭୃତି ଛାମୁରୁ ଯାଇଛନ୍ତି।

ସମସ୍ତଙ୍କ ମୁହଁରେ ଅଳ୍ପ ବହୁତ ବୁଢ଼ାକଥା। କିନ୍ତୁ ବୁଢ଼ାକୁ ଅଳ୍ପ ଲୋକେ ଦେଖିଛନ୍ତି। ସୁତରାଂ ସମୟ ଯିବା ସଙ୍ଗେସଙ୍ଗେ ତାକୁ ଦେଖିବାପାଇଁ ଇଚ୍ଛା ବଢୁଛି। ଯେମାନେ ଆଗେ ଆସିଛନ୍ତି ସେମାନେ ବିଳମ୍ବରେ ବିରକ୍ତ ହେଉଛନ୍ତି। ଯେ ବିଳମ୍ବରେ ପହଞ୍ଚିଛନ୍ତି, ସେ ଖୁସି ହେଉଛନ୍ତି। କିନ୍ତୁ ରାଜା ଏପାଖ ନୁହନ୍ତି କି ସେପାଖ ନୁହନ୍ତି। ସେ ଜାଣନ୍ତି ଯେ ଜାଣିଶୁଣି କେହି ବିଳମ୍ବ କରିବ ନାହିଁ। ଅଥଚ ନ୍ୟୁନାଧିକ ବିଳମ୍ବ ଘଟିପାରେ। ନିଜର କ୍ଷମତା, ପ୍ରତିଷ୍ଠା ପ୍ରଭୃତି ଯେ ନିଜେ ବୁଝିପାରେ, ଅଧୈର୍ଯ୍ୟ ତାହା ପାଖ ପଶି ପାରେ ନାହିଁ। ରାଜାଙ୍କ ପରି ଯେ ଆଉ କାହାରି କାହାରି ଧୈର୍ଯ୍ୟଚ୍ୟୁତି ବା ବିରକ୍ତି ହୋଇଛି କି ନାହିଁ ତାହା ସେମାନେ ଜାଣନ୍ତି। ସେ ଯାହା ହେଉ, ଅବଶେଷରେ ଭୀମା ସଙ୍ଗେ ଆଉ ଜଣେ ଯୁବା ଏବଂ ବୃଦ୍ଧକୁ ଘେନି ଖୁଣ୍ଟିଆ ପ୍ରଭୃତି ଉପସ୍ଥିତ ହେଲେ।

ଛାମୁରେ ଡାକୁଆ ବସ୍ତ୍ରାବୃତ ଚାଙ୍ଗୁଡ଼ାଟିଏ ରଖିଦେଇ ସାଷ୍ଟାଙ୍ଗ ପ୍ରଣିପାତ ହେଲା। ଭୀମାପ୍ରଭୃତି ମଧ୍ୟ ସେହିପରି ଜୁହାର କଲେ। ପାଖଲୋକଙ୍କ ଉଠ ଉଠ ଡାକରେ ଖୁଣ୍ଟିଆ ପ୍ରଭୃତି ଉଠି କର ଯୋଡ଼ି ଠିଆ ହେଲେ, କିନ୍ତୁ ଭୀମା, ଅପର ଯୁବା ଓ ବୁଢ଼ା ପ୍ରଭୃତି ଉଠି କର ପୂର୍ବପରି ପଡ଼ି ରହିଲେ।

ଗଳବସ୍ତ୍ର ଓ ଯୋଡ଼କର ହୋଇ ଖୁଣ୍ଟିଆ କହିଲା -"ମଣିଆ, ଅପରାଧ କ୍ଷମା ହେଉ। ଭୀମାବସାରେ ପହୁଞ୍ଚି ଦେଖିଲି ଯେ ମୁଣ୍ଡକାଟ ପାଇଁ ଦିଆ ଯାଇଥିବା ପାଞ୍ଚଜଣ ମଧ୍ୟରୁ ଏ ବୁଢ଼ା ଓ ଅନ୍ୟ ଜଣକ ଭୀମାସାଙ୍ଗରେ ଅଛନ୍ତି। ବାଣ୍ଟବେଳେ ମୁଁ ଏ ଦୁହିଁଙ୍କି ଦେଖିଥିଲି। ତାଙ୍କୁ ମୁଁ ଭଲ କରି ଚିହ୍ନି ପାରୁଛି। ପୁଣି ହାତଗୋଡ଼ ବନ୍ଧା ହୋଇ ବାଲି ପଡ଼ି ଯେ ପାଣି ଛିଞ୍ଚା ଯାଇଥିଲା ତାହାର ଚିହ୍ନ ପୁରା ଅଛି; ଏହା ଦେଖି ଲୁଗାପଟା ଖଡ୍ଡୁନୋଳି କାହାରିକି କିଛି ଦେଇ ନାହିଁ। ସେ ତିନିଙ୍କି ଛାମୁକୁ ଘେନି ଆସିଛି। ଏଥିରେ ଛାମୁରୁ ଯେ ଆଜ୍ଞା।

ଏହା ଦେଖିଶୁଣି ସମସ୍ତେ ବିସ୍ମୟାପନ୍ନ ହେବାର ଦେଖାଗଲା, ସବୁରି ମନର ଗତି ଭିନ୍ନପଥାବଲମ୍ବୀ ହେବା ସ୍ପଷ୍ଟ ପ୍ରକାଶ ପାଇଲା। କାହାରି ପାଟି ଫିଟିବା ପୂର୍ବେ ରାଜାଙ୍କ ସଂକେତ ଅନୁସାରେ ଭୀମା ଓ ତାହାର ସଙ୍ଗୀଦୁହିଙ୍କି ପାଖ ଲୋକଙ୍କର ଉଠ ଉଠ ଡାକ ପଡ଼ିଲା; ସେମାନେ ଉଠି ଗଳବସ୍ତ୍ର ଓ ଯୋଡ଼କର ହୋଇ ଠିଆ ହେଲେ। ତିନିହେଁ ମାନମର୍ଯ୍ୟାଦା, ସମ୍ଭ୍ରମ ପ୍ରଭୃତି ଲକ୍ଷଣରେ ପୂର୍ଣ୍ଣ। କିନ୍ତୁ ଭୟ, ଆଶଙ୍କା ପ୍ରଭୃତିର ଲକ୍ଷଣ କାହାରିଠାରେ କିଛି ନାହିଁ। ସମସ୍ତଙ୍କର ବଦନ ପ୍ରଫୁଲ୍ଲ। ସମସ୍ତଙ୍କର ତଳେ ରାଜା ଓ ଉପରେ ଠାକୁରାଣୀଙ୍କ ଠାରେ ପୂର୍ଣ୍ଣ ବିଶ୍ୱାସର ଲକ୍ଷଣ। ମାରିବା ବଞ୍ଚିବା ପାଇଁ କାହାରି କିଛି ଶୋଚନା ଥିଲା ପରି ଜଣା ଯାଉନାହିଁ।

ଉପରୋକ୍ତ ପ୍ରକାରେ ତିନିଜଣ ଠିଆ ହେଲାରୁ ଛାମୁରୁ ଆଜ୍ଞା ହେଲା ;-

"କିରେ ଭୀମା, ଏ କି ? ଏହି ବୁଢ଼ା ତ ଆମକୁ ଭଲ କରିଅଛି। ୟାକୁ ତୁ ଆଣିଥିଲୁ; ଖୁଣ୍ଟିଆ ଏ କି କହୁଛି ?"

ଭୀମା - "ମଣିମା, ଛାମୁରୁ ଯେ ଆଜ୍ଞା ହେଉଛନ୍ତି ସେ ସତ। ଖୁଣ୍ଟିଆ ଯାହା କହୁଛନ୍ତି, ତାହା ସତ।"

ରାଜା - "ମୁଣ୍ଡ ନ କାଟିଲେ ଯେ ମୁଣ୍ଡ ଦେବାକୁ ହେବ ତାହା ଜାଣିଥିଲୁ ତ ?"

ଭୀମା - "ସେ ଆଜ୍ଞା ହେଲାବେଳେ ନିଜେ ଛାମୁ ଶ୍ରୀମୁଖରୁ ଶୁଣିଛି।

ରାଜା - ତେବେ ଏ ଦୁହିଁଙ୍କ ମୁଣ୍ଡ ଛାଡ଼ିଲୁ କାହିଁକି ?"

ଭୀମା - "ବୁଢ଼ା ମୋର ବାପ, ସେ ମୋର ବଡ଼ ଭାଇ, ତାଙ୍କ ମୁଣ୍ଡ କିପରି କାଟନ୍ତି ବା କଟାନ୍ତି ?"

ରାଜା - "ଏପରି କାହିଁକି ହେଲା ?"

ଭୀମା - "ଆଜ୍ଞା, ଯାହା ହେବାର ହୋଇଛି; କାହିଁକି ହେଲା ବୋଲି ପଚାରି ଆଜ୍ଞା ନ ହେଉନ୍ତୁ। ଏଣିକି ଯାହା ହେବ ତାହା ଆଜ୍ଞା ହେଉ। ମୋ ମୁଣ୍ଡ ଯିବ ବୋଲି ଜାଣେ। ମୋର ଏତିକି ମାଗୁଣି ଯେ ବିଦେଶରେ ବାପଭାଇ ଥାଉଁ ଥାଉଁ ମୋ ପ୍ରାଣ ଯାଉ। ତେଣିକି ସେ ଦୁହିଁଙ୍କର ଯାହା ହେବାର ହେଉଥାଉ।"

ଏପରି ଘଟଣାକୁ ମନୁ, ପରଶର ପ୍ରଭୃତିଙ୍କର ବ୍ୟବସ୍ଥା ଥାଉ କି ନ ଥାଉ ତାହା ରାଜା ବା ତାଙ୍କ ପ୍ରଜାଙ୍କୁ ଜଣା ନାହିଁ। କିନ୍ତୁ ସେମାନେ ଜାଣନ୍ତି ଯେ ମୁନିରଷିମାନେ ମନୁଷ୍ୟକୁ ମନୁଷ୍ୟ ବୋଲି ଗଣିଛନ୍ତି। ରକ୍ତମାଂସ ଦେହରେ କାମ, କ୍ରୋଧ, ଲୋଭ, ମୋହ ପ୍ରଭୃତି ସଙ୍ଗେ ସଙ୍ଗେ ମାୟା, ମମତା, ଦୟା, କ୍ଷମା, ବୁଦ୍ଧି, ବିବେକ ପ୍ରଭୃତି ଅଛି। ମନୁଷ୍ୟ ମାନଙ୍କ ମଧ୍ୟରେ ଚୋର ବି ଅଛନ୍ତି, ସାଧୁ ବି ଅଛନ୍ତି। ଚୋର ସାଧୁ ହେଉଛି ଓ ସାଧୁ ଚୋର ହେଉଛି। ଏ ବର୍ଷ ମଲୁ ସେ ବର୍ଷକୁ ବୈଦ୍ୟ ହେଉଛି। କେହି ଶାସ୍ତ୍ର ଉଢ଼ାଳରେ ଅଧର୍ମ କାମ କରି କଳା କୌଶଳରେ ଧାର୍ମିକ ବୋଲାଉଛି, କେହି କରି ନ ଜାଣି ସଦିଚ୍ଛା ପାଇଁ ଦଣ୍ଡ ପାଉଛି। ମନକଥା ଅନ୍ତର୍ଯ୍ୟାମି ଗୋଚର। ପ୍ରକୃତ ପାପପୁଣ୍ୟର ବିଚାର ତାଙ୍କ ଠାରେ। ମନକଥା ହିସାବରେ ଆଣିବା ସହଜ ନୁହେଁ। ମନୁଷ୍ୟ ଯାହା ବୁଝିପାରେ ତାହା କେବଳ ଅନୁମାନ। ପୁଣି ମନୁଷ୍ୟ ଅଭ୍ରାନ୍ତ ନୁହେଁ। ଏହି ବିଚାରରେ ଏକଥା ସେକଥାର ବ୍ୟବସ୍ଥା ନେଇ ଖଣ୍ଡେ ଖଣ୍ଡେ ପୋଥି ହୋଇଥିଲେ ବି ଦେଶକାଳପାତ୍ର ଦୃଷ୍ଟିରେ ବିଚାରର ବିଧାନ ହୋଇଛି। ଏହି ବିଚାରଭାର ଅଧିକାଂଶ ରାଜାଙ୍କ ହାତରେ। ସେ ବିଚାର କେଉଁଠାରେ ଅବିଚାର

ହେଉଅଛି। ବିଚାରକ ଧର୍ମାଧର୍ମର ଫଳଭୋଗୀ। ତଥାପି ସେହି ଭାର ବା କ୍ଷମତାପାଇଁ କେହି ବେବର୍ତ୍ତା, କେହି ମନ୍ତ୍ରୀ, କେହି ସଦସ୍ୟ, କେହି ବୃତ୍ତିଭୋଗୀ, କେହି ଅବୈତନିକ ହୋଇ କାର୍ଯ୍ୟକାରୀ ହେବାକୁ ଯତ୍ନଶୀଳ; ଜଣକ ସ୍ଥଳେ ପାଞ୍ଚଜଣ ସେହି କ୍ଷମତାଚାଳନ କରିବା ଇଚ୍ଛାରୁ ପ୍ରଜାତନ୍ତ୍ର, ସାଧାରନତନ୍ତ୍ର ପ୍ରଭୃତିର ଉତ୍ପତ୍ତି।

ସେ ଯାହା ହେଉ, ରାଜା ହରିଚନ୍ଦନ ମର୍ଦ୍ଦରାଜ ସର୍ବେସର୍ବା। ଆକ୍ଷିପିଞ୍ଚୁଡ଼ାକେ ଦିନକୁ ରାତି, ରାତିକି ଦିନ କରିପାରନ୍ତି। ଭୀମାର ମୁଣ୍ଡ ନେଇ ପାରନ୍ତି। ତ୍ରିଲୋଚନ ମହାପାତ୍ର ବେବର୍ତ୍ତାଙ୍କୁ ଶୂଳୀରେ ନ ଦେଇ ଶାଢ଼ୀ ଦେଇ ପାରନ୍ତି। ଉପସ୍ଥିତ ଘଟଣାରେ ଭୀମା ମୁଣ୍ଡ ଯିବାର ବିଧାନ କରିଛନ୍ତି। କିନ୍ତୁ ଅନ୍ୟ ଦୁହିଁଙ୍କ ବିଷୟରେ କିଛି ଆଜ୍ଞା ଦେଇ ନାହାନ୍ତି। ପୁଣି ତ୍ରିଲୋଚନ ବେବର୍ତ୍ତାଙ୍କୁ ଧରିଥିବାରୁ ଭୀମାକୁ ଲୋକେ ସାଧୁ ସାଧୁ କହୁଥିଲେ ଓ ଏବେ ମଧ୍ୟ କହୁଛନ୍ତି। ଏପରି ସ୍ଥଳରେ ରାଜା ଯାହା ଇଚ୍ଛା ତାହା କରି ପାରନ୍ତି। କିନ୍ତୁ ସେ ତାହା ନକରି ଉପସ୍ଥିତ ଘଟଣା ସମ୍ବନ୍ଧେ ପାତ୍ରମନ୍ତ୍ରୀ ପ୍ରଭୃତିଙ୍କ ସେମାନଙ୍କର ବିଚାର ମାଗିଲେ।

ଭୀମା କଥା ଶୁଣି ସମସ୍ତେ ନୀରବ ନିସ୍ତବ୍ଧ ଥିଲେ। କିନ୍ତୁ ରାଜାଜ୍ଞା ଶୁଣି ମନ୍ତ୍ରୀ ଆଉ ଅଧିକ କ୍ଷଣ ସେପରି ରହି ନ ପାରି ଉତ୍ତର କଲେ। "ଯେଉଁମାନଙ୍କର ମୁଣ୍ଡକାଟ ନୋହିଥିବ ସେମାନଙ୍କର କି ଦଣ୍ଡ ହେବ ତାହା ସେଦିନ ଆଜ୍ଞା ହୋଇନାହିଁ। ପୁଣି ଏ ବୃଦ୍ଧଲୋକ ଦଣ୍ଡ ହେବ ତାହା ସେଦିନ ଆଜ୍ଞା ହୋଇନାହିଁ। ପୁଣି ଏ ବୃଦ୍ଧଲୋକ ଛାମୁଙ୍କୁ ରୋଗମୁକ୍ତ କରି ସମସ୍ତଙ୍କ କୃତଜ୍ଞତାର ପାତ୍ର ହୋଇଅଛି। ତାକୁ କୌଣସି ଦଣ୍ଡ ଦେବାକୁ କେହି କହିବେ ନାହିଁ। ତାହା ମଧ୍ୟ ଯୁକ୍ତି, ନ୍ୟାୟ ବା ଧର୍ମସଙ୍ଗତ ହେବ ନାହିଁ।"

ଏହା ଶୁଣି ସମସ୍ତେ ସାଧୁ ସାଧୁ କହି ଉଠିଲେ। ସମସ୍ତେ ଅଚିରେ ନୀରବ ହେଲାରୁ ମନ୍ତ୍ରୀ କହିଲେ:-

"ଭୀମା ଯେ କେବଳ ଏ ଦୁହିଁଙ୍କର ମୁଣ୍ଡକାଟି ନାହିଁ ତାହା ନୁହେଁ; ସେ ଛାମୁଙ୍କର ଅନୁଗ୍ରହର ପାତ୍ର ଏବଂ ସମସ୍ତେ ତାହାଠାରେ ବଡ଼ ସନ୍ତୋଷ ଅଛନ୍ତି। ପୁଣି ତାହାର ମୁଣ୍ଡ ଯିବ ବୋଲି ସେ ଜାଣେ। ଏଥିରେ ତାହା ପ୍ରତି ଓ ତାହାର ଭାଇ ପ୍ରତି ଛାମୁରୁ ଯେପରି ବିଚାର ଆଉ ଆଜ୍ଞା।"

ଏହା ଶୁଣି କିଛି କ୍ଷଣ ନୀରବ ରହି ରାଜାଆଜ୍ଞା ହେଲେ।

"ଆମ୍ଭ ପ୍ରାଣ ରଖିଥିବାରୁ ବୁଢ଼ା ଆମ୍ଭଠାରେ ଅଦଣ୍ଡ୍ୟ। ଏହା ମଧ୍ୟ ସମସ୍ତେ ପ୍ରକାଶ କଲେଣି। ତାହାର ବଡ଼ ପୁଅର ମୁଣ୍ଡକାଟ ଆଦେଶ ହୋଇଥିଲା। ତାହା ପାଳନ କରି ନଥିବାରୁ ବର୍ତ୍ତମାନ ସାନପୁଅ ଭୀମାର ବି ମୁଣ୍ଡ ଯିବାର କଥା। କିନ୍ତୁ ବୁଢ଼ା ଯେ

ଉପକାର କରିଅଛି ତହିଁପାଇଁ ତାକୁ ଗୋଟି, ଛାଡ଼ି ଦେଲୁ। ବର୍ତ୍ତମାନ ବୁଢ଼ା ଯାହାକୁ କହିବ, ତାହାର ଦୁଇ ପୁଅଙ୍କ ମଧ୍ୟରୁ ତାହାରି ମୁଣ୍ଡ ଏହିକ୍ଷଣି ଏହିଠାରେ କଟା ହେବ।"

ରାଜଙ୍କର ଏହି ଆଜ୍ଞା ଶୁଣି ଅଧିକାଂଶ ଲୋକେ ସାଧୁ ସାଧୁ କହିଲେ। ଯେଉଁମାନେ କିଛି କହିଲେ ନାହିଁ ସେମାନେ କାହିଁକି ନୀରବ ରହିଲେ ତାହା ସେମାନେ ଜାଣନ୍ତି। ତାହା ଜାଣିବାକୁ ଅପେକ୍ଷା ନ ରହିଲା। ଅବିଳମ୍ବେ ଖଡ୍‌ଗ ପ୍ରଭୃତି ଆଣି ସମ୍ମୁଖରେ ମୁଣ୍ଡକାଟର ଆୟୋଜନ କରିବାପାଇଁ ଲୋକେ ଛାମୁରୁ ଆଦିଷ୍ଟ ହେଲେ। ଏଣେ ଦୁଇ ପୁଅକୁ କୁଣ୍ଢାଇ ବୁଢ଼ା ସାଧୁ ସରଦାର କାନ୍ଦିବାକୁ ଲାଗିଲା। କିନ୍ତୁ ପୁଅଦୁହେଁ ଧୀର ଗମ୍ଭୀର ଭାବ ଓ ପ୍ରଫୁଲ୍ଲ ବଦନରେ ଠିଆ ହୋଇ ରହିଲେ। ଏଥି ମଧ୍ୟରେ ମୁଣ୍ଡ କାଟିବାର ସବୁ ଆୟୋଜନ ହେଲା। ଜହ୍ଲାଦ ଆସି ଖଡ୍‌ଗ ଧରି ଠିଆ ହେବାର ଦେଖି ଛାମୁ ପଟ୍ଟନାୟକ କହିଲେ ;-

"ସାଧୁ କାନ୍ଦିବାର ଆଉ ସମୟ ନାହିଁ। ଯେତେ ସମୟ ଯିବ ସେତେ କଷ୍ଟ ବଢ଼ିବ।"

ଏହା ଶୁଣି ସାଧୁ ଭୂମିରେ ସାଷ୍ଟାଙ୍ଗ ହୋଇ ପଡ଼ି କାନ୍ଦୁ କାନ୍ଦୁ କହିଲା :-

"ମଣିମା, ଏ ଅରକ୍ଷିତ ପ୍ରତି ଯେବେ ଏତେ ଦୟା, ତେବେ ଏହି ବୁଢ଼ାମୁଣ୍ଡଟି ନେଇ ପୁଅ ଦୁହିଁକି ଛାଡ଼ ଆଜ୍ଞା ହେଉନ୍ତୁ। ବୁଢ଼ା ଆଉ କେତେଦିନ ବଞ୍ଚିବ ? ଏ ବୟସରେ ଏପରି ପୁତ୍ରଶୋକ ଆଉ ସାହି ପାରିବି ନାହିଁ। ଗୋଟିକ ପାଇଁ ଆଉ ଗୋଟିଏ ନିର୍ଣ୍ଣେ ଯିବ। ତେବେ ପୁଅଙ୍କ ଆଗରେ ମୁଁ ଗଲେ ମୋର ଭଲ। ଏହି ଆଜ୍ଞା ହୋଇ ଛାମୁ ମୋତେ ଉଦ୍ଧାର କରନ୍ତୁ।"

ଏତେ କହି ବୁଢ଼ା ନୀରବ ହୋଇ ପଡ଼ି ରହିଲା। ଅନ୍ୟ କାହାରି ମୁହଁରୁ ମଧ୍ୟ କିଛି କଥା ବାହାରିଲା ନାହିଁ। ଏହିପରି କିଛି କ୍ଷଣ ଗଲାରୁ ଛାମୁ ପଟ୍ଟନାୟକ କହିଲେ "ବୁଢ଼ା, ଆଉ ଅଧିକ କଷ୍ଟ ଦିଅନା। ଗୋଟିଏ ପୁଅ ଛାଡ଼ିଦିଅ।"

ଏହା ନ ଶୁଣିଲା ପରି ହୋଇ ସାଧୁ ପଡ଼ି ରହିଲା। ଛାମୁ ପଟ୍ଟନାୟକ ପାଞ୍ଚ ସାତ ଥର କହିଲେ। ତଥାପି ସାଧୁ ସେହିପରି ପଡ଼ି ରହି ଥିବାର ଦେଖି ସ୍ୱୟଂ ଛାମୁଶ୍ରୀମୁଖରୁ ଆଜ୍ଞା ହେଲା "ବୁଢ଼ା ! ଛାମୁପଟ୍ଟନାୟକ କଥା କି ଶୁଭୁନାହିଁ ? ଆଉ ବିଳମ୍ବ କାହିଁକି ?" ରାଜାଙ୍କ ଉକ୍ତିରୁ ବୁଢ଼ା ବୁଝିଲା ଯେ ରାଜାଙ୍କ ମନ ଆଉ ଟଳିବାର ନୁହେଁ। ତହୁଁ ସେ ଠିଆ ହୋଇ ବାଷ୍ପପୂର୍ଣ୍ଣ ଲୋଚନରେ ଦୁଇ ପୁଅଙ୍କ ମୁହଁ ବାରମ୍ବାର ନିରୀକ୍ଷଣ କଲା; ଯେତେ ନିରୀକ୍ଷଣ କଲା ତେତେ ଅଧିକ କାନ୍ଦିବାକୁ ଲାଗିଲା। କିନ୍ତୁ ସେ କାହାକୁ ଛାଡ଼ିବ, କାହାକୁ ରଖିବ, କିଛି ଜଣା ଯାଉନାହିଁ।

ଏହିପରି କେତେ କ୍ଷଣ ଗଲାରୁ ଛାମୁ ପଟ୍ଟନାୟକ କହିଲେ "ବୁଢ଼ା, ଆଉ ବୃଥାରେ ବିଳମ୍ବ କରନା।" ଏହାଶୁଣି ପିଲାଙ୍କ ପରି ଭୋ ଭୋ କରି କାନ୍ଦି ଉଠି ବୁଢ଼ା କହିଲା "ରେ ଦଇବ ! ଏଥିପାଇଁ ମୋତେ ଏତେ ଆଇଷ ଦେଇଥିଲୁ। "ଏବେ ହେଲେ ବି ମୋ ଜୀବନ ନେ" ଏଣେ ପୁଅଦୁହେଁ ପୂର୍ବପରି ଦଣ୍ଡାୟମାନ। ଅମ୍ଳାନ ବଦନରେ ମୁଣ୍ଡ ଦେବାକୁ ଉଦ୍ୟତ ପରି ଦେଖା ଯାଉଛନ୍ତି। ବୁଢ଼ା କାନ୍ଦୁ କାନ୍ଦୁ ଛାମୁ ପଟ୍ଟନାୟକଙ୍କ ଆଦେଶ ଘନ ଘନ ଶୁଣିଲା। ଆଉ ତ୍ରିଶୁଙ୍କୁ ପରି ମଧ୍ୟସ୍ଥଳରେ ରହି ପାରିଲା ନାହିଁ। ଭୀମା ଆଡ଼କୁ ଢଳିଲା। ତାକୁ କୁଣ୍ଢେଇ କାନ୍ଦୁ କାନ୍ଦୁ କହିଲା ;-

"ଆରେ ଭୀମା; ମୋତେ ଛାଡ଼ି ଏତେକାଳ କିପରି ରହିଲୁ ? ମୁଁ ମନେ କେବେ ପଡ଼ିଲି ନାହିଁ ? ତୁତ ବାହା ହୋଇନାହୁଁ। ବାପମାଙ୍କ ମନ କଥା କୁଆଡ଼ୁ ବୁଝିବୁ ? ଭୀମାକୁ ଧଇଲାରୁ ତାକୁ ରଖିବାକୁ ଇଚ୍ଛା ବୋଲି ଆଉମାନଙ୍କ ପରି ବଡ଼ ପୁଅ ବାଣାଶୂର ବୁଝିଲା। ଆଉ ମୁଣ୍ଡ କଟାଯିବା ସ୍ଥାନ ଆଡ଼କୁ ଆଗେଇଲା। ଏହା ଦେଖି ଭୀମାକୁ ଛାଡ଼ି ବୁଢ଼ା ବାଣାଶୂରକୁ କୁଣ୍ଢାଇ କାନ୍ଦି କାନ୍ଦି କହିଲା "ରେ ବାପ ତୁ କୁଆଡ଼େ ଯାଉଛୁ ? ତୁ ମୋର ବଡ଼ ପୁଅ, ପିଣ୍ଡର କରତା, ତତେ କେମିତି ମୁର୍ଚ୍ଛିବି ? ଏଣେ ଭୀମା ଯିବାକୁ ଉଦ୍ୟତ ହେଲାରୁ ବୁଢ଼ା ବଡ଼ ପୁଅକୁ ଛାଡ଼ି ଦେଇ ଭୀମାକୁ କୁଣ୍ଢାଇ କହିଲା "ତୁ ପିଲାଟା, ସଂସାରର କିଛି ଦେଖି ନାହୁଁ କି ଜାଣି ନାହୁଁ। ତୁ କୁଆଡ଼େ ଯାଉଛୁ ?" ତାକୁ ଛାଡ଼ି ବଡ଼ ପୁଅକୁ ଧରି କହିଲା "ତୋର ପିଲା ପୁଅଟିଏ ଆଉ ଭାରିଜା ଅଛନ୍ତି। ତୁ କୁଆଡ଼େ ଯିବୁ ? ମୁଁ କଅଣ କରିବି ?" ପୂର୍ବପରି ତାକୁ ଛାଡ଼ି ଭୀମାକୁ କୁଣ୍ଢେଇ କହିଲା, "ତୋର ଭଲ କଣାକୁଜା ହୋଇ ପୁଅଟିଏ ହୋଇ ଥାଆନ୍ତା ଏତିକି କହି ତାକୁ ଛାଡ଼ି ବାଣାଶୂରକୁ କୁଣ୍ଢେଇ କହିଲା, ତୋ ମୁହଁ ମୋ ମୁହଁ ପରି ଦିଶେ ବୋଲି କହନ୍ତି।" ପୁଣି ତାକୁ ଛାଡ଼ି ସାନ ପୁଅକୁ ଧରି କହିଲା "ତୋ ଆଖି ଦିଓଟି ତୋ ମା ଆଖିପରି" ପୁଣି ତାକୁ ଛାଡ଼ି ବଡ଼କୁ କୁଣ୍ଢେଇ "ତୋ" ବୋଲି କହି ଗଛ କଟିଲା ପରି ବୁଢ଼ା ସାଧୁ ପଡ଼ିଗଲା। ଦେଖ ଦେଖ ବୋଲି ଡାକ ପଡ଼ିଲା। ଦେଖିଲା ବେଳକୁ ସାଧୁ ଅଜ୍ଞାନ। ଅନ୍ୟ ଲୋକେ ସାଧୁକୁ ଧରିଲେ। ସେମାନଙ୍କ ସଙ୍ଗେ ସଂଜ୍ଞାହୀନ ସାଧୁକୁ ବଡ଼ ପୁଅ ଅନ୍ୟତ୍ର ନେଇଗଲା। ଭୀମା ପୂର୍ବପରି ଠିଆ ହୋଇ ରହିଲା।

ଏ ଦୃଶ୍ୟରେ ସମସ୍ତେ ଅବାକ୍। କେବଳ ପରସ୍ପର ମୁଖାବଲୋକନ କରିବାକୁ ଲାଗିଲେ; ରାଜା ଅଧୋବଦନ। ତାଙ୍କ ମନ କଥା ତାଙ୍କୁ ଜଣା। ବୋଧହୁଏ ନିଜ କର୍ତ୍ତବ୍ୟ କାର୍ଯ୍ୟର ଆଲୋଚନା କରିବାକୁ ଲାଗିଲେ। ନିଜ ହୃଦୟରେ ଦୟାମାୟା ଅଛି କି ନା ଦେଖିବାକୁ ଲାଗିଲେ। ନ୍ୟାୟଦଣ୍ଡର ଫଳାଫଳ ବୁଝିବାକୁ ଲାଗିଲେ। ରାଜା

ହେଲେ କିପରି ଖଣ୍ଡାଧାରରେ ବାଟ ଚାଲିବାକୁ ହୁଏ, ତାହା ଚିନ୍ତା କରିବାକୁ ଲାଗିଲେ। ଏହିପରି ଅବସ୍ଥାରେ ତାଙ୍କ ଆଶୁ ଆଜ୍ଞା କରା ଯାଇ ନପାରେ। ଅନ୍ୟ କାହା ପାଟି ନ ଫିଟୁଣୁ ପ୍ରଫୁଲ୍ଲ ବଦନରେ ଭୀମା କହିଲା :-

"ମଣିମା ! ଆଉ ବିଳମ୍ବ କରି ଜ୍ଞାନ ନ ହେଉନ୍ତୁ। ଯେତେବେଳୁ ବାପ ଭାଇଙ୍କ ମୁଣ୍ଡ ରଖିଛି ତେତେବେଳ ଆପଣା ମୁଣ୍ଡ ପାଣି ଛଡ଼େଇ ଦେଇଛି। ମୋର ଆଉ ଜୀବନରେ ଲୋଭ ନାହିଁ। ବେଳେ ବେଳେ ମନ ହୁଏ ଯେ ତ୍ରିଲୋଚନ ବେବର୍ତ୍ତାଙ୍କ ଖଣ୍ଡାରେ ଜୀବନ ନ ଯାଇ କାହିଁକି ରହିଲା ? ବଣ ପୋଡ଼ିଗଲେ ସମସ୍ତେ ଦେଖନ୍ତି ମନ ପୋଡ଼ିଲେ କେହି ଦେଖନ୍ତି ନାହିଁ। ତାହା ନୋହିଲେ ବି ମୁଁ ମନପୋଡ଼ା ଦେଖାଇବାକୁ ଚାହେଁ ନାହିଁ। ମୁଁ ଯାହା ଇଛା କରିଥିଲି ତାହା ଘଟିଛି। ଆପଣାର ବାପ ଭାଇ କତିରେ ଅଛନ୍ତି। ମୁହିଁ ସବୁ କରିଛି। ଆଉ କେହି ଦୋଷୀ ନୁହନ୍ତି। ଛାମୁଙ୍କର ଆଗପଛ ହେବାର କିଛି କଥା ନାହିଁ। ରାଜ୍ୟରେ ଛାମୁଙ୍କର ଅପଯଶ ନ ହେଉ। ବୁଢ଼ା ନାହିଁ, ଶୀଘ୍ର ମୁଣ୍ଡକାଟର ଆଜ୍ଞା ହେଉ। ବୁଢ଼ା କଥା ଛାଡ଼ି ଦିଆଯାଉ।"

ରାଜା ନୀରବ, କିଛିକ୍ଷଣ ରହି ପୁନରାୟ ଭୀମା ବାରମ୍ବାର ଆଜ୍ଞା ପ୍ରାର୍ଥୀ ହେଲା। ଅଧୋବଦନରେ ରାଜା ଶିର ଛେଦନର ଆଜ୍ଞା ଦେଲେ। ସମସ୍ତଙ୍କ ବଦନ ଅଧିକ ବିଷର୍ଣ୍ଣ ହେଲା; ଅନେକେ ଦୀର୍ଘ ନିଶ୍ୱାସ ପକାଇଲେ। କାହାରି ପାଟି ଫିଟିବା ପୂର୍ବେ ପ୍ରଫୁଲ୍ଲ ବଦନରେ ଭୀମା ରାଜାଙ୍କୁ ସାଷ୍ଟାଙ୍ଗ ପ୍ରଣାମ ଓ ଅନ୍ୟମାନଙ୍କୁ ଅନ୍ୟ ପ୍ରକାର ପ୍ରମାଣ କଲା।

କିନ୍ତୁ କେହି କିଛି କହିଲେ ନାହିଁ। ସମସ୍ତଙ୍କ ବଦନ ବିଷାଦପୂର୍ଣ୍ଣ। ଏହି ନୀରବ ନିସ୍ତବ୍ଧ କ୍ଷେତ୍ରରେ "ଜୟ ମା ଠାକୁରାଣୀ" ଡାକି ଭୀମା ଅକାତରେ ଜହ୍ଲାଦ ନିକଟରେ ଠିଆ ହେଲା। ସେ କେତେ କେତେ ମୁଣ୍ଡ କାଟିଛି। କିନ୍ତୁ ଏ କ୍ଷେତ୍ରରେ ତାର ବଚନ ସ୍ଫୁରୁ ନାହିଁ କି ହସ୍ତ ଚଳୁ ନାହିଁ। କିଛିକ୍ଷଣ ଅପେକ୍ଷା କରି ପୁନରାୟ "ଜୟ ମା" ବୋଲି ଡାକ ଦେଇ ଭୀମା ନିଜେ ନିଜେ ଅର୍ଗଳୀରେ ମୁଣ୍ଡ ଦେଲା। ତଥାପି ଜହ୍ଲାଦ କାଷ୍ଠ ପୁତଳି ପରି ଦଣ୍ଡାୟମାନ। ଆଉ ସମସ୍ତେ ନୀରବ ନିସ୍ତବ୍ଧ।

ଏହିପରି କିଛିକ୍ଷଣ ଗଲାରୁ ଜହ୍ଲାଦ ଡାକିଲା "ମଣିମା କି ଆଜ୍ଞା"। ଇତି ମଧ୍ୟରେ ବୁଢ଼ା ସାଧୁ ସରଦାର ଦଉଡ଼ି ଆସି ଭୀମା ଉପରେ ହାମୁଡ଼େଇ ପଡ଼ିଲା। ଭୀମା ବେକରେ ଚୋଟ ବସିବାର ବାଟ ରଖିଲା ନାହିଁ। ଏତେବେଳେ ସାଧୁର କାନ୍ଦ ନାହିଁ କି କିଛି କଥା ନାହିଁ। ବାଣାଶୂର ମଧ୍ୟ ଆସି ଆଗରେ ଠିଆ ହେଲା। ଏହା ଦେଖି ନୃଶଂସ ଜହ୍ଲାଦ ଆଦି କରି ସମସ୍ତେ ବିସ୍ମୟାପନ୍ନ। କାହାରି ମୁହଁରେ କଥା ନାହିଁ।

କାହାରି କାହାରି ଲୁହ ଗଡ଼ିବାକୁ ଆରମ୍ଭ ହେଲା। ରାଜା ଅଧୋବଦନ। କାହାରି ପାଟି ଫିଟିବା ପୂର୍ବେ ଜେନ ଭିତିରିଆ ଆସି କହିଲା "ମଣିମା ଜେମା ଏହିଠାରେ ବିଜେ କରିଛନ୍ତି। ଭୀମା ମୁଣ୍ଡ କାଟିବାକୁ ଆଜ୍ଞା ଦେବା ପୂର୍ବେ ଆପଣ ଏଣିକି ବିଜେ ନ କଲେ ନିଜେ ଜେମା ଏଠାକୁ ଆସିବେ।"

ରାଜା ହଠାତ୍ ଉଠି ଗଲେ। ତାଙ୍କ ପ୍ରତ୍ୟାଗମନକୁ ସମସ୍ତେ ଚାତକ ପରି ଚାହିଁ ରହିଲେ। ତେତେବେଳେ ଆଖି ପିଛୁଳାକେ ଯୁଗ ପରି ବୋଧ ହେଲା। ସୁଖର ବିଷୟ ଯେ ଅନତିବିଳମ୍ବେ ରାଜା ଫେରି ଆସି କହିଲେ ଯେ "ଜେମାଙ୍କ ପ୍ରାଥାର୍ନା ଅନୁସାରେ ଭୀମା ମୁଣ୍ଡ କାଟ ହେବ ନାହିଁ କି ସେ ତିନି ଜଣଙ୍କ ମଧ୍ୟରୁ କାହାରି କିଛି ଦଣ୍ଡ ହେବ ନାହିଁ।"

ଏହା ଶୁଣି ସମସ୍ତେ ଏକ ବାକ୍ୟରେ ବାରମ୍ବାର ସାଧୁ ସାଧୁ କହିବାକୁ ଲାଗିଲେ। କିନ୍ତୁ ସାଧୁ ଆଉ ତାର ପୁଅ ଦୁହେଁ ପୂର୍ବ ପରି ନୀରବ। ସେମାନେ କିଛି ଦେଖିଲା ବା ଶୁଣିଲା ପରି ବୋଧ ହେଉ ନାହିଁ। କିଛି ବୁଝିପାରିଲା ପରି ବୋଧ ହେଉନାହିଁ। ସେମାନଙ୍କ ମୁହଁରେ କଥା ନାହିଁ। ସେମାନଙ୍କ ମନ କଥା ସେମାନେ ନିଜେ ନିଜେ ଜାଣନ୍ତି। ଲୋକଙ୍କ ସାଧୁବାଦରେ ଜହ୍ଲାଦ ଅନ୍ତର ହୋଇଗଲା। ତହିଁ ପ୍ରତି ସେ ତିନିଙ୍କ ମଧ୍ୟରୁ କାହାରି ଭ୍ରୁକ୍ଷେପ ନାହିଁ। ଆଖି କାନ, ପାଟି ଥିଲେ ବି ପିତୁଳା ପରି କେହି କିଛି ଦେଖୁନାହାନ୍ତି। ଶୁଣୁ ନାହାନ୍ତି କି କହୁନାହାନ୍ତି। ଏହା ଦେଖି ରାଜା ଆଜ୍ଞାରେ ଯେତେବେଳେ ଖୁଣ୍ଟିଆ ପ୍ରଭୃତି ବୁଢ଼ା ସାଧୁକୁ ଉଠାଇଲେ ତେତେବେଳେ ସେ କାନ୍ଦି ଉଠି ଭୀମାକୁ ଦୃଢ଼ତର କରି ଧଇଲା। ଅନେକ ଚେଷ୍ଟାରେ ବାପ ପୁଅଙ୍କୁ ଉଠାଗଲାରୁ ସାଧୁ ଆଖିରେ ବଡ଼ ପୁଅ ପଡ଼ିଲା। ସେ ତାକୁ ମଧ୍ୟ ଧଇଲା। ଏଥର ଭୀମାକୁ ଛାଡ଼ିଲା ନାହିଁ। ଦୁଇ ପୁଅଙ୍କୁ ଧରି ବୁଢ଼ା କାନ୍ଦିବାକୁ ଆରମ୍ଭ କଲା। ପୁଅ ଦୁହେଁ ମଧ୍ୟ କାନ୍ଦିଲେ। ଗଙ୍ଗା ଯମୁନା ସରସ୍ୱତୀଙ୍କ ସଙ୍ଗମରେ ଶୋକର ଉତ୍ତାଳ ତରଙ୍ଗ ଉଠିଲା। ଲୋକେ ଯେତେ କହିଲେ କାହରି କାନକୁ କିଛି ଶୁଭିଲା ନାହିଁ।

ଅବଶେଷରେ ଲୋକେ ଧରାଧରି କରି ତିନିଙ୍କ ଛାମୁରେ ଉପସ୍ଥିତ କଲେ। ବୁଢ଼ା ସାଧୁ ପ୍ରାଣପଣେ ଦୁଇ ପୁଅଙ୍କୁ କୁଣ୍ଢାଇ କାନ୍ଦିଲେ। କାହାରି କଥା କିଛି ଶୁଣିଲେ ନାହିଁ। ବାରମ୍ବାର ସ୍ୱୟଂ ରାଜା ମୁକ୍ତି ଦେବା କଥା କହି ଆଶ୍ୱାସ ଦେବାରୁ ସେମାନଙ୍କ କାନ୍ଦଣା କମିଲା। ତହୁଁ ରାଜା ଭୀମା ବସାକୁ ଯିବାକୁ ସମସ୍ତଙ୍କୁ ଆଜ୍ଞା ଦେଇ ସେମାନଙ୍କ ପତିଆରା ପାଇଁ ଖୁଣ୍ଟିଆ ପ୍ରଭୃତିଙ୍କ ଦ୍ୱାରା ବସ୍ତ୍ର ଅଳଙ୍କାର ପ୍ରଭୃତି

ସେମାନଙ୍କ ସଙ୍ଗେ ପଠାଇ ଦେଲେ। ସେମାନେ ପ୍ରସ୍ଥାନୋନ୍ମୁଖ ହେଲାରୁ ରାଜା ଭିତରକୁ ବିଜେ କଲେ। ବୈଠକ ଭାଙ୍ଗିବା ଜାଣି ଆଉମାନେ ଯେଝା ବାଟ ଧଇଲେ।

ଜେମା ଅନ୍ତଃପୁର ବାସିନୀ। ତଥାପି ଯେପରି ଘଟଣାରେ ଭୀମା ତାଙ୍କ ମନ ହୃଦୟରେ ସ୍ଥାନ ପାଇ ଥିଲା ତାହା ପୂର୍ବେ ବୋଲାଯାଇଅଛି। ଭୀମାର ମୁଣ୍ଡ କଟାବେଳେ ତାଙ୍କର ସଭାକୁ ଆସିବା ଖବର ଭୀମା ପ୍ରତି ଲୋଭ ମୁଆଁସ ପ୍ରକାଶ କରୁଅଛି। କିନ୍ତୁ ରାଜାଙ୍କୁ ନ ଜଣାଇ ସେ କୁଳମର୍ଯ୍ୟାଦା ଶିରରେ ପଦାଘାତ କରି ପଦାକୁ ବାହାରିଲେ ନାହିଁ।

ନବମ ପରିଚ୍ଛେଦ

ଭୀମା ଓ ତାହା ବାପା ଭାଇଙ୍କ ମୁକ୍ତିଲାଭ ଉତ୍ତାରୁ କେତେ ଦିନ ଗଲାଣି। ତଥାପି ରାଜା ହରିଚନ୍ଦନ ମର୍ଦ୍ଦରାଜଙ୍କ ଛାଉଣୀ ପୂର୍ବପରି ରହିଅଛି। ରାଜା ଗଡ଼କୁ ଫେରୁ ନାହାନ୍ତି କିମ୍ବା ଯୁଦ୍ଧ ପାଇଁ ଆଗୋଉ ନାହାନ୍ତି। ଜଗଦେବ ରାଜାଙ୍କ ସହିତ ଆଉ ଯୁଦ୍ଧ କରିବା ନ କରିବା ସ୍ଥିର ନୋହିବା ଯାଏ ଦୁର୍ଭେଦ୍ୟ ଅଧିତ୍ୟକା ଛାଡ଼ିବାକୁ ହରିଚନ୍ଦନ ଜଗଦେବଙ୍କର ଇଚ୍ଛା ଥିଲା ପରି ବୋଧ ହେଉନାହିଁ। ଏକ ପକ୍ଷରେ ତ୍ରିଲୋଚନ ବେବର୍ତ୍ତାଙ୍କୁ ହରାଇ ଜଗଦେବ ରାଜା ଦଣ୍ଡକାରଣ୍ୟରେ ପକ୍ଷୀକଟା ପକ୍ଷୀଚଟା ହପିପଡ଼ି ସନ୍ଧିର ପ୍ରସ୍ତାବ ଲଗାଇ ଅଛନ୍ତି। ଅପରପକ୍ଷରେ ରାଜ୍ୟ ବିସ୍ତାର ପାଇଁ ଯୁଦ୍ଧ କରିବା ହରିଚନ୍ଦନ ମର୍ଦ୍ଦରାଜଙ୍କର ବାସନା ନୁହେଁ। କେବଳ ଅପର ରାଜ୍ୟରେ ଅରାଜକତା ଯୋଗୁଁ ନଅର ବିଶୋଇ ପ୍ରଭୃତିଙ୍କ ପରି ମାନ୍ୟଗଣ୍ୟ ଲୋକମାନେ ସାତପୁରୁଷିଆ ଘରଦ୍ୱାର ଛାଡ଼ି ଏ ରାଜ୍ୟରେ ଆଶ୍ରୟ ନେବାରୁ ହରିଚନ୍ଦନ ମର୍ଦ୍ଦରାଜ ସ୍ୱୟଂ ଯୁଦ୍ଧ କ୍ଷେତ୍ରରେ ଉପସ୍ଥିତ। ସୁତରାଂ ସେମାନନଙ୍କର ଏପାଖ ସେପାଖ ନୋହିବା ଯାଏ ଆଗପଛ କିଛି ସ୍ଥିର ହୋଇ ପାରୁନାହିଁ। ଏକଥା ନାୟକ ପାଏକ ପ୍ରଭୃତି ସଭିଙ୍କ ଜଣା। ସେମାନେ ସେହିପରି ଭାବରେ ଦିନ କାଟୁଛନ୍ତି। ସମସ୍ତେ ବୀରମଦରେ ଯେପରି ଉନ୍ମତ୍ତ, ଆମୋଦ ପ୍ରମୋଦରେ ସେହିପରି ରତ। ସେହି ହେତୁରୁ ପୁରୁଣା ଗୀତ, ପାହାଡ଼ିଆ କେଦାର ରାଗରେ ବୋଲା ଯାଇପାରେ ଯେ –

"ପୋଏ ସଜାଡ଼ି କାଛଟା ଭିଡ଼ି ,ଧାଡ଼ିକି ଧାଡ଼ି,ଆଗେ ଦଉଡ଼ି,
ଯୋଡ଼ିକି ଯୋଡ଼ି, ବୁଲାନ୍ତି ବାଡ଼ି, ତନୁକୁ ଆଡ଼ି ଯେ।
କେହୁ ଘଉଡ଼ି, ନିଅଇ ତଡ଼ି, କେହି ବାହୁଡ଼ି, ମାରଇ ରଡ଼ି,
କାହାକୁ ମୋଡ଼ି ଛାଡ଼ଇ ରଡ଼ି, ଶିରକୁ ଝାଡ଼ି ଯେ,
କେ ମାଲ ବିନ୍ଧାଣରେ ଯାଉଛି ଗଡ଼ି ଯେ।

କେ କାହା ଉପରେ ପୁଣ ବସାଇ ମାଡ଼ି ଯେ,
କେ ମୋଡ଼ାମୋଡ଼ି, କେ ଭିଡ଼ାଭିଡ଼ି, କେ ଜଡ଼ାଜଡ଼ି, କେ ଛଡ଼ାଛଡ଼ି,
କେ ପଡ଼ାପଡ଼ି, କେ କୋଡ଼ାକୋଡ଼ି. କେ ହୁଡ଼ାହୁଡ଼ି ଯେ।

ଏଥି ସଙ୍ଗେ ସଙ୍ଗେ ପୁଣି ଟମକ ନାଗରା ତୁରୀ ଭେରୀ ରଣଶିଙ୍ଗା ସମସ୍ତେ ସମସ୍ତେ ବାଜିଉଠି ତନୁ ଉଲୁସାଇବା ସଙ୍ଗେ ସଙ୍ଗେ ସମ୍ମୁଖ ସମର ପତନର ସଦା ସ୍ୱର୍ଗସୁଖ ଲାଭ ପାଇଁ ମନପ୍ରାଣକୁ ଅଧୀର କରାଉଛି। ତଥାପି ମଝିରେ ମଝିରେ କେହି ଗାଉଛି –

"କି ରସିକ ସେ। ବିରସ ଯାହା ମୁଖୁଁ ନିକସେ।
ପୁରୁଷ ହୋଇ ଯେ ନାରୀ ମନସୁନା
ପ୍ରୀତି କଷଟିରେ ଯେବେ ନ କଷେ।"

କେହି ବୋଲୁଛି –

"ଈଶ୍ୱର କଲେ ପାଇବି। ଇଷିତେ ଦୁଃଖ ସହିବି।
ଈଶ୍ୱରୀ ତାଙ୍କ ଅର୍ଦ୍ଧାଙ୍ଗ ହେଲାପରି ଗୋରୀ ଅଙ୍ଗେ ଜଡ଼ି ରହିବି"।

କେହି ବା ବୋଲୁଛି -

"ନିର୍ମଳ ଚନ୍ଦ୍ରମଣ୍ଡଳ ସରଦେ ବିରାଜି,
ଦିଶେ ଯଥା ଦର୍ପକ ଦର୍ପଣ ଥିଲେ ମାଜି।
ଚାହିଁ କୁମର କାତର,
ଲେଖା ଆରମ୍ଭିଲେ ବସି ବିନୟ –ପତର"

ସୈନ୍ୟ ନିବାସରେ ଯେପରି ଏପରି ଗୀତ ଶୁଣା ଯାଉଅଛି, ଜେମାଙ୍କ ମହଲରେ ମଧ୍ୟ ବାମାମାନଙ୍କର ବୀଣାଜିଣା ସ୍ୱରରେ ସୁଲଳିତ ସୁମଧୁର ତାଳ ମାନରେ କେହି ଗାଉଛି –

"ମିତ ତୋ ଚିତ୍ତ ନୋହିଛି ଜାଣି ରେ
ହିତ କହିଲେ ତ ନ ଘେନୁ ବାଣୀ"

କେହି ଗାଉଛି –

"ପ୍ରୀତିଲାଗି, ହେବୁ ପରା ବାଳା ବଇରାଗୀ",

କେହି ବୋଲୁଛି –

"ପର ପୀରତିରେ କାହିଁକି, ମଜ୍ଜେ କାମିନୀ
ହେଲେ ସ୍ନେହ ଜାତ ନୁହଇ ଗୁପତ ପ୍ରକାଶ ହୁଅଇ ଅବନୀ।"

କେହି ଅବା ବୋଲୁଛି –

"କାହା ମନ କାହାକୁ ଜଣା,

କେ କରଇ ସ୍ନେହ କେ କରେ ଊଣା",
କେହିବା ଗାଉଛି –
"ଯୁବତୀ ମତି କିଏ ଜାଣିବ ଗୋ।
ପୁରୁଷ ଭ୍ରମର ନୁହନ୍ତି କାହାର
ଜଣାଇବି ଦୁଃଖ କାହାରି ଆଗର,
ନବ ନବ ଫୁଲେ, ନିତି ମନ ଭୁଲେ,
ପୁରାତନେ ଅନାଦର କରନ୍ତି।"

ଏହିପରି ଆବାଳବୃଦ୍ଧା, ପରିଚାରିକା, ନାନା ଭାବଭଙ୍ଗୀ ରାଗ ରାଗିଣୀରେ ଗୀତ ଗାଉଛନ୍ତି ଓ ପଖାଉଜ ସାରଙ୍ଗୀ ପ୍ରଭୃତି ବଜାଉଛନ୍ତି। ଏମାନେ ଯେ ନିଜ ନିଜର ଆମୋଦ ପ୍ରମୋଦ ପାଇଁ ଏହା କରୁଛନ୍ତି, ତାହା ନୁହେଁ। ରାଣୀହଂସପୁରେ ପ୍ରବେଶ ହେଲା ଦିନୁ ଏମାନଙ୍କର ଚିରକୌମାର୍ଯ୍ୟ ବ୍ରତ। ଲାମ୍ପଟ୍ୟ ଛଡ଼ା ଦାମ୍ପତ୍ୟ ସୁଖର ମୁଖାବଲୋକନ ଏ ଜନ୍ମରେ ନାହିଁ। କିନ୍ତୁ ସେ ପଥ ଯେପରି ଖସଡ଼ା ଓ ତହିଁରେ ଯେ କଚଡ଼ା, ତାହାଠାରୁ ମରଣ ସହସ୍ର ଗୁଣେ ଭଲ। ତଥାପି ପରକୁ ସୁଖୀ କରିବାରେ ଯେ ସୁଖ, ତହିଁରୁ ଏମାନେ ବଞ୍ଚିତ ନୁହନ୍ତି।

ଅନ୍ତଃପୁରବାସିନୀ ରାଣୀ ଓ ଜେମାମାନଙ୍କର ଚିତ୍ତବିନୋଦନ କରିବା ପାଇଁ ଏମାନଙ୍କ ନୃତ୍ୟ ଗୀତ ପ୍ରଭୃତି ଶିକ୍ଷା। ରାଣୀ ଓ ଜେମାମାନଙ୍କ ପରି ଏମାନେ ଅସୂର୍ଯ୍ୟମ୍ପଶ୍ୟା ହେଲେହେଁ ବି ଏମାନେ ଅଧ୍ୟୟନ ପଠାନାଦିରୁ ବଞ୍ଚିତା ନୁହନ୍ତି। ଏମାନେ ରାଣୀ, ଜେମା, ରାଜପରିବାରର ମହିଳାବୃନ୍ଦର ସୁଖରେ ସୁଖୀ ଓ ଦୁଃଖରେ ଦୁଃଖୀ। ସେମାନେ ଏମାନଙ୍କର ଆରାଧ୍ୟ ଦେବତା। ଠାକୁର ଠାକୁରାଣୀଙ୍କ କଥା ନ ଜାଣି ସୁଦ୍ଧା ସେମାନଙ୍କୁ ଫୁଲଚନ୍ଦନ ପ୍ରଭୃତି ସଜ କଲାପରି ଏମାନେ ଆପଣା ଆପଣା ସାଆନ୍ତାଣୀମାନଙ୍କୁ ବେଶଭୂଷା କରିଥାଆନ୍ତି।

"କେ ଜାଣେ କାହା ମାନସ ଗୋ
କବି ବଚନକୁ ଆମ୍ଭ ଲୋଚନକୁ ସୁବେଶ କରିବା ବେଶ"।

ଏହି ଭାବରେ ଚାଳିତ ହୋଇ ଏମାନେ ଜେମାଙ୍କର ଯେଉଁ ପୁରୁଣାକାଳିଆ ବେଶ କରିଅଛନ୍ତି, ତାହା ସେହିକାଳିଆ କବି ବଚନରେ ଚୋଖୀ ରାଗରେ ଏହିପରି ବର୍ଣ୍ଣନା ଦେଖାଯାଏ, ଯଥା –

"ରାମ ଚରମରେ ବେଣୀ, ବ୍ୟସ୍ତ ପତନକୁ ମଣି,
ମଣିହଜା ଫଣୀ ସ୍ଥକିତ କି ହୋଇଛି,
ଅଗ୍ରେ ରତ୍ନଝୁମ୍ପୀ ସ୍ୱଚ୍ଛ, ଶୁସୁମ୍ବର ମୂର୍ତ୍ତି –ପୁଚ୍ଛ

ତାରା ପୁଞ୍ଜ ଉଦୟକୁ କରୁଛି ଛି ଛି।
ମୂଳବନ୍ଧା ମାଣିକ୍ୟ ମଣି,
ଘନକୋଳେ କି ପଶୁଛି ମିହିରମଣି।
କାଠି ହୀରା ଝରା ମୋତି, ଶୋଭା ଶଶୀ ଭାନୁ ରୀତି,
ଦେହବନ୍ତ ତମ ବିକେ ଖୋସନ୍ତେ ଭାଳି,
ନାନାବର୍ଣ୍ଣ ପୁଷ୍ପମାଳି, ବେଢ଼ାଇ ଦେବାରୁ ଆଳୀ,
ଗଳରୁନ୍ଧିତ କଲେ କି ତାରାଏ ମିଳି !
ଶୀତରଙ୍ଗ କୁସୁମ ଝରା,
ସୁଧା ଉଦ୍‌ଗାରିବ ମନ କରୁଛି ପରା !
ଉତ୍ତମାଙ୍ଗୀ ସଙ୍ଗ ପାଇଁ, ମୋତି ଜାଲି କି ଶୋହଇ,
ମର୍କତ ଗବାକ୍ଷେ ବିଧୁ କିରଣ ଗଳି,
ପୀତ, ନୀଳ, ରଙ୍ଗ ରତ୍ନ, ସୀମନ୍ତି ଗୁଛିବା ଯତ୍ନ,
ବନ୍ଧା ଅଧା ଇନ୍ଦ୍ରଧନୁ ଉଦୟ ତୁଳି।
ତହିଁ ଦିଆ ସିନ୍ଦୁର ଗାର,
କାଳିନ୍ଦୀ ମଧ୍ୟେ କି ସ୍ଥିତ ଶାରଦା ଧାର।।
ଅଳକେ ଅଳକା ପଟି, ଶିଶୁଅଳି ପରିପାଟୀ,
ଶ୍ରୀ ମୁଖକୁ କଞ୍ଜ ଭାଳି ବେଢୁଛନ୍ତି କି !
ଶୋହେ ଚାରୁଚନ୍ଦ୍ର ଝୁମ୍ପୀ, ଦେଖି ହୃଦ ଯାଏ କମ୍ପି,
କଳା ଘନ ଶଶୀ ଅଙ୍କ ବାହାରିଛି କି !
ଝିଲିମିଲି ମାଳି ମାଧୁରୀ,
ବିଦ୍ୟୁତରେଖା ନବଘନେ ମିଶିଲା ପରି।।
ଝଲକା ପାନପତୁରୀ, ଧଇର୍ଯ୍ୟ ବାସ କତୁରୀ,
କେଶରାହୁ ଜିହ୍ୱା ବେଢ଼ାଇବା ବିଧିରେ,
ଭ୍ରମରିକା ଶ୍ରେଣୀ ସଙ୍ଗୀ, ଟୋପି ଚନ୍ଦନ କି ଭଙ୍ଗୀ,
ହସେ ଦନ୍ତ ଦିଶେ ମୁଖଚନ୍ଦ୍ର ଲୋଭରେ।
ଗଣ୍ଡେ ଲେଖା ବାଙ୍କ ମକରୀ,
ସ୍ଥିତ ଚାରୁ କୁଣ୍ଡଳୀ କୁଣ୍ଡଳ ଚାତୁରୀ।।
ତିଳକ ଚନ୍ଦନପାଟୀ, କି ବର୍ଣ୍ଣିବ ଗୋଟି ପାଟି,
ଶ୍ରୀମୁଖ ଲାବଣ୍ୟସିନ୍ଧୁ କଳନେ ବିହି,
ବନାଇ ରଜତ ତରୀ, କ୍ଷେପଣ ତିଳକ କରି,

ଥଳ ନ ପାଇ ଲାଜରେ ବୁଡ଼ିଲା ସେହି।
ଅଧୋ ମୁଖେ ତରୀ ଭାସୁଛି
ତାର ଶିରଟୋପର ସିନ୍ଦୁର ମଣୁଛି।।
କର୍ଣ୍ଣେ ମର୍କତ ପାଟକ, ଗଣ୍ଡେ ବିମ୍ବିଛି ଝଟକ,
ଶଶିଅଙ୍କେ ପହୁଡ଼ାଇ ଅଛି ନିଶିକି,
ବାଳି ନାମୁ ହେଲା ବାଳୀ, ବାଳୀକି ତୋ ଉର ଭାଳି,
ବିରେନ୍ଦ୍ର ସକାଶୁଁ ବହେ ଫୁଲ ଛତ୍ରିକି।
ତାତ ସିଦ୍ଧି ରଖିବା ପାଇଁ,
ବଜ୍ରବତ ବ୍ରଜମଲ୍ଲୀ କଢ଼ୀ ବହଇ।।
ଧନୀର ମୁଖ ବିଧୁର, କୋଳେ ନେତ୍ର ଇନ୍ଦିବର,
ଥିଲା ଓଷ୍ଠାରୁଣ ଚାହିଁ କି ସଙ୍କୁଚିତ,
ଗୁଛା ହୋଇଛି ବଡ଼ିଶେ, କଳାଲାଞ୍ଜି ସୂତ୍ର କି ସେ,
ଅଚେଷ୍ଟ ଝସ କମଳେ ଥୋଇଲାବତ।
ମୁଦାନେତ୍ର କି ଶୋଭା ଦିଶେ,
ପକ୍ଷ୍ମ କୋଷେ ଛୁରୀ ମନ ଲାଞ୍ଜି ଆଭାଷେ।।
ଶ୍ୱାସେ ପ୍ରଫୁଲ୍ଲିତ ଗୁଣାଶୋହେ ନୀଳା ନାକଚଣା,
ଓଷ୍ଠାରୁଣେ ଛାୟା ବିପରୀତ ପ୍ରତୀତି,
ଆରପାଶେ ଜାଲିନଥ, ଫାନ୍ଦ ପାତି କି ମନ୍ମଥ,
ଦୃଷ୍ଟି ମୃଗ ଧରିବାକୁ କରିଛି ମତି।
ପାନବୋଳେ ଅଧର ଜ୍ୟୋତି,
ଫଗୁଖେଳା ଶ୍ରାନ୍ତ ଶୁଆ ଅରୁଣ ରୀତି।।
ପାଞ୍ଚଜନ୍ୟ ଶଙ୍ଖ ଭାଳି, ନିଯୋଜିତ ହେଲେ ମାଳୀ,
ପଞ୍ଚରତ୍ନ ଶ୍ରକେ ପୂଜା ପାଇଲା ଗ୍ରୀବା,
ନାନାରତ୍ନ ଚାପସରି, ବିଚିତ୍ର ପାଶର ପରି,
କପୋତ ଲକ୍ଷ୍ୟରୁ ବନ୍ଦୀ ହେଲା ଭାଳିବା।
ହାର ଶିରୋମଣି ପଛରେ,
କାର୍ତ୍ତିକ ପୁଞ୍ଜା ଗୋପିତ କିଏ ସତ୍ୱରେ।"

କେଳିସଦନରେ ମଧୁଶଯ୍ୟାକୁ ମନେ ନ କରି କବିଙ୍କ ବଚନ ଓ ନିଜର ଲୋଚନ ପାଇଁ ଯେ ସିଂହାରୀମାନେ ଅବିବାହିତା ଜେମାକୁ ଏପରି ସଜ କରିଛନ୍ତି, ତା ଉଦ୍ଧୃତ କବିତାର ଉପମାମାନେ ନିଜେ ସ୍ପଷ୍ଟ ପ୍ରକାଶ କରିଛନ୍ତି। ପୁଣି ଏ ବେଶ ଘେନି ଜେମା ଫୁଲେଇ ବା ଗେହ୍ଲେଇ ହେବାର ନୁହନ୍ତି। ତାଙ୍କୁ ଏଥିରେ କିଛି ନୂଆ ନାହିଁ, ଏହା ତାଙ୍କୁ ଦିନିକିଆ ନୁହେଁ। ଆବଲ୍ୟରୁ ପ୍ରତିଦିନ ଏହିପରି ବେଶମାନ ହୋଇ ହୋଇ ସେ ଏଥିରେ ଅଭ୍ୟସ୍ତ ହୋଇଗଲେଣି। ତଥାପି ଦେଶକାଳ ପାତ୍ର ଘେନି ଏକ ବିଷୟ ଯେ ଭିନ୍ନ ଭିନ୍ନ ଭାବ ଜନ୍ମାଇ ଥାଏ, ତାହା କଥା ପ୍ରତି ଭିନ୍ନ ଭିନ୍ନ ଉପମାରୁ ସ୍ପଷ୍ଟ ଜଣାଯାଏ। ଚିର ଅଭ୍ୟସ୍ତ ହେଲେ ବି ଆଜି ଯେ ଜେମାଙ୍କ ମନରେ କି ଭାବ, ତାହା ସେ ଜାଣନ୍ତି। କିନ୍ତୁ ଦେଖାଯାଉଛି ଯେ, ପରିଚାରିକାମାନଙ୍କ ସଙ୍ଗୀତ ପ୍ରଭୃତିରେ ତାଙ୍କର ମନ ନାହିଁ। ତଥାପି କେତେ ଜଣ ଖଦୀ ଚାମର ଆଲଟ, ରୂପା ପାନବଟା ପିକଦାନୀ ଧରି ପଛରେ ନୀରବ ହୋଇ ଠିଆ ଅଛନ୍ତି। ସମ୍ମୁଖରେ କୁଙ୍କୁମରଞ୍ଜିତ ବିବିଧ କାରୁକାର୍ଯ୍ୟଭୂଷିତ ଖଣ୍ଡିଏ ଭୁର୍ଜ ପତ୍ର ପୁସ୍ତକ ଓ ତତ୍‌ପାର୍ଶ୍ୱେ ସ୍ଫଟିକବାଡ଼ ମଧ୍ୟରେ ସୁଗନ୍ଧ ତୈଳ ପୂର୍ଣ୍ଣ ଗୋଟିଏ ରୋପ୍ୟ ପ୍ରଦୀପ ସ୍ଥାପିତ। ଜେମା ସ୍ଥିରଦୃଷ୍ଟି। ସେ ଦୃଷ୍ଟି ସମ୍ମୁଖସ୍ଥ ପୁସ୍ତକ ବା ତଦୁପରିସ୍ଥ ଚନ୍ଦନକାଷ୍ଠ ଓ ଗଜଦନ୍ତ ମିଶ୍ରିତ ସିଂହ ମୂର୍ତ୍ତି ଉପରେ ନୁହେଁ। ତାଙ୍କର ଦୃଷ୍ଟି ସୁନୀଳ ଗଗନରେ ହୀରକ ରଥାଙ୍ଗ ସମ ସୁରମ୍ୟ ନ୍ୟସ୍ତ। ଦୁଗ୍ଧ ଫେନନିଭ ଶଯ୍ୟୋପରି ଆସୀନା ଊର୍ଦ୍ଧ୍ୱ ଦୃଷ୍ଟିନ୍ୟସ୍ତା। ଉପରୋକ୍ତ ପ୍ରକାରେ ବିଭୁଷିତା ଷୋଡ଼ଶ ବର୍ଷୀୟା ଯୁବତୀ କିପରି ଦେଖାଯାଉ ଅଛ, ତାହା ରୁଚି ଅନୁଯାୟୀ କଳ୍ପନା ସେପରି ଅଙ୍କନ କରିବ, ଦେଖିଥିବା କବି ଭିନ୍ନ ଆଉ କେହି ସେପରି କରି ନ ପାରେ।

ଏହିପରି ଅବସ୍ଥାରେ ଛାମୁ ବିଜେକଲେ, ବୋଲି ଚହଳ ପଡ଼ିଲା। ଗାନ ବାଦ୍ୟ ବନ୍ଦ ହେଲା। ପରିଚାରିକାମାନେ ଧାଇଁ ଧାଇଁ ଜେମାଙ୍କୁ ଘେରିଗଲେ। ଜେମା ମଧ୍ୟ ଉଠି ଧୀର ଗମ୍ଭୀର ଭାବରେ ଠିଆହେଲେ।

ରାଜା ଉପସ୍ଥିତ ହେଲେ। ଜେମାଙ୍କ ସହିତ ସମସ୍ତେ ଜୁହାର ହେଲେ। ରାଜା ଆସନରେ ଉପବେଶନ କଲେ। କିନ୍ତୁ ଜେମା ଓ ଅନ୍ୟମାନେ ଠିଆହୋଇ ରହିଲେ।

ଉପବେଶନ କରି ରାଜା ଜେମାଙ୍କୁ ସମ୍ବୋଧନ କଲେ, "ଏ ଜେମା ! ଏ କେତେଦିନ ହେଲା ବଡ଼ ବ୍ୟସ୍ତ ଥିଲି। ତୁମେ ସବୁ କିପରି ଅଛ ?"

ଜେମା- ସଭିଏଁ ଭଲ।

ସିଙ୍ଗାରିମା – ଭଲ ଅଛନ୍ତି, କିନ୍ତୁ ଆଗ ଜେମା ଆଉ ନାହାନ୍ତି। ଏବେ ଠା' ପାଣି ବେଳେ ଖାଲି ଛାମୁ ଜେମାଙ୍କୁ ଦେଖନ୍ତି।

ରାଜା – ମୁଁ ଏ କେତେଦିନ ହେବ ଖାଲି ବୈଲକ୍ଷଣ ଦେଖୁଛି। ମନେକରେ ବିଶେଷ କିଛି ନାହିଁ।

ସିଙ୍ଗାରିମା – ଆଗ କଥା କି ଆଉ କିଛି ଅଛି ? ଏବେ ଆଉ କଣ୍ଢେଇ ବାହାଘରେ କି ପଶା, ଗଞ୍ଜାପା, ସତରଞ୍ଚ କଉଡି, କି କାଞ୍ଚିପତେଇ ଖେଳରେ କି ଗାଇବା ବଜେଇବାରେ ମନ ନାହିଁ। ଏବେ ଖାଲି ଲକ୍ଷଣ ଦେଖା ଯାଉଛି। "କାହିଁରେ ମନ ସହି, ପ୍ରସନ୍ନ ହେଉ ନାହିଁ, କହ ଏଥିକି କେଉଁ ଗତିକି ଗୋ।"

ରାଜା – ତେବେ ସବୁବେଳେ କ'ଣ କରୁଛି ?

ସିଙ୍ଗାରିମା – କେତେବେଳେ କିମିତି ଟିକିଏ ବାପାଙ୍କ ପାଇଁ ଏହା କରିବି, ବାପାଙ୍କ ପାଇଁ ତାହା କରିବି ହୁଅନ୍ତି। ପଢ଼ାପଢ଼ିରେ ସେପରି ଭୋଦେଇବା। ସବୁବେଳେ ଗୋଟାଏ ଆଡ଼କୁ ଚାହିଁ ବୋକାଙ୍କ ପରି ବସି ରହୁଛନ୍ତି। କେହି କିଛି କହିଲେ କଲେ ତହିଁକି ଅନାଇବାକୁ ନାହାନ୍ତି। ଭାତ କଥା ଭାବିବାକୁ ନାହିଁ। ଲଗାକଥା ଭାବିବାକୁ ନାହିଁ। ବଅସରେ ତ ହରି କଥା ନୁହେଁ। ଭୂଇଁଆ ଧାଙ୍ଗୁଡ଼ୀଙ୍କ ପରି ଗଣନ ବର ଖୋଜିବାକୁ ହେଉନାହିଁ। ପାତାଳ ଭିତରୁ ବାପେ ଯେ ଗନ୍ଧର୍ବ ବର ଖୋଜି ଆଣିବେ, ତାହା କିଏ ନ ଜାଣେ ? ତେବେ ସେ ଯେ ଏପରି କାହିଁକି ହେଉଛନ୍ତି, ସେ ଜାଣନ୍ତି। ଛାମୁ ବାପ, ଛାମୁ ବୁଝନ୍ତୁ। ଆମେ କିନ୍ତୁ ପାରିଲୁ ନାହିଁ। ଛାମୁ ତ ବାପେ, ଯାହା କରିବେ କହି ଆଜ୍ଞା ହେଉନ୍ତୁ। ସେ ତ ମା ଛେଉଣ୍ଡୀ, ଆମେ ଯେତେ ହେଲେ ପର। ଆଉ ଆମେ କିବା ଲୋକ। ଆମ ଭିତରେ ବା ହେବ କଅଣ ?

ରାଜା- ସେ କଅଣ ପଢ଼ା ହେଉଥିଲା ?

ସିଙ୍ଗାରିମା – ପଢ଼ା କାହିଁ ? ନାଁକୁ ଆଗରେ ପୋଥି ପଡ଼ିଛି। ଆଖି ଆଉ ମନ କେଉଁଠି ସେ ଜାଣନ୍ତି। ଆଗରେ ତ ପଡ଼ିଛି। କଅଣ ପଢ଼ା ହେଉଥିଲା ଛାମୁ ନିଜେ ଦେଖିନିଅନ୍ତୁ।

ରାଜା – କି ଜେମା ! କି ପଢ଼ା ହେଉଥିଲା ?

ଜେମାଙ୍କଠାରୁ କିଛି କ୍ଷଣ ପର୍ଯ୍ୟନ୍ତ କିନ୍ତୁ ଉତ୍ତର ନ ପାଇ ପୋଥିର ଉନ୍ମୁକ୍ତ ଅଂଶ ପଢ଼ିବାକୁ ଜେମାଙ୍କ ପ୍ରିୟତମ ସଖୀକି ରାଜା ଆଜ୍ଞାଦେଲେ। ଇତସ୍ତତଃ ହେଲା

ପରି ହୋଇ ସଖୀ ଧୀରେ ଧୀରେ ଯାଇଁ ଶଯ୍ୟାତଳେ ସମ୍ଭ୍ରମେ ଉପବେଶନ କରି ପୁସ୍ତକରୁ ଆଷାଢ଼ ଶୁକ୍ଳ ବରାଡ଼ୀରେ ପାଠ କଲା।

"ବନ୍ଧାଇବ ଯେ ହୀରାରେ ଛାତିକି।
ମତି ବଳାଇବ ସେହି ପ୍ରୀତିକି।
ଜୀବନ ଯାହା ସ୍ୱଆୟତ୍ତେ ଥିବ।
ସେହି ତ ପ୍ରୀତି ପଥେ ପାଦ ଦେବ।
ପ୍ରୀତିମହାପାପ
କୃତାର୍ଥ ହେତୁ ପ୍ରେମମନ୍ତ୍ର ଜପ।"

ସଖୀ ଯେପରି ଗୀତ ପଦକ ଗାଇଲେ, ତହିଁରୁ ଜଣାଗଲା ଯେ ପ୍ରତି ଅକ୍ଷର ମାନସପଟରେ ଗଭୀର ଅଙ୍କନ କରିବା ତାଙ୍କର ଉଦ୍ଦେଶ୍ୟ।

ଏହା ଶୁଣି ରାଜା କିଛିକ୍ଷଣ ନୀରବ ରହି, ଜେମାକୁ ସମ୍ବୋଧନ କରି କହିଲେ, "ମା, ତମର ଏ ଗୀତ ପଢ଼ା କାହିଁକି ?"।

କିଛିକ୍ଷଣ ଯାଏ କାହାରିଠାରୁ କିଛି ଉତ୍ତର ନ ପାଇ ରାଜା ପୁନରାୟ ଜେମାଙ୍କ ଉଦ୍ଦେଶ୍ୟରେ କହିଲେ, "ମା ତୁମର ପୁଅ ଝିଅ ନୋହିବା ଯାଏ ପୁଅ ଝିଅଙ୍କ ପାଇଁ ବାପ ମାଆଙ୍କ ମନ କଅଣ, ତାହା ତୁମେ ଜାଣିପାରିବ ନାହିଁ। ନିଜ ପୁଅ ଝିଅଙ୍କ ପାଇଁ ଯେପରି ମନ ହେବ ବାପ ମାଙ୍କ ପାଇଁ ସେପରି ହେବ ନାହିଁ ସତ। ତେବେ ତମ ପାଇଁ ଆମ୍ଭ ମନ କଅଣ ହୁଏ, ତାହା ବୁଝି ପାରିବ। ବୁଢ଼ା ସାଧୁ ସରଦାର କଥା ତ ଜାଣ। ଏବେ ସବୁ ଦେଖି ଶୁଣି ତୁମ ପାଇଁ ଆମ୍ଭ ମନ କଅଣ ହେଉଛି ବୁଝ। ସେ ଦିନ କହିଲ ଭୀମା ଓ ତା ବାପ ଭାଇ ତିନିଙ୍କ ମୁଣ୍ଡ କାଟରୁ ଛାଡ଼ିଦେଲୁଁ। ଏବେ ତମ ମନ କଣ ଫିଟାଇ କହିଲ ମା ?"

ଜେମାକୁ କିଛି କ୍ଷଣ ନୀରବ ଦେଖି ସିଙ୍ଗାରିମା କହିଲେ "କଥାରେ ଅଛି, ପୁଅ ବାପର ଝିଅ ମାଆର। ଜେମାଙ୍କର ମା ନାହାନ୍ତି। ସେ ମନକଥା ଫିଟାଇବେ କଅଣ ?"

ରାଜା – ବର୍ତ୍ତମାନ ତ ଆମ୍ଭେ ବାପ ମାଆ ଦୁଇ। ଆମ୍ଭକୁ ନ କହିଲେ ଚିଳିବ କାହୁଁ ? ପୁଣି ଯାହା ଈଶ୍ୱରଙ୍କଠାରେ ଲୁଚାଇ ନ ପାରିଲ, ତାହା ବାପ ମାଙ୍କଠାରେ ଲୁଚାଇବ ତ ଆଉ କାହାକୁ କହିବ ?

ସିଙ୍ଗାରିମା – ଆଜ୍ଞା ଅପରାଧ କ୍ଷମା ହେଉ। ଈଶ୍ୱର ତ ସବୁ ଦେଖୁଛନ୍ତି। ତେବେ ଯେତେ ଭଲ କଥା ହେଲେ ବି ଛାମୁ ନିଜ ମନକଥା ନିଜ ବାପ ମାଙ୍କୁ କହି ପାରୁଥିଲେ ନା ଏବେ ବି ପାରିବେ ?

ରାଜା – ତେବେ କଅଣ କିପରି କରାହେବ ? ରୋଗ ନ ଜାଣିଲେ ଧନ୍ୱନ୍ତରୀ ବି କଅଣ କରିପାରନ୍ତି ?

ରାଜାଙ୍କ ପ୍ରଶ୍ନରେ ସମସ୍ତେ କିଛିକ୍ଷଣ ନୀରବ ରହିଲାରୁ ଜେମାଙ୍କ ଇଙ୍ଗିତ ଅନୁସାରେ ପୂର୍ବୋକ୍ତ ସଖୀ ଇନ୍ଦୁମତୀ କହିଲେ, "ଅପରାଧ କ୍ଷମା ହେଲେ କିଛି କହିବି।"

ରାଜା - ଏଥିରେ ଆଉ ଅପରାଧ କ'ଣ ? ନିର୍ଭୟରେ ତୁମେ ସ୍ୱଷ୍ଟ କଥା ଶୀଘ୍ର ପ୍ରକାଶ କର।

ଇନ୍ଦୁମତୀ – ଛାମୁଙ୍କ ସମ୍ମୁଖରେ ଭୀମାଠାରେ କିଛି କଥା ଅଛି। ତାହାର ରଣଜିତ୍ ଶାଢ଼ୀ ଘେନି ଏଠାକୁ ତାକୁ ଅଣାଇ ଆଜ୍ଞା ହେବାକୁ ଜେମାଙ୍କର ଇଚ୍ଛା।

ରାଜା - ଭୂଇଁଆମାନେ ତ ମହଲ ଭିତରକୁ ଯିବା ଆସିବା କରନ୍ତି। ଏ ଆଉ ବଡ଼ କଥାଟାଏ କଅଣ ?

ଏତେ କହି ଭୀମାକୁ ଶୀଘ୍ର ଡକାଇ ଆଣିବାକୁ ରାଜା ଆଜ୍ଞା ଦେଲେ ଏବଂ ଇନ୍ଦୁମତୀଙ୍କି ପଚାରିଲେ, ଏଇନା ଆଉ କିଛି ଅଛି ?

ଇନ୍ଦୁମତୀ – ଆଜ୍ଞା ! ଯଦି ଭୀମାର ଆପତ୍ତି ନ ଥାଏ, ତେବେ ତାକୁ ଏଠାରୁ ଅନ୍ତର ହେବାକୁ ଆଜ୍ଞା ଦେବାପାଇଁ ଜେମା ପ୍ରାଥର୍ନା କରନ୍ତି।

ରାଜା – ଏଥିରେ ବା କଅଣ ଅଛି ? ଜେମାର ଯଦି ତାହା ଇଚ୍ଛା, ତେବେ ଭୀମା ଓ ତାହାର ସର୍ବଂଶଙ୍କୁ ଏହିକ୍ଷଣି ଘାଟି ପାର କଲେ ମଣୋହିକି ଯିବି। ଜେମା କହିବ ତ ସେମାନଙ୍କୁ ଧନ ଦୌଲତ ହାତୀ ଘୋଡ଼ା ଦେଇ ବିଦା କରିବି। ଜେମା କହିଲେ ପିନ୍ଧିଲା କନା କାଢ଼ି ନେଇ ତଡ଼ିଦେବି। କି ମା ! ତମେ ବାଇଆଣୀ ହେଲଣି ? ଏହି କିବା କଥାପାଇଁ ସୁନା ପରା ଦେହ ଚୂନା କରୁଛ ? ଏହା ଆଗରୁ କହିଥିଲେ ଏତେସରି ଯାଏ କାହିଁକି ଯାଇଥାନ୍ତା ? ଏ କଥାକୁ ମନରେ ପୁରେଇ ଏତେ ସରି କାହିଁକି ହେଉଛ ?

ଇନ୍ଦୁମତୀ - ଆଜ୍ଞା, ଆହୁରି କଥା ଅଛି।

ରାଜା – କଅଣ କୁହ କୁହ, କିଛି ଡରନା।

ଇନ୍ଦୁମତୀ – ବୃନ୍ଦାବନରେ ବାସ କରିବାକୁ ଜେମା ଛାମୁରୁ ମେଲାଣି ମାଗୁଛନ୍ତି।

ରାଜା – ହୋଇ ହେ ! ସିଙ୍ଗାରୀ ! ଏ ସବୁ ପାଗଳ ହେଲଣି କି ?

ସିଙ୍ଗାରୀ – ଛାମୁ, ଏ ଅକାଳ କଥା ତ ମୁଁ ଆଜି ନୂଆ ଶୁଣୁଛି। ଆମେ ତ ସବୁ ବୁଢ଼ୀ ହାଉଡ଼ୀ ହେଲୁଣି। ଆମକୁ ପଚାରେ କିଏ ? ଏଇ ବଅସରେ

କେତେ ଜେମା ମଣିଷ କଲି। କିନ୍ତୁ ଏପରି ଅପଶ୍ରାନ୍ତର କଥା ଦିନେ ଶୁଣି ନ ଥିଲି। ଏଥିରେ ଛାମୁ ମୋତେ କଅଣ ପଚାରୁଛନ୍ତି ?

ରାଜା - ହଇହେ ଇନ୍ଦୁ ! ତମର ସବୁ ଏ କି କଥା ? ତମେ ସବୁ ପିଲାଗୁରାଏ। ଖାଅ, ପିଅ, ହସ, ଖେଳ। ତୁମର ସବୁ ଏ କି କଥା ? ତୁମ୍ଭେ ପିଲାଏ ସବୁ ବୃନ୍ଦାବନ କଥା କଣ ଜାଣିଛ ?

ଇନ୍ଦୁମତୀ – ଆଜ୍ଞା, ଜେମାଙ୍କ ପେଟ ଭିତର କଥା କହୁଛି ଯେ, ବୃନ୍ଦାବନ ନ ପଠାଇଲେ ଜେମାଙ୍କୁ ଆଉ ଅଧିକ ଦିନ ଦେଖିବେ ନାହିଁ।

ଏହା ଶୁଣି ରାଜା ଓ ଅନ୍ୟାନ୍ୟ ସମସ୍ତେ ନୀରବ। ପ୍ରଚଳିତ ପ୍ରଥା ଅନୁସାରେ ଜେମା ପ୍ରଭୃତିଙ୍କର ଅବଗୁଣ୍ଠନ ନଥିଲେ ହେଁ ମନୋଭାବ ଜାଣିବାକୁ କେହି କାହାରି ମୁହଁ ପ୍ରତି ଦୃଷ୍ଟିପାତ କରୁ ନାହିଁ। ସମସ୍ତେ ଅଧୋବଦନ, ଯେଝା ମନକଥା ଯେଝା ଜାଣନ୍ତି। ଏହି ଏଅସ୍ଥାରେ ଜଣେ ପୌଢ଼ା ସ୍ତ୍ରୀ ଭୀମାକୁ ଛାମୁରେ ଉପସ୍ଥିତ କଲା।

ସେ ଦୁହେଁ ଜୁହାର କରିବାରୁ ପୌଢ଼ା ସ୍ତ୍ରୀ ଅନ୍ତର୍ହିତ ହେଲା। ଭୀମା ଠିଆ ହେଲାରୁ ରାଜା ଦେଖିଲେ ଯେ, ମୁଣ୍ଡରେ ରଣଜିତ ଶାଢ଼ୀ ବାନ୍ଧି ରାବଣ ସମ୍ମୁଖରେ ଇନ୍ଦ୍ରଜିତ ବା ବାଳି ନିକଟରେ ଅଙ୍ଗଦ ପରି ଭୀମା ଭୀମ ପରି ଠିଆହୋଇଛି। ଏଥିପ୍ରତି ଭ୍ରୂକ୍ଷେପ ନ କଲା ପରି ହୋଇ ରାଜା ପଚାରିଲେ "କି ଭୀମ; ଲଢ଼େଇ ନହେଲେ ତୁମ୍ଭେ କଅଣ କରିବ ?"

ଭୀମା - ମଣିମା, ଆଉ କଣ ଲଢ଼େଇ ହେବ ନାହିଁ କି ?

ରାଜା – ତୁମ୍ଭେ ଲଢ଼େଇ ଚାହଁ, ନାଁ ଗଡ଼କୁ ଯିବାକୁ ଚାହଁ ?

ଭୀମା – ମଣିମା, ଲଢ଼େଇ ହେଲେ ଭଲ।

ରାଜା – ତୁମ୍ଭକୁ ଆଉ ଶାଢ଼ୀ ମିଳିବ, ନାଁ ଆଉ କିଛି ଭଲ ଅଛି ?

ଭୀମା – ଲଢ଼େଇ ହେଲେ ମୁଁ ମରିଯାଆନ୍ତି।

ରାଜା - ଏପରି କଥା କାହିଁକି ?

ଭୀମା – ମଣିମା, ସେଦିନ ମୋ ମୁଣ୍ଡ ଯାଇଥିଲେ ଭଲ ହୋଇଥାଆନ୍ତା।

ରାଜା – ଲଢ଼େଇ ନ ହେଲେ ?

ଭୀମା – ମଣିମା ସେ ବଡ଼ ନଟଖଟିଆ କଥା।

ରାଜା – କାହିଁକି ?

ଭୀମା – ମଣିମା, ଛାମୁ ଗ୍ରହଣ ଛାଡ଼ି ଯିବାକୁ ମନ ହେଉନାହିଁ କି ଛାମୁ ଗହଣରେ ରହିବାକୁ ମନ ହେଉନାହିଁ। ତେବେ ମୁଁ ଚାଣ୍ଡାଳ ସେଠିକି ଭାର୍ଜନ ନୁହେଁ।

ରାଜା – ତାର କଥା କଣ ?

ଭୀମା – ମଣିମା ବଗ ହଂସ ସଙ୍ଗେ ରହିବାକୁ, ଭେଳା ହୋଇ ସମୁଦ୍ରରେ ଭାସିବାକୁ, ବାମନ ହୋଇ ଚାନ୍ଦ ଧରିବାକୁ ଇଚ୍ଛା ହେଉଛି। ଛାମୁ ଆଉ କିଛି ପଚାରନ୍ତୁ ନା, ମତେ ମାରିଦେଇ ବା ତଡ଼ିଦେଇ ତାରି ଦିଅନ୍ତୁ। ଏତେ କହି ଭୀମା ନୀରବ ହୋଇ ଅଧୋବଦନ ହେଲା।

କିଛିକ୍ଷଣ ନୀରବ ରହି ରାଜା କହିଲେ, "ଇନ୍ଦୁ ! ଭୀମା କଥା ତ ଶୁଣାଗଲା, ଏଥିକି ଜେମା କଣ କହନ୍ତି ?"

ଇନ୍ଦୁମତୀ – ଆଜ୍ଞା, ସେ ରଣଜିତ ଶାଢ଼ୀ କାଢ଼ି ଦେବ।

ଏହା ଶୁଣି ରାଜାଙ୍କ ଆଦେଶ ମତେ ଭୀମା ଶାଢ଼ୀ କାଢ଼ି ଛାମୁରେ ରଖିଦେଲା। ଏହି ସମୟରେ ଜେମା ନିଜ ମଥାମଣି ମୁଣ୍ଡରୁ କାଢ଼ି ସଖୀ ଇନ୍ଦୁମତୀଙ୍କି ଦେଲେ। ରାଜା ଓ ଆଉମାନେ ଚିତ୍ରାର୍ପିତ ପରି ଚକିତ ସ୍ଥକିତ ନେତ୍ରରେ କେବଳ ଅନାଇ ଅଛନ୍ତି। କାହାରି ଆଖି ପିଈଡ଼ା ପଡ଼ିବାକୁ ନାହିଁ। ତୁଣ୍ଡ ହଲିବାକୁ ନାହିଁ। କି ହଲଚଲ ନାହିଁ। ମଥାମଣି ନେଲା ଉତ୍ତାରୁ ଇନ୍ଦୁମତୀ ଶାଢ଼ୀ ଉଠାଇ ନେଇ ଗମ୍ଭୀର ଭାବରେ କହିଲେ –

"ରଣଜିତ ସିଂହେ ! ଜେମାଙ୍କର ଏହି ମଥାମଣି ଧର।" ଏଥିରେ ମଧ୍ୟ ରାଜା ପ୍ରଭୃତି ପୂର୍ବ ପରି ରହିଲେ। କେବଳ ଭୀମା ମଥାମଣି ନେଇ ମୁଣ୍ଡରେ ଛୁଆଁଇଲା କିନ୍ତୁ କାଷ୍ଠପିତୁଳୀ ପରି ଏକ ଦୃଷ୍ଟିରେ ଜେମାଙ୍କୁ ଚାହିଁ ଠିଆ ହୋଇ ରହିଲା।

ତହୁଁ ଇନ୍ଦୁମତୀ ପୂର୍ବପରି କହିଲେ, "ରଣଜିତ୍ ସିଂହେ ! ଜେମା ଲୁକ୍କାୟିତ ଭାବରେ ରହିବେ। ତୁମ୍ଭେ ଯେବେ ଇନ୍ଦ୍ରିୟମାନ ଦମନ କରି ନିର୍ବିକାର ନିର୍ମଳ ପ୍ରେମମୟ ପୁରୁଷ ହୋଇ ଏହି ମଥାମଣି ଘେନି ଜେମାଙ୍କଠାରେ ଉପସ୍ଥିତ ହେବ, ତେବେ ଏହି ରଣଜିତ୍ ସିଂହ ଶାଢ଼ୀ ଜିତେନ୍ଦ୍ରିୟ ପଦର ଶାଢ଼ୀ କରି ଜେମାଙ୍କଠାରୁ ପୁନରାୟ ପାଇବ। ଆମ୍ଭ ଜେମାଙ୍କର ଏହି କଥା। ଏଣିକି ତୁମର ଯାହା ଇଚ୍ଛା ତାହା କର।

ଏହା ଦେଖି ଶୁଣି ବି ସମସ୍ତେ ପୂର୍ବପରି ନୀରବ, ନିସ୍ତବ୍ଧ। ଏହିପରି କିଛିକ୍ଷଣ ଗଲାରୁ ଛାମୁରେ ଜୁହାର କରି ଭୀମା ପ୍ରସ୍ଥାନ କଲା। ତଦୁତ୍ତାରେ ସଖୀମାନଙ୍କ ସହ ଜେମା ନିଜ ପ୍ରକୋଷ୍ଠକୁ ବିଜେ କଲେ ଏବଂ ଆଉମାନେ କ୍ରମେ କ୍ରମେ ଯେ ଯାହାର ପଥ ଅନୁସରଣ କଲେ। ଏଠି ଉତ୍ତାରୁ ଦେଖିବା ଶୁଣିବା ବା ଲେଖିବା ଭଳି କିଛି ଘଟିଲା ନାହିଁ। ଶୁଣାଯାଏ ଯେ, ବହୁଦିନ ଉତ୍ତାରୁ ଅନ୍ତିମ କାଳରେ ପୂର୍ବୋକ୍ତ ପ୍ରକାରେ ଜେମା ଓ ଭୀମାଙ୍କର ଭେଟ ହୋଇଥିଲା ଏବଂ ସେତେବେଳକୁ ଉଭୟେ ପୂର୍ଣ୍ଣ ପ୍ରେମମୟ।

ଜେମାଙ୍କର ଏପରି ବ୍ରତ ଅବଲମ୍ବନ ସମ୍ବନ୍ଧେ ଏହି ବକ୍ତବ୍ୟ ଯେ ପାଞ୍ଚପୁଅ, ଚାରିବୋହୂ, ଦୁଇ ନାତି, ଏକ ଝିଅ ଓ ଜୁଆଇଁ, ଜମିଦାରୀ, ସୁନାରୂପା ଛାଡ଼ି ଆମ୍ଭର ପଣଆଜୀ କୃଷ୍ଣା ଦେଇ ଗୀତଗୋବିନ୍ଦ ଗାଉ ଗାଉ ଯେପରି ଚଉଧୁରୀ ସୁଦର୍ଶନ ଦାସଙ୍କ ଚିତା ଆରୋହଣ କରି ସତୀ ହୋଇଥିବାର ଆମ୍ଭ ଆଜୀଙ୍କଠାରୁ ଶୁଣି ଅଛି, ତାହା ତୁଳନାରେ ଜେମାଙ୍କ କଥା ଊଣା କି ଅଧିକ ତାହା କହି ନ ପାରୁ। କିନ୍ତୁ ଏହା ଦୃଢ଼ ରୂପେ କହିପାରୁ ଯେ, ଯେଉଁ ଦେଶ କାଳରେ ସେହିପରି ରମଣୀ ସମୁଦ୍‌ଭୂତା, ସେ ଦେଶ କାଳରେ ଜେମାଙ୍କ ପରି ହେବା ତେତେବେଳେ ବିଚିତ୍ର ବା ଅସମ୍ଭବ ନୁହେଁ।

BLACK EAGLE BOOKS

www.blackeaglebooks.org
info@blackeaglebooks.org

Black Eagle Books, an independent publisher, was founded as
a nonprofit organization in April, 2019. It is our mission to
connect and engage the Indian diaspora and the world at large
with the best of works of world literature published on a
collaborative platform, with special emphasis on
foregrounding Contemporary Classics and New Writing.